文春文庫

霧の果て

神谷玄次郎捕物控

藤沢周平

文春文庫

霧の果て

神谷玄次郎捕物控

藤沢周平

文藝春秋

目次

＊本作品には今日からすると差別的表現ととられかねない箇所がありますが、それは作品に描かれた時代が反映された表現であり、その時代を描く表現としてある程度許容せざるをえないものと考えます。作者には差別を助長する意図はなく、作者は故人であります。読者諸賢が本作品を注意深い態度でお読み下さるようお願いする次第です。

文春文庫編集部

霧の果て

神谷玄次郎捕物控

針の光

若い女の死体が浮かんでいた。

昔、舟を繋《つな》いだ古い杭《くい》が五、六本、岸に沿って並んでいる。死体はその杭に戯れるように急に頬をすり寄せたり、少し遠ざかったりしながら、波に揺れていた。地平線を覆っていた雲が割れて、ひとすじの朝の光が川を照らしたとき、死体は光を羞《は》じるように、くるりと身体を返して岸の方に顔を向けた。まだ、ほんのうら若い娘だった。

一

「ちょっと」

手荒く肩をこづかれた。

「起きなくてもいいんですか。もう四ツ（午前十時）ですよ」

眼を開くと、お津世《つせ》が顔をのぞきこんでいる。眉のあたりが険しいのは、苛立っているのである。もう一働きした後らしく手にはずした襷《たすき》を握っている。

「何を怒っておる」

「家《うち》だって客商売ですからね。部屋の掃除をしたいのに、いつまでも寝ていられちゃ困るんです」

お津世はここ、蔵前の北にある三好町の小料理屋よし野の女主人である。まだ二十四という齢で二年前亭主に死なれ、寡婦だった。三つになる男の子がいる。女手ひとつで、構えが小さいとはいえ、料理屋一軒を切り回しているだけに、気の強いところがある。

北の定町廻り同心神谷《かみや》玄次郎は、起き上がって欠伸《あくび》をした。

「だから俺は、お前の部屋に寝かせてもらえばいいと申したのだ」

「子供がいるでしょ、子供が」

お津世は、声をひそめると叱りつけるように言った。階下で、女中たちが大きな声で笑ったり話したりしている声が聞こえる。

玄次郎はもうひとつ欠伸を追加しながら言った。

「そう言えば、お前の声はバカでかいからな。あれじゃ子供が……」

「シッ、シッ」

とお津世は言った。赤くなって、手を伸ばすと玄次郎の口を塞《ふさ》ぎにきた。

その手をたぐって、玄次郎はいきなりお津世の身体を懐に抱きこんだ。お津世は立ち働いている姿など見ると並みの背丈で、どこか貫禄さえ感じられるほどだが、こうして抱きすくめてみると、意外なほど骨細で小柄な女である。だが、その骨細な身体は、裸になると魅惑的な膨らみを隠していて、お津世を抱きながら、玄次郎は、死んだ亭主は心を残したに違いない、と思うことがある。その亭主はひとに殺された。犯人をつかまえたのが縁で、玄次郎はそれ以来よし野に入り浸っている。

「いやねえ」

玄次郎の腕から解き放たれると、お津世はのろのろと身体を起こし、髪に手をやりながら玄次郎を軽く睨《にら》んだ。

「朝っぱらから、さ」

だがその眼は潤み、唇は生き生きと血の色を浮かべ、頰は上気している。女などというものは、所詮けだものだな、と玄次郎は思う。唇を吸われながら、お津世は無意識に腰をくねらせていた。

——むろん、男もけだものだ。

玄次郎は思った。

「おかみさん」

梯子《はしご》の下で女中の声がした。

「お客さんですよ」

あら、どうしようと呟いて、お津世はすばやく襟を直すと、澄ました声を張った。

「はい。いま行きますよ」

ほんとに、もう起きて下さいよ、とお津世はまだ欠伸をしている玄次郎に、さっきとは違った優しい声音で言い残すと、階下に降りて行った。

だがお津世はそのまま現われず、梯子を踏む音がして部屋をのぞいたのは、むさくるしいひげ面だった。

「ヘッヘ」

とひげは笑った。

「お邪魔でしたか」

「……」

玄次郎は黙ってひげを見つめた。

「そろそろお役所に行く時刻でしょ、旦那。そんな布団の上にとぐろを巻いていていいんですかい」

「また、人が死んだかい。銀蔵」

へ？　と言ったが、ひげ面が急に引き緊まった。男は岡っ引である。ひげ面のくせに花床という床屋の親爺だが、銀蔵は事が起きると床屋仕事はほうり出して、玄次郎のところにやって来る。

「小名木《おなぎ》川に女が浮きましてね」

「川流れか」

「そう思ったんですが、引っぱり揚げてざっと見ましたところ、ここが……」

銀蔵は顔を仰向けて喉《のど》を指さした。

「絞められてるようなんで。来て頂けますか」

「回り筋だ。行かんわけにはいくまい」

言ったが、玄次郎は浮かない顔色だった。

「今日は役所を休もうと思っていたのだ。ゆうべ飲み過ぎて頭が痛い」

「へへ」

銀蔵は薄笑いした。

「あちらの方も過ぎたんじゃ、ござんせんか」

「人なんざ、毎日死んでおる」

玄次郎は無精たらしく、寝巻の紐を引きずりながら部屋の隅に立って、着換えはじめた。寝巻を落として褌《ふんどし》ひとつになったとき、すさまじい筋肉の張りをみせる裸が見えた。玄次郎は、小石川竜慶橋で直心影流《じきしんかげ》の道場を開く酒井良佐の高弟で、二年前までは三羽烏の一人に数えられていた。

「あわてることはないぜ、銀蔵」

「……………」

「どうだ。一杯ひっかけてから行くか」

「旦那」

部屋の中ににじり上がって来た銀蔵が、きちっと膝をそろえて坐ると、腕組みして玄次郎を見た。

「そんなわけに行きませんぜ。仏がお待ちかねでさ」

「……」

咎《とが》めるような銀蔵の眼をじろじろ見ながら、玄次郎は三つ紋の黒羽織を着、刀を落とし差しにすると、腰の後に朱房の十手をはさみこんだ。

「あら、髷《まげ》が」

玄関まで見送って出たお津世が、手早く櫛《くし》を頭から抜くと伸び上がって玄次郎の髷先に櫛目を入れた。

「ヘッ。見ちゃいられませんなあ」

銀蔵は捨て科白《ぜりふ》を言って先に玄関を出た。

「何かあったんですか。親分がだいぶ意気ごんでいるようだけど」

「うむ。流鏑馬《やぶさめ》の馬みたいにいれ込んでいるようだな。殺しだとよ」

「じゃ、今夜は帰れませんね」

「なあに、帰って来るさ。人殺しにつき合って、夜も眠らねえなんて、いやなこった」

「どうですか」

お津世は薄笑いした。

「いつもそんなこと言いながら、あたしのことなどすぐ忘れてしまうんですから」

二

死体は土堤に引き揚げられている。そこは小名木川に架《か》かる高橋《たかばし》と万年橋の間で、遠州浜松六万石の井上家下屋敷の裏手だった。

「向う岸から、ひとが見つけたんでさ」

銀蔵が川向うを指さした。対岸は海辺大工町で、町の裏手の土堤に、真黒に人だかりがして、おし黙ってこちらを眺めている。こっち岸も六間堀と小名木川が落ち合う松平遠江守中屋敷角のあたり、上流の常盤《ときわ》町の河岸のあたりに人が溜っているが、常盤町の自身番から書役が来ていて町内の人間を使って、人が土堤に踏みこむのを封じていた。

「見つかったのはいつごろだい？」

蓆《むしろ》をめくって仏をのぞきながら、玄次郎は書役に訊いた。

「届けがあったのは五ツ（午前八時）ちょっと前でしょう。それですぐに銀蔵親分に使いしたようなわけで」

銀蔵の店は、常盤町からほど近い深川六間堀町にある。玄次郎は銀蔵の顔を見た。その表情を読んで、銀蔵は膨れ面になった。

「遅くなったのは、あたしのせいじゃありませんぜ、旦那。あたしはすぐに八丁堀のお屋敷に行って」

「よし、それから先は言うな」

と玄次郎は言った。

「神谷さま」

と書役が言った。小心そうな四十男で、黒い顔に心配げな表情が溢れている。弥助という男で、玄次郎とは顔馴染《なじ》みだった。

「この仏さまは、やはりこちらの町の扱いになりますか」

かかわり合いを面倒がっているのである。川筋には上流に深川西町があり、対岸に海辺大工町があると言いたげだった。

「ここがよくて流れついたんだから、あんたらが面倒みるしかねえだろ」

玄次郎は冷たく突き放した。弥助は答えないで、憂鬱そうに顔をそむけた。その顔を見ながら、玄次郎は訊いた。

「この顔に見覚えはねえのかい」

「はい。いっこうに」

弥助はあわてて顔をもどして答えた。

「町の者ではありません」

「ふむ」

玄次郎は蓆を剝いだ。四月の光が鋭く死体を照らしたが、死体は顔を少し横に向け、両脚をやや開き気味に、ふてくされた娘のように横たわったままだった。

玄次郎は、一度手を触れずに島田の髪から着ているもの、青白い足の裏まで丁寧に見た。それから顎に手をかけて頸《くび》をのぞいた。

「なるほど。絞められているな」

「でしょう?」

銀蔵ものぞきこんだ。細い紐の跡が頸のまわりについて、喉首には鬱血の跡が残っている。

「後から絞めたのだ」

玄次郎は顔をあげると、立っている弥助と銀蔵に言った。

「川向うの連中から仏が見えねえように、しゃがんでくれ」

二人が言われたようにしゃがんで、壁を作ると、玄次郎は死体の足もとに蹲《うずくま》って、そろそろと着物の裾を分けた。白い二本の脚が、やや開き気味にむき出しになる。

手を休めずに、玄次郎はさらに上の方まで、裾をひろげて行った。下腹とか黒い恥毛が現われて、死体は犯される娘の姿勢になった。

「やっと生えそろったところだな」

玄次郎は呟くと、無造作に手を伸ばして腹を探り、上から押さえた。耳を傾けて二、三度押したが、今度は手を滑らせて、指で秘所を開いた。開かれたその場所を、玄次郎はじっと見た。

感情の動きがみられない眼だった。

「よし。立っていいぜ」

玄次郎はすばやく下肢を覆い隠すと、今度は娘の着物の懐と袂《たもと》を探った。懐からは何も出なかったが、袂から巾着《きんちゃく》と草の葉が出てきた。

「何ですかい、それは？」

銀蔵がまたしゃがみこんで、訝《いぶか》しげに草の葉を見つめた。

「ふむ。いまにわかる」

玄次郎は、懐紙を出して、丁寧に草の葉を包んでしまうと、巾着を開けた。巾着の中には、意外にも銭がぎっしり入っている。数えると百文ちょっとあった。

「これが、ゆんべの稼ぎか」

玄次郎が小さく呟いた。

もう一度、玄次郎は死体の頭を抱えるようにして頸を見た。

「………」

玄次郎の眼が鋭く光り、細い吐息が唇を洩れた。そこに見えているものに、呼びさまされてくる記憶があった。三年前、若い娘が三人も殺されながら、ついに犯人を捕えられずに、霧の中に埋もれてしまった事件がある。やはり北町奉行所で扱ったその事件を、玄次郎は記憶している。そのとき犯人が残した犯行の痕跡に酷似したものが、眼の前にあった。

「なんですか、旦那」

「銀蔵親分、これを見てくれ」

「何です？　おできか。それとも虫にでも刺されたかな」

「………」

「やッ」

銀蔵が不意に大きな声を出した。

「これは刺し傷じゃありませんか」

「よく見ろ」

玄次郎は顔を持ち上げるようにして、頸を見せながら言った。

「紐の跡があるだろ？　それでふさがっていてこの傷が見えなかったのだ。ということは、先に刺して、もがくところを絞めたのさ。こうするとよくわかる」

玄次郎は、指先でそろそろと皮膚をめくった。すると頸を絞めた紐の跡に、小さな傷がぱくりと口を開いた。場所は丁度右頸の血脈の上だった。

「ひでえことをしやがる」

「野郎だ。帰って来やがったぜ」

玄次郎は低く呟くと立ち上がった。

「え？」

「来い、親分。急がなくちゃならねえ」

玄次郎は鋭い眼で弥助を見た。

「お前さん、ごたごた言わねえで後を始末しな」

三

おみちが茶を運んで来た。

「構わねえでいいよ、おかみ」

と玄次郎は言った。男の客ばっかり、五人も待っていて、おみちはいそがしそうだったのだ。

「いいんですよ。みんな近くの知った顔ばかりですから」

おみちは銀蔵より六つ年下の三十二だが、小肥りで色白の愛嬌のある顔をしている。おみちが店に出て行くと、玄次郎は言った。

「お前さんがいねえ方が、店がはやるんじゃねえかい」

「そんなことはありませんよ」

銀蔵は面白くない顔をした。

「ま、それはそれとして……」

玄次郎は懐紙を出してひろげた。

「これは葭《あし》の芽、こっちがペンペン草だ。水を吸ってたから、そんなにしぼんじゃいないな」

「なんで……」

銀蔵は草をつまみ上げた。

「こんなものが、袖の中に入ってたんで？」

「昨日は何日だ？」

「八日でしょうが」

「あの娘は、昨日それを買ったのだ」

「お、お釈迦《う》さまか」

銀蔵は手を拍った。四月八日は、一向宗をのぞくほとんどの寺で花御堂を飾り、人を集めて盛大に灌仏会《かんぶつえ》を行なう。人人は釈迦像に甘茶をそそぎ、門前で売っている青竹の手桶に甘茶を頂いて家に帰る。その甘茶で墨をすり、五大力菩薩と三行書いて、衣類をしまってある長持に入れ、あるいは「千早ふる卯月《うづき》八日は吉日よ　かみさけ虫をせいばいぞする」と書いて家の柱に貼ったりする。どちらも虫よけになると信じられていた。

葭の芽とペンペン草も、門前の出店で売るのである。葭の芽は男の子が葭笛につくり、ペンペン草は、行燈《あんどん》に釣ったり、雪隠《せっちん》の隅に吊り下げたりする。これも虫よけのまじないである。

「どこで買ったもんでしょうね」

「それだが、門前に出店がたつような大きな灌仏会は、そう多くはないぜ。この辺なら……」

「まずこの先の、ほら林町の弥勒寺《みろくじ》、それに回向院《えこういん》が大変なにぎわいですぜ。子供の時分しか行ったことがありませんけどね」

「その見当でいいだろう」

と玄次郎は言った。

「あの娘は弥勒寺か回向院、このあたりからそう遠くない家に住んでいるはずだ。まず裏店《うらだな》だな、家は」

「それだけじゃ、探し辛《づろ》うござんすな」

「見当は小料理屋か水茶屋勤めの女だ。まだ十四、五だろうに、客を取っている身体だ。かといって女郎や芸者じゃない。夜だけ稼ぐ女でもねえな。ちゃんと昼は働いている。勤めに出る道すがら、甘茶を頂いて蒑の芽とペンペン草を買ったのだ。家に弟なんかがいるのだろうな」

灌仏会は、朝早くから始まって、昼過ぎには大体終る。

玄次郎の考えていることが、銀蔵にもおおよそ摑《つか》めた。娘が昨夜殺されて、川に落とされたことは間違いなかった。死体が流れついたのは屋敷裏で、人目につかない場所だったにしろ、犯行は川筋で行なわれている。対岸の大工町のあたりは人通りが多いし、高橋も人が通る橋だ。昼、人殺しが出来る場所ではない。また人が浮いていれば、すぐ眼につく。それに昼の間は小名木川を船が通る。娘が見つかったのが、昨日でなくて今朝だということは昨夜から、今日の未明にかけて、つまり夜の間に殺されたのである。

死体のこわばり加減からみて、今日の明方ということはなく、多分昨夜遅くと考えてよかった。

娘の袂から、灌仏会の売り物の草の葉が出てきたのは、少なくとも娘が昼前にそれを買って、そのまま家に帰らずに夜まで持っていたということである。そんなものを持ったまま、娘が夜まで遊んでいたとは考えられない。だから昼の間は働いていた、と玄次郎は言っているのである。

朝の出がけに、甘茶を頂き、弟のことを思い出して葭の芽を買ったと考えると、なるほど、そう遠くから来た娘ではないという気がする。

「わかりました」

「働き先はどこだろうと考えたのだが、仮りに娘が立ち寄った寺が回向院か、弥勒寺だとすると、両国の茶屋へんか逆に門前仲町あたりかという気がする。門前仲町だとすると、寺に寄って高橋を渡って行ったのだ。逆に高橋を大工町の方から渡って来て、途中で寺に寄り、両国橋を渡って薬研《やげん》堀へんの水茶屋に行ったとも考えられる」

「すると、橋向うも探さなければなりませんな」

「そういうことだが、せいぜいとっつきの海辺大工町のあたりまででいい」

「殺した場所は、高橋近辺という見込みで？」

「まず間違いあるまい。あの仏はそんなに上から流れて来たものではないよ。顔もきれいだったし、どっかにぶつかったという様子はまるっきりなかった」

「さいでござんしたな」

「それに、四ツ（午後十時）には町の木戸が閉まる。娘はその前に、橋のあたりにさしかかったのだ。大胆なことを言えば、四ツちょっと前ごろだな。そのころにはだんだん潮がさしてきている。満潮は四ツ半（十一時）ごろだろうから、四ツ前に川に落とされた娘の身体はほんのちょっとしか流されなかった。少し流されても、四ツ半には、逆に大川から押し上げてくる潮で、もどされたかも知れねえ。そうして岸に寄せられて、朝になっても大川には出て行かなかったのだろう」

「橋の上から落としたのかも知れませんな」

「そうかも知れん。橋と弥勒寺、回向院このあたりを真中に、探してみてくれ。娘は四ツちょっと前ごろに橋に差しかかったのだとすると、そう遠くに帰るはずはない。近辺の娘だ」

「自身番に届けが出ているかも知れませんな」

「昨夜帰らねえで、親が心配しているだろう……」

と銀蔵は言った。

「それはどうかな」

玄次郎は、ちょっと小首をかしげた。

「男と寝るのも仕事の娘だから、一晩ぐらい空けても親がのんきにしていることも考えられるぞ」

「一応このあたりの自身番を全部あたってみましょう。だが届けてないとすると、金がかかりますな」

銀蔵は顔をしかめた。下っ引を動かさなければならないのだ。

「金は俺が工面する。少し派手に使ってもいいから、急いで身元を割り出してくれ」

「合点《がってん》でさ、旦那」

「水茶屋の方は、俺があたってみる。間にあえばいいが……」

おしまいはひとりごとだったが、銀蔵が聞き咎めた。

「何ですかい」

「うん。少し心配なことがあるのだ」

と玄次郎は言ったが、そこで口を噤《つぐ》んでしまった。銀蔵が、朝よし野の二階で見た、自堕落な様子は消えて、玄次郎の中に腕ききの定町廻り同心らしい、隙のない身構えがもどってきているのが感じられた。

四

神谷玄次郎は、呉服橋内の奉行所に入ると、市中取締の同心詰所にちょっと顔を出した。部屋の中には、臨時回りの根岸という年輩の同心が一人だけいて、玄次郎を見ると皮肉を言った。

「いそがしそうではないか、神谷」

「ええ、ま」

玄次郎は曖昧に答えて、すぐに小者部屋の方に回った。四月は数寄屋橋内の南町奉行所が月番で、北は表門を閉じ、潜《くぐ》り戸だけ開けている。だが目安の受付けが南に移ったというだけで、仕事が休みなわけではない。ほかの連中は、みな市中に出ているようだった。

「六助はいるかい」

声をかけて、玄次郎は小者部屋に上がった。部屋の中には、二、三人の小者がいて、古い書類を仕分けて紐で括《くく》ったりしていたが、ひとりがあわてて振り返った。

「桂木さまと一緒に見回りに出ましたが」

六助というのは、以前玄次郎の中間をしていた男である。玄次郎が見回りを怠けたり、出かけるときも、中間、岡っ引連れということでなしに、不意に一人で見回りに出たりするので、居心地悪そうだったのを、玄次郎は同僚の桂木藤之進に世話した。

「それじゃあんたでいい。例繰《れいく》りの伊佐さんに行って、借り物をしてきてくれ」

と玄次郎は言った。

若い小者が帰って来るまで、玄次郎は畳の上に寝ころんで待った。

――多分、野郎だ。今度は前のような真似はさせねえ。

玄次郎は眼をつぶり、静かに息をしながらそう思った。脳裏に、得体の知れない黒い影が映っている。顔も、背丈も、年恰好もわからなかった。男女の別さえわからない。ただその影が右手に握っている細い畳針のような凶器が、闇の中にぼんやり光って見える。そして影の腕の中から、足もとに崩れ落ちる若い女の姿が見えた。その女の顔が、さっき井上家下屋敷裏の土堤で見た娘になった。

――無残だ。

つぶったままの玄次郎の瞼《まぶた》がぴくりと動いた。娘の顔に十四年前に見た母と妹の顔が重なったのである。

母と妹の邦江が、組屋敷に近い路上で、何者とも知れない者の手で斬殺されたとき、玄次郎は十四で、無足《むそく》の見習い同心として奉行所に勤めていた。父親の勝左衛門は老練な定町廻り同心だったが、このことがあってから病気がちになり、一年後、母娘の後を追うようにして死んでいる。

数年後、本勤並の同心になった頃、玄次郎はひとつの噂を耳にした。母娘の死は、偶然江戸の町を駆け抜けた、魔のような凶刃にぶつかったのではなく、その頃父親の勝左衛門が手がけていた、ある犯罪にかかわりがあるという噂だった。奉行所はひそかに勝左衛門が調べた後を追って、そのことを突きとめたが、なぜか途中でその追及を中断した。

「お役所にかかわりあるお偉方が浮かんできたからだというが、本当のことはわからんな」

玄次郎にその話をした、金子猪太夫という玄次郎らを支配している与力はそう言ったが、玄次郎は無表情にその話を聞いた。すでにその事件のことを聞いても動揺を表に出すことはなくなっていた。ただ時おり、二つ年下の妹の、無残な傷痕にもかかわらず眠るようだった顔が、蓋をしめた心の隙間から、立ちのぼる気泡のように浮かんでくるだけである。

「お借りしてきました」

小者が帰って来て、古い帳面を玄次郎に渡した。

「今度からは、神谷さまが直接においでになるように、と伊佐さまに言われました」

玄次郎は苦笑して、胡坐《あぐら》の上に帳面をひろげた。伊佐清兵衛は口喧《くちやかま》しい老人である。

帳面は、二年前の四月の捕物帖である。中には与力、同心が摑んできた市内の出来事、江戸市民の暮らしぶり、犯罪と捕物の始末などが洩らさず記されている。与力が奉行に報告するのを、立ち会った書役が書きとめたものだった。帳面を繰っていた玄次郎の指がぴたりと止まった。探していた文字が見つかったのである。

その殺しは、四月六日に初めて起き、続いて、十日と十二日に起きていた。殺されたのは、深川伊沢町吉兵衛店《だな》住い、日雇勘次娘おちか十六歳、深川扇橋町佐助店住い、無職なお娘おひな十五歳、南本所松坂町一丁目八右衛門店住い、左官手伝い林蔵娘おはつ十八歳の三人である。

場所は、おちかが一色町富岡橋ぎわ、おひなが亥ノ堀川岸、おはつが弁天社門前向かいの石置場の中で殺されていた。おちかとおひなは門前仲町で別別に水茶屋に勤め、おはつは同じ仲町の梅本という料理屋の女中だった。手口はいずれも、「縄または紐にて首を絞めし後、錐《きり》のごときものにて、さらに頸の血脈を開き、死に至らしめし極めて残虐なるもの」と、支配役の与力金子猪太夫が報告している。事件を扱った同心は、今年の春息子に役を譲って隠居した佐治五郎右衛門だった。

捕物帖は、このあと珍しく、奉行の榊原主計頭と金子との、緊迫したやりとりを記している。同一犯人と思われる者の連続する娘殺しに、苛立った奉行が、強い口調で犯人の逮捕を命じ、金子猪太夫は「探索の人数をさらに追加して然るべし」と答えていた。

しかし六日から十二日まで、連続して三人の娘の命を奪った犯人は、十三日以後ぴたりと犯行をやめている。四月末に、奉行が金子にそのことを訊ね、金子が、探索を続けているがまだ手がかりは摑めていない、と答えて報告を終っている。

——間違いない。野郎がまた始めたのだ。

と玄次郎は思った。若い女ばかりを狙い、残忍で、変質的な匂いがする手口で殺す犯罪者だった。そいつが、いままで地に潜っていたのなら、土の下から這い出して来たのだ。

——だが、この報告は一カ所間違っているな。

玄次郎は腕を組んだ。首を絞めたあと、錐のようなもので血脈を開いた、と金子は報告しているが、順序が逆なのだ。殺人者は、先ず頸動脈を刺し、苦しむ娘の首を絞めた。

玄次郎が、薄闇の中に、娘の頸の動脈を探っている男の指を思い描こうとした時、頭の上から怒声が降ってきた。

「こんなところで、何をしておる」

見ると金子猪太夫だった。齢はもう五十六だが、仁王のような筋骨をそなえたこの老与力は、老いを感じさせない艶のいい顔色をしている。声も身体に相応して大きかった。

「役所に来たら、わしのところに顔を出さんか。うろちょろとわしの眼を盗んで、こんな場所に入りこんでおる」

「べつに眼を盗んだつもりではありませんが」

「黙らっしゃい。大体貴公の勤めぶりは甚《はなは》だ気に入らん。わしの眼は節穴ではないぞ」

「……」

「出欠常ならず、町回りも時おり怠っていることをわしが知らんとでも思っているか。夜時どき屋敷を空けて、三好町の茶屋に入り浸っていることも知っておるぞ。まさか、夜も眠らずに仕事で駆け回っているとは、いかに面の皮が厚くとも申せまい」

「ご支配役」

玄次郎は捕物帖をひろげて、指でつついた。

「いま、二年前にご支配役がした報告を、読み返しているところでござる」

「なんだと」

「この者が、また現われましたぞ」

金子は眉をひそめてしゃがみこむと、玄次郎が指さした箇所を、すばやく読んだ。

やがて驚愕のいろがその顔に浮かび、玄次郎をじっと見た。

「今朝、高橋の下手に、うら若い娘の死体が浮かびました」

「かの男だという証拠があるのか」

厳しい顔で金子は言った。

「男？　女かも知れませんぞ」

玄次郎は軽くたしなめたが、

「娘の齢は十四、五。どこの者かはいま調べさせていますが、水茶屋あたりに勤めている形跡があります」

「……」

「首に紐痕、頸の血脈を開かれていることは、ご支配役の報告の通りです。ご報告には、錐のごときもの、とありますが、畳針とも考えられる傷痕でした」

「高橋の下手というと、本所側か、それとも深川の岸か」

「本所側です」

「すると、常盤町から井上さまの下屋敷、六間堀をはさんで次に遠州さまの中屋敷だ。あそこは河岸になっているがどの辺だ？」

「井上さまの裏手で」

「ふむ。土堤の下に杭が五、六本あるあたりだな。それに引っかかったか」

金子は掌《たなごころ》を指すように地勢を言った。驚くべき知識だった。

「その男だとすると、神谷。容易ならんことだぞ」

「男か女かは、まだわかりません」

玄次郎は、またやんわりたしなめた。

「すでに調べさせてありますが、私もこれからすぐ探索にかかります。先ほどのお言葉に、出欠常ならずとありましたが、当分は役所にも顔を出しかねます。悪《あ》しからず」

「止むを得ん」金子は苦い顔をした。

「殺されるのが、一人で済まんということが考えられる。迅速に動け。助けがいるか」

「いや、一人の方が性分に合います」

五

外に出ると、玄次郎は門を振り返った。

――あるところには、大層あるものだ。

と思ったのである。

玄次郎が、この大名屋敷に入ってから、出て来るまで四半刻（三十分）も経っていない。だが懐には十両の金が入っていた。

玄次郎を座敷に通すと、満面に笑みを湛《たた》えた顔馴染みの用人が現われて、

「当方からご挨拶にうかがうところでござった。わざわざのお越し痛み入り申す」

と恐縮してみせて、絹の袱紗《ふくさ》に包んだ金を、無造作に膝の前に押して寄越したのであった。この大名屋敷では、盆暮の付けとどけのほかに、当主の出府、帰国のたびに玄次郎のところに挨拶がある。そのかわりに、屋敷の者が、町家の者と紛争を起こしたときなど、玄次郎に頼んで内内に始末をつけてもらう。そういう含みである。実際屋敷の若党が町人と喧嘩したときなど、これまで三度ほど玄次郎は事件にせずに始末している。

金が欲しい、と思ったとき、玄次郎は先日出府したばかりの、この裕福な西国の大名を思い出したのであった。催促は好みではないが、万やむを得ないときにこの手がある。

玄次郎は、真直ぐ六間堀町の銀蔵の店に急いだ。日が落ちて、江戸の町を薄闇が覆いはじめている。風もなく、空気はまだほのかな温かみを残して、その中には何の花か、匂う花の香がある。四月の優しい夜のはじまりだった。だが玄次郎は、その薄闇の中に、微かにひびく殺人者の跫音《あしおと》を聞いた気がした。玄次郎の足はひとりでに速くなっていた。

「まだ帰っていませんが……」

出迎えたおみちが言ったが、すぐに障子を開いて茶の間に招き入れた。岡っ引の女房だけあって、亭主と玄次郎が何かの仕事に入ったことはもう感づいている様子だった。

玄次郎が茶の間に上がりこむと、おみちは言った。

「ご飯を召し上がりますか」

「そうだな。それでは茶漬けをもらおうか。ここの家の漬け物がうまい」

銀蔵に様子を聞き、金を渡してから、門前仲町まで行かねばならない、と玄次郎は考えている。両国の水茶屋を聞き回る線は、もう捨てていた。捕物帖を見るかぎり、人殺しは明らかに門前仲町の岡場所につながっている。

「銀蔵に、何か聞いたかい」

玄次郎は、台所にいるおみちに声をかけた。

「お仕事のことですか？　べつに」

「人が殺されたのだ。まだ若い娘だ」

「まあ」

濡れた手を前掛けで拭きながら、おみちが台所口に顔を出した。

「可哀そうに。それでどこの子かわかったんですか」

「それを、いまご亭主が調べている」

そう言ったとき、銀蔵が帰って来た。

「どうだった？」

「どうもいけません」

茶の間に上がって来ると、銀蔵は疲れたように腰をおろし、ぐったりと頭を垂れた。

「あれから、このあたりの自身番を片っぱしから聞いて回りましたが、どこにも届けは出ていませんな。のんきな親ですな。昨日の朝からですぜ。かれこれ二日経《た》とうてえのに」

「親がいねえかも知れねえのだ、銀蔵」

「でも、それなら裏店の連中が届け出そうなものじゃありませんか」

「それもそうだ」

「ま、明日朝から、また虱《しらみ》つぶしに歩いてみまさあ」

「金を持って来たぞ」

玄次郎は懐から袱紗包みを出すと、半分の五両を銀蔵にやった。銀蔵は押し頂くと、

「これだけあれば、もっと人をふやして、今夜のうちにも突きとめてみせますぜ」

と言った。

「そうしてくれ。それからな」

玄次郎は声をひそめた。

「娘は門前仲町の水茶屋かどっかで働いていたと見当がついた。まず間違いない」

「すると、向うも探らせますか。あのあたりは黒江町の喜太郎が取締っておりますから、挨拶がいると思いますが」

「いや、俺が行ってみる。少し心当りがあるしな。親分は娘の身元を探ってくれ。何という娘で、どこで働いていたか、両方から探ってみよう」

銀蔵の家で、あわただしく茶漬けを掻《か》きこむと、玄次郎はすぐ門前仲町に向った。高橋を渡って深川に入り、さらに仙台堀にかかる海辺橋を渡って、万年町と寺町の間に出た。長く暗い夜の道だった。

――若い身空で、娘はこの暗い道を、毎晩家まで帰ったのだ。

と思った。闇が怖かったろう、と思う。だから、顔馴染みの者が途中まで送るなど言えば、喜んで送ってもらっただろう。その男が人殺しだとは少しも思わずに。

そこまで考えたとき、玄次郎はその影のような男に、初めて強い憎しみを感じた。

与力の金子猪太夫には、調べなければ男か女かわからないなどと言ったが、玄次郎の頭の中には、ある光景が描かれている。

橋の上で、男はじゃ帰ると言って、女の肩に手をかける。女の身体が引かれるように男の懐に入る。ほかの場所、たとえば吉原あたりなら、きぬぎぬの別れという形だ。唇を吸われて、女の身体に微かなおののきが甦る。女は眼を閉じて、店の一間で男と過ごした一刻を思い出している。だが、男の指は女の頭から頸を探り、右手に針のような凶器を握りしめている。

そういう形でしか、あの傷は出来ないと玄次郎は思っている。最初に首を絞め、後で血脈を抉《えぐ》ったのであれば、通り魔の犯行と言えるがそうではない。それにその男は、そういう素姓の知れない男ではない、という気がした。

一ノ鳥居を潜ると、富ヶ岡八幡の門前まで、路は夥《おびただ》しい灯の色に彩られていた。商い店にまじって、小料理屋、料理茶屋、水茶屋が軒を並べ、それぞれ軒行燈を掲げて、その奥から三味線や唄声、酔った高声や笑い声が洩れてくる。

路上には、酔った足どりの人間を交えた人影が、ゆっくり動いていた。その人影の間から、玄次郎は一人の乞食の姿を見つけると、目立たないように寄って行った。肩まで髪を垂れ、年ごろもはっきりしない乞食は、軒下の影を拾うように、ゆっくりゆっくり歩いている。

「甲州はどこにいるかね」

肩を並べた玄次郎が、不意に囁いた。男はうさん臭げに玄次郎を見たが、のろい歩みを止めようとしなかった。髪とひげに覆われた赤黒い顔を向けて、一瞬眼を光らせたがそれだけだった。ひどい匂いが寄せてくる。

玄次郎は懐を探ると、男の掌を摑んで、すばやく小粒をひとつ握らせた。

「佃《つくだ》に渡る橋のとこだよ」

男はひとこと言うと、そのまま同じ足どりでゆっくり遠ざかって行った。行くところがあるような確かな足どりだった。声は意外に若く、喋ったときちらりと白い歯がのぞいたのが、玄次郎の記憶に残った。

甲州は、門前仲町の裏手、佃町の暗い家並みを眼の前に見る橋際にいた。壊れた板戸を二枚、左右から立てかけたのが住居だった。昨日の夜五ツ半（午後九時）ごろ、黒江町から仙台堀を渡って、平野町、寺町通りの方に行った男女の二人連れを、誰か見ていないか、と玄次郎は言った。

「女は、十四、五でまだ子供だ。だが男の味を知っている。このあたりの料理屋か、水茶屋で働いていたらしい。男の方は客だが、齢も身なりもさっぱりわからねえ。そいつを探してえのだ」

「む、む」

甲州は住まいから頭だけ突き出して唸った。玄次郎の膝の前にある頭は大きく、町の空に漂う微かな灯明りに、灰色に見える。

眠っているところを起こされて、甲州は少し機嫌が悪いようだった。太い鼻息と一緒に、唸るような声を吐き出した。

「何をやらかしたんだい？　そいつは」

「その小娘を殺して、川に捨てた」

玄次郎は小判を三枚出して、甲州の鼻先に置いた。

「これで足りるか」

「む、む」

「急いでくれ。野郎はもう一人二人殺すつもりらしいからな。何かわかったら尾花屋に来てくれ。今夜から俺はそこに泊っている」

甲州に別れると、玄次郎は明るい表通りにもどった。町はまだざわめいていた。声を張り上げて、口三味線をがなり立てながら、人をかき分けて行く男がいる。若い職人風の男だった。向うから来た娘二人が、恐ろしそうに男を避け、軒先に身体を寄せるのが見えた。

——だがああいうのはあまり怖くないのだ。

と玄次郎は思った。娘を殺したのは、もっと別の型の人間だという気がする。だがその顔も、姿も依然として影のようで、はっきりした人間の姿は浮かんで来なかった。

とっつきの一軒の水茶屋に入った。店は人影がぱらついているだけだったが、奥でも二階でも三味線の音がした。突然頭の上がみしりと鳴り、鈍い物音に続いて、女の嬌声《きようせい》とけたたましい笑い声が、籠った音で聞こえた。

——あの娘も、こうして夜も働いていたのだ。

と思いながら、玄次郎は赤い毛氈《もうせん》の上に敷いた座布団に腰かけた。

「つかぬことを訊くが……」

注文を聞きに来た若い女に、玄次郎は言った。

「おめえのところで、今日断わりなしに店を休んでいる子はいねえかい」

「いいえ」

十八ぐらいの若い女は、不審そうな眼をしただけだった。

六

玄次郎と銀蔵、それにあんこうと呼ばれている若い乞食の三人が、小料理屋お滝の前の、商家の軒先に潜んでいる。玄次郎が門前仲町にやって来てから三日目の夜になっていた。

店は門前山本町の脇に入りこんでいる掘割に沿って、対岸に町がひろがる仲町にあった。鳥居を潜って、表通りを山本町の手前まで来て、堀に沿って左に曲る。すぐに仲町を二つに割る小路がさらに左に切れている。小路の右はそのまま仲町だが、左側の家並みは、途中から黒江町に変り、西念寺の塀に突き当って鉤《かぎ》の手に右に折れ、黒江町の通りに抜ける。

三人は小路の左側、仲町と黒江町の境目にいた。眼の前に、お滝と染め抜いたのれんが軒行燈に照らされているが、店はひっそりした感じだった。ほかにも同じ並びに二、三軒の小料理屋が軒行燈を出しているが、表通りから外れたこのあたりは人通りもほとんどない。どこかで三味線を爪弾《つまび》きしている音が、夜のしじまの中に聞こえるだけである。

だがひっそりした夜気の中に、男と女の気配がした。このあたりは、小料理屋は表向きで、ほとんど女郎屋にひとしい商売をしていることを玄次郎は知っている。死体が、齢に似合わない、荒れたいろの秘所を隠し持っていたわけが、それで腑に落ちるのだ。

ことり、と心の中で憎悪が動いたのを感じる。その男は、いま眼の前の小料理屋お滝にいる。だが玄次郎はまだその顔を見ていなかった。

銀蔵が尾花屋にやって来たのは、玄次郎が一晩泊った翌日の昼下りだった。娘の身元がわかったのである。娘は弥勒寺からさほど遠くない松井町二丁目に住んでいた。名はおゆみ。十五になる総領娘で門前仲町のお滝に通い勤めしていたことがわかった。おゆみの下に男の子、女の子とりまぜて五人もいて、銀蔵が下っ引の一人に案内されて、裏店のその家を訪ねたとき、親は「二晩ぐらいは泊ることもあったもので」不思議に思わなかったと言った。

　お滝はだらしがない店だった。銀蔵が来たその日の昼前、玄次郎は一度その店をのぞいている。名前がお滝だという、白太りに太った女主人に会ったが、「休んでいる子なんていませんよ」とけんもほろろの挨拶だったのである。銀蔵の報らせが入ると、玄次郎はすぐに駆けつけてお滝を絞りあげたが、おゆみの馴染み客は多くて、それらしい男は見当もつかないと言うお滝の言葉を信じるしかなかった。

　だが夜になって、甲州から報らせが入った。おゆみと連れ立って、あの夜黒江町から富岡橋を渡って、平野町の方に行った男を見た者が、やはりいたのである。見たのはあんこうだった。時刻も合い、あんこうが言う女はおゆみに似ていた。

　呼び名のとおり、色が黒くて口が大きいあんこうは、玄次郎が訊ねるのに得意そうに答えたのである。

「旦那、おら顔も見たぜ」

「顔？」

　玄次郎は鋭い眼であんこうを見た。おゆみが殺された夜は、月は出ていない。駄賃欲しさに嘘を言っているのかと疑ったのである。

「煙草喫ったんだ。橋のところにおらいたんだが、その男は眼の前で煙草を喫いつけた」

「すると、顔を見ればわかるな」

あんこうはうなずいたが、

「あのぎっちょ野郎、何をしたかな」

と言った。

「ぎっちょだと？」

玄次郎は、眼の前で火花が散ったような感じを受けていた。おゆみの頸の傷が右側にあったのを、鮮やかに思い出したのである。捕物帖には、「頸の血脈を開き」とあったが、どちら側とは書いていない。だが恐らく傷は右側にあったのだ。

――男は右腕で女を抱きながら、左手で頸を刺した。

その男が左利きなら、あんこうは間違いなく犯人を見たのだ。玄次郎は苔《こけ》が生えているような、あんこうの手を握った。

「あんこう、そいつが左利きだってえのは、間違いねえな」

「間違えねえよ」

あんこうは酒焼けした赤い鼻をうごめかした。

「燧《ひうち》を叩くときも、煙草をつめるときもみんなぎっちょだよ」

今日の夕方、あんこうは男が水茶屋お滝に入るところを見た。玄次郎が張った網に、ついに獲物がかかったのであった。獲物は、未だ店の中にいる。

お滝の戸が開いて、男が一人出て来た。羽織を着た、ぞろりとしたなりの、背の高い男だった。一瞬軒行燈の光に浮かんだのは、商家の若旦那風の、いい男である。

後から、あんこうが玄次郎の袖を引いた。男は店を出たが、二、三歩歩いただけで、店の前に立ち止まっている。やがて男が腰を探って煙草入れを出した。煙草をつめ、煙管《きせる》をくわえたまま燧を使った。ぎっちょだった。

またお滝の店の戸が開いて、若い女が出て来た。女は下駄を鳴らして男に寄りそうと、

「お待ちどおさま」

と言った。二人はすぐに肩を並べて歩き出した。

「すみませんね、としぞうさん」

と女が言っている。それに答える、少し鼻にかかった優しい声が聞こえた。

「なあに、通り道だから」

二人の姿が西念寺に突き当って、右に折れるのを待って、玄次郎と銀蔵は後を追った。

空は晴れていて、西空の低いところに、いまにも落ちそうに上弦の細い月が残っている。その光で、二人の姿はすぐに見つかった。黒江橋を渡った二人は、富岡橋は渡らずに、堀沿いに一色町を西に歩いて行く。

五ツ半（午後九時）過ぎと思われるこの時刻になると、門前通りをはずれたこのあたりは、もう歩いている人間はいなかった。富岡橋の橋詰で平野町から提燈を持って渡って来た男に会っただけで、あとはばったりと人通りが途絶えてしまった。

前を行く二人は、時おり一色町の二階屋が、路下に落とす陰に入って見えなくなったり、また月の光の中に姿を現わしたりしながら、堀に沿って佐賀町の方向に進んで行く。

一色町から、小さな橋を二つ渡って、二人は佐賀町から堀川町に入った。道はまた佐賀町と中川町の間を通り抜け、中川町の角にある小さな武家屋敷の並びに沿って右に折れ、やがて大川端の佐賀町にぶつかると右に曲った。あたりに丈高い倉が目立ってきた。このまま行けば中ノ橋、上ノ橋を渡って、仙台藩蔵屋敷前の広い川端に出る。その先が清住町だった。

「野郎、どこまで行くつもりだ」

苛立ったように銀蔵が呟いたとき、不意に前を行く二人の姿が見えなくなった。

「おい！」

玄次郎は腰から十手を探り取ると足を速めた。銀蔵も懐から手拭いにくるんだ十手を抜き出している。

中ノ橋の左手前、大川の水が掘割の口を洗っている狭い河岸に、男と女が抱き合っていた。男は右腕に女の肩を深く抱えこんでいる。口を吸われたまま、女は首を仰向けて、男の左肩に右手で縋《すが》っている。

「………」

倉の陰から飛び出そうとする銀蔵を、玄次郎は後手でとめた。

女を抱えていた男の左手が、ゆっくり離れ、腰の煙草入れを探った。そこから摑み出したものが斜めに射しこむ月の光に、きらりと光ったのが見えた。男の右の指が、女の頸を撫でるのが見えた。白く長い指だった。男の左手がゆっくり上に上がり、掌の中で、また何かがきらりと光った。

「よし、行け」

玄次郎は猛然と走り出した。銀蔵がその後を追った。足音を聞いて、男が女を突きとばし、左手のものを川に投げようとした。しかし、玄次郎の十手が、男の肱《ひじ》を打った方が早かった。光るものが地に落ちて、かちっと鳴った。同時に銀蔵が男に組みついていた。

「ねえちゃん」

玄次郎は土の上から畳針を拾い上げると、倉の壁にへばりついている娘に声をかけた。

「こんな夜遅く、男と歩いちゃいけねえや」

娘が恐怖の声を挙げた。それは玄次郎の声に怯《おび》えたのではなく、銀蔵の縄に縛り上げられたとしぞうという男の顔を見たためだった。

若旦那風の男の顔は、眼が血走り、口を曲げて異様な笑いを浮かべていたのである。それは常の人間の表情ではなく、明らかに狂った者の顔だった。


永代橋の西、霊岸島塩町の干物問屋の息子年蔵という、変質者の始末がついた日、玄次郎は久しぶりに三好町のよし野に行った。

「おや、よくこの家をお忘れでなかったこと」

お津世は、玄次郎の顔を見ると皮肉を言った。

「そんな冷たい口をきくなよ」

と玄次郎は言った。

「人殺しをつかまえて、くたくただ。酒を飲ませて寝かせてくれ」

「わかりました」

「やっぱり二階がいいな。お前は声がでかいからな」

「何おっしゃるんです」

お津世は赤くなって玄次郎をつねった。

虚ろな家

一

同僚の鳥飼道之丞と岡っ引の弥之助が、裏店《うらだな》の一軒の戸を開け、やがて一人の男を外に引っぱり出したのが見えた。男は月代《さかやき》をのばし、一見して浪人風である。薄暗くて、木戸の外にいる玄次郎からは、男の表情までは見えないが、身体つきからまだ三十前後かと思われた。それが鳥飼が言った、菅生半蔵という男らしい。

——危ないな。

なんとなくそう思ったのは、男が左手に刀を提げたままなのを眼にしたせいでもあったが、また日が落ちたあとの、あいまいな薄暗さのせいのようでもあった。この薄暗さは人をつかまえるのに適当な時刻ではない。だが鳥飼は男をつかまえることを焦っていた。その証拠に、菅生という男の刀を取りあげることもせず、刀を摑んでいる左手の方に身体を寄せることもしていない。斬ってくれと言わんばかりに向かい合っている。玄次郎はいつでも飛びこめるように身構えたが、しかしその心配はいらなかったようだ。

鳥飼と男は、二言、三言話しただけで、連れ立って木戸の方に歩いて来る。弥之助が男の家の戸を閉めた。あとが真暗なままで、誰かがいる様子でもない。菅生という男は独り者のようであった。

裏店から、一人の男が引き立てられて行くのに、気づいた者は誰もいなかったようだ。裏店の家家は、籠ったような人声や、瀬戸物が触れ合うような音が雑然とひびくだけで、路地には人影もなかった。

だが外手町の表通りに出たところで、異変が起こった。菅生がいきなり刀を抜き、振り向いて鳥飼に斬りつけたのである。

鳥飼は、あ、この野郎と叫んで右腕を押さえると、

「神谷、たのむ」

と上ずった声で言った。そのときは、玄次郎はもう刀を抜いていて、斬りかかってきた菅生の刀を受けとめていた。力まかせの剣だったが、身体の構えが崩れている。玄次郎は一度刀をひき、相手が構えようとするのを、刀を擦りあげるようにして撥ね上げ、身体を寄せた。足を絡んで倒したときには、刀を奪い取っていた。

捕縄を持って二人のまわりを跳ね回っていた弥之助が、

「野郎《わあ》」

と喚いて菅生の上に覆いかぶさって行った。菅生はそれでも跳ね起きて、弥之助を引きずったまま、二、三間逃れたが、鳥飼がすばやく縄をかけると、あきらめたようにおとなしくなった。鳥飼は剣術は下手だが、ふだん組屋敷の中にある道場で

修練を積んでいるとみえて、捕縄のさばきはうまかった。

「怪我したか」

と玄次郎は声をかけた。

「うむ、腕をかすられたが、大した傷じゃない」

鳥飼は息をはずませながら言った。

「やはり貴公を頼んでおいてよかった。俺と弥之助だけじゃ逃げられるところだった」

「それじゃ、俺はこれでいいか」

「済まなかった。もう番屋に連れて行くだけだから、引き取ってくれ」

と鳥飼は言った。

外手町の番屋の方に行く三人を見送ってから、玄次郎は町を二つに分けている道を左に曲り、阿部対馬守下屋敷と最上図書助屋敷の間を抜けて御厩《おうまや》の渡しに出た。あたりはすっかり薄暗くなって、渡し場の右手にある辻番所に灯がともっている。川を上り下りする舟も、舳《へさき》に灯を吊していた。

御厩河岸に舟が着くと、玄次郎はすぐにお津世の店に急いだ。ひと働きしたあとで、一杯やりたい気分になっている。

同僚の鳥飼から、外手町の裏店に同行してくれるように頼まれたのは今朝のことである。相手が町人なら岡っ引の弥之助だけで十分なのだが、浪人者だから、何をやるかわからないので自分が同行する、と鳥飼は言い、ひまが出来たらつき合ってくれないかと言ったのである。

鳥飼は玄次郎と同じ定町廻り同心で、回り筋が玄次郎と隣り合っている。玄次郎よりひとつ年下で、恰好は見事に八丁堀風に出来上がっているが、腕にまるで自信がないのが玉に疵《きず》といえる。もっとも鳥飼はそれを人に隠したりはしない。開けっぴろげで率直な男である。

鳥飼は苦笑して言った。

「蔵吉がいれば心強いのだが、あいにく病気で休んでいるもので」

蔵吉というのは、鳥飼について回っている中間《ちゅうげん》で、丁度鳥飼の頼りない分を埋め合わせるかのように、がっしりした身体つきの三十男である。

玄次郎は承知したと言った。支配役の金子にも眼をつけられているほどで、勤めぶりは決していいとは言えない。同僚の中にも、はっきりとうさん臭い眼で玄次郎を眺める人間がいる。こういうところで、鳥飼あたりに恩を売っておくことも必要だと思ったのである。

「その菅生という男は、何をやったんだね」

「ゆすりだ」

と鳥飼は言ったが、ちょっと首をかしげた。

「じつは八幡町の菊屋という蠟燭屋で子供がさらわれたのだ。五つになる女の子だが。それで多分金が目当てだろうという見当で、弥之助や子分に、店に出入りする奴を見張らせていたら、その男が現われて、店先でゆすったというのだな」

「その男が子供をさらったというわけか」

「いや、それはわからん。が、菊屋の主人に確かめたら、ゆすられてはおりませんと言うんで、こちらもおやと思ったわけよ。菅生は大きな声でおどしていて、弥之助もその様子を知っているし、後で店にいた小僧に確かめてみたが、菊屋では、その男に確かに金を渡しているのだ」

「それで娘は帰って来たのか」

「いや、まだだ。それでひとつ菅生をつかまえようというわけだ」

聞いていて、玄次郎はどこか腑に落ちない点がある気がしたが、とりあえず夕方鳥飼と落ち合って加勢に行ったのだった。

「あら、いらっしゃい」

よし野の格子戸を開けると、丁度盆を持って二階から降りて来たおかみのお津世《つせ》が言った。赤の他人のような冷たい声だった。

北の定町廻り同心神谷玄次郎には、ひどく投げやりな部分がある。平気で回りを怠ったり、三日も組屋敷に帰らず、よし野で酒とお津世の肉に酔い痴《し》れたりする。お津世はそういう玄次郎から、もう離れられないと思い始めていたが、同時にそういう自分を恐れてもいた。そして確かに、しばらく玄次郎の足が遠のくと、その間に漸く自分を取り戻したような気持になるのだった。

武家と町女という身分の違いなど、お津世は気に病んだことは一度もない。夫に死なれ、子供を抱えた寡婦である。このひとの情人で満足だと思う。だがお津世は、時どき玄次郎がお津世ののぞき見ることも出来ない、暗黒を抱えていることに気づくことがある。そういうときお津世は、世の常の情人のように玄次郎に愛されていると信じることが出来なかった。このひとにのめりこんではいけない、とお津世は時どき我に返ったように思うのである。

玄次郎は、土間に立ったまま、じっとお津世を眺めた。自分を鎧《よろ》おうとしているお津世の気組みがみえる。

――そいつは無駄というものだ。俺には、着ているものの下の裸が丸見えだ。

玄次郎は、無頼漢のような呟きを胸の中に吐き捨てた。じっさい眼の奥には、お津世の白い裸身が躍っている。この女を、十日も抱いていないと思った。

「何を笑ってるんですか、気味がわるい」

とお津世が言った。

「なに、ますますきれいになる一方だと思ってな」

「何言ってんですか」

お津世は玄次郎の笑いに水を浴びせるように言った。

「銀蔵さんが来ていますよ。若い女の人を連れて、何か事件があったんじゃないですか」

二

二階のいつもの部屋に上がると、銀蔵は飲みかけていた茶碗を置いて、

「どうせこちらでしょうと思いましたから、お待ちしていました」

と言った。そばに十七、八に見える町娘が坐っていて、玄次郎を見ると丁寧に頭を下げた。

「そんなことがあるもんか。俺は十日ぶりにここに来たんだぜ」

と玄次郎は言った。玄次郎の乱暴な言葉遣いに驚いたように、娘はちらと顔をあげたが、玄次郎に見つめられて、すぐにまた顔を伏せた。

「このひとは、どういうひとだね」

と玄次郎は言った。

「へ。じつはお願いがあってまいりましたので」

と銀蔵は言った。相変らず床屋の親爺に似つかわしくないひげ面をしている。銀蔵は深川六間堀町で床屋をやっているが、玄次郎に手札をもらっていて岡っ引を兼ねている。

「このひとに、かかわりあることらしいね」

「へい。人間がひとり行方がわからなくなりまして。一応あっしが調べましたが、手におえねえものですから」

娘はおみのという名前で、銀蔵の下っ引をしている直吉という若い男と夫婦約束をしている女だった。その直吉が、ここ三日ほど姿を消したままで、家にも帰っていないので、心配したおみのが銀蔵に訴えてきたのだという。

「直吉という人は、ふだんは何しているかね？　遊んでるわけじゃないだろう」

「板木《はんぎ》摺りの職人です」

とおみのが言った。それを引き取って、銀蔵が言葉を続けた。

「なにせ若いもんだから、尻が落ちつかなくて、バレンひとつ持って渡り歩いているんですが、あたしにすれば、それが好都合で、度胸もあるし、重宝にしている男です。それが急にぷっつり姿が見えなくなったもんで」

おみのが、急に膝の上で手を握りしめて、深くうつむいた。その手の上に、ぽたぽたと涙が落ちた。銀蔵の言葉に誘われて、悲しみがこみ上げてきたらしい。

「渡り職人といっても、このところ働いている親方というのはいるだろう？」

「へ。亀沢町の乙吉てえのが親方で、そっちにも行ってみたんですが、来なくなったからやめちゃったんじゃないかと思ってた、なんてしまりのない話でした」

「あんたが何かを探らしてたということはないわけだな？」

「いえ、そんなことはありません。ここんとこ旦那の方のお仕事もないし、せっせと客の顔をあたっているばかりですよ」

「直吉はどこに住んでいるんだい？」

「あたしんとこからじっき松井町の裏店で、元の杉山屋敷に寄った方で。直はそこにも帰っていねえんでさ」

「おかしいな。大の男が拐《かどわか》しにあったわけでもあるめえし」

そう言ったとき、玄次郎の頭の中を、さっき別れた鳥飼の顔と、鳥飼が言った子供がさらわれた話がちらと横切った。

「近ごろ江戸じゃ人さらいがはやっているらしいや」

「まさか、旦那」

と銀蔵は言った。

「直をさらったところで、一文にもなりませんぜ」

「ちょっと聞きにくいが……」

　玄次郎は、ちらとおみのを見た。

「このひとのほかに、まさか好きな女子《おなご》があったわけじゃあるめえな」

「どうだい、おみのさん」

　と銀蔵にうながされて、おみのが顔をあげた。

「いいえ、旦那さま、あのひとはそんな不真面目なひとじゃありません」

　とおみのは言った。おみのは下膨れの小ぢんまりした顔で、おちょぼ口のようなぷくりとした唇を持っている。

「この秋には一緒に住む約束が出来ていて、親にも許してもらって、とても喜んでいたんです」

「なるほど、お前さんのような可愛らしい娘と一緒になるのを、喜ばねえ男はいめえな」

　と玄次郎は苦笑しながら持ち上げた。それでおみのも言い過ぎたのに気づいたらしく、赤い顔になって袂で口を隠した。

「直は身寄りもねえひとり暮らしなんですが、おみのさんは三ツ目橋から近い花町の源六店にいて、親爺さんは町内の丸屋という伽羅《きやら》屋で長いこと下男をしていましてね」

「丸屋なら知っているぞ」

と玄次郎は言った。

しかしそれだけのことを聞いても、直吉という男が失踪《しっそう》したことについて、何ひとつわかったわけではなかった。玄次郎は、明日は町を回りながら、少しあちこちを聞いてみる。それで見当がつかなかったら、銀蔵と改めて相談して探すことにしようと言った。れっきとした大人が拐されるということは考えられなかったし、直吉という男は、明日にもひょっこり帰って来る気もしたが、もし何かがあったのであれば、それは受持ちの町の中のことである。心配でいまにも泣き出しそうなおみのを見ていると、そう言わずにはいられなかった。

おみのはそれでひと安心したらしかった。顔色が、初め見たときとはすっかり違って、見違えるほど明るくなり、頭を下げた。

「お願いします、旦那さま」

「ああいいよ。で、もうひとつ訊くが、直吉に近ごろ変ったようなところは見られなかったかね」

「さあ」

おみのは首をかしげた。

「一緒になるまでに、一生懸命働いて少し金を溜めるんだ、などと言っていましたけど。そのせいか、ここ四、五日居残りをして仕事をしたりしてました」

「居残りだってことがよくわかったな」

「あの、二月《ふた》ほど前から、あのひとの晩めしを作ってやってるんです。ひとりで暮らしていますから、あのひととっても喜んでくれて」

「なるほど。それで二人でしんねこで、あんたが焼いた肴をつついたりするわけだ」

玄次郎はまた苦笑した。直吉は二十だという。二十の男と十七の娘が、そうやって夕刻から夜のひと刻《とき》を過ごすのである。なるほど直吉が黙って姿を消す理由はなさそうだった。

玄次郎にそう言われて、おみのはまた赤い顔になった。

帰るときになって、おみのを先に階下におろしてから、玄次郎は銀蔵に言った。

「直吉は身上は確かなんだな」

「大丈夫調べてあります」

「博奕《ばくち》などは打っていまいな」

「そんな男じゃありませんよ」

「親分はどう思うね。直吉が姿を消すようなわけを、なにか思いつかんか」

「それがさっぱりわからねえもんで」

「自分から姿を消したとなれば、何か悪いことをしたか、女がいるかだ」

「……」

「それとも酔狂な奴がいて、バレンを使えるのを一人拐したかね」

玄次郎が考えたのは、闇出板だった。書物その他を板行するには、届け出て町名主の許可をもらわねばならない。だが実際には書いた人間も、彫師も摺った場所もわからないような素人が作った綴《と》じ本が、いつの間にかひそかに出回っていたりする。直吉はそういう闇の仲間に誘いこまれたのかも知れない、と思ったのである。

だが、それにしてもそう長く隠れているわけはない。二、三日すれば戻って来るのではないかという気がした。おみのを家まで送らなければならないと言う銀蔵が帰ったあと、玄次郎は一人つくねんと考えに沈んだが、そこまで考えてきて気が楽になると、手を叩いた。

「はい。お待ちどおさま」

襖を開けてお津世が酒と肴を運んで来た。

「いま、お客さまが混んでいますから、ひとりで飲んでいて下さいな」

「ああ、いいよ」

玄次郎は言ったが、お津世がそばにくるといきなり抱き寄せた。

「あらッ、お酒がこぼれます」

お津世は言ったが、手妻師のように器用に持っているものを畳に置くと、玄次郎の胸に倒れこんだ。

「髪をこわさないで」

玄次郎の唇が離れた隙に、お津世は眼をつぶったまま囁いたが、その声はもうなまめかしく潤んでいる。

三

「何度言っても同じことでね、彫善さん。こんな板木じゃ家《うち》は摺れません。持ち帰ってもらいましょ。もう言うことないね」

「しかし乙さん、そう言われても、こっちも困るわけよ。なるほど若い者にまかせたのは、あたしが悪かった。その点はこのとおり謝る。だけどあんたも聞いているだろうが、佐野屋さんじゃこの仕事を急いでいなさる」

「そんなこたあ、こっちの知ったことじゃありませんや」

「そう言っちまえば身も蓋もなくなるが、とにかくこっちも期限を切られた仕事で、無理をしたわけよ。それをあんた、彫り直して持って来なって言うんじゃ、長年つき合っているあんたの言葉とも思えないね」

「しかしあたしゃいやなんだよ。何だい、この摺りはって、これかならず言われるからね。誰も善兵衛さんとこの彫りがまずかったとは考えもしねえ」

「だから、そこんところはあたしの方で、佐野屋さんに謝るわけよ。じつは彫りがうまくいかなかったもんで、不出来の点はあたしのせいでございます。手間賃も引いてもらいますと。な、決してあんたに迷惑なんざかけねえって。やってくれ乙さん」

「そうまで言われちゃ、突っ返しもならねえじゃないか」

それが乙吉という摺師らしい、小柄な男は腕を組んで額に皺を寄せた。

「それじゃ、一丁腕によりをかけてみるか。だが出来ばえは請け合えねえぜ」

「やってくれるかい。そいつはありがてえ。よろしく頼んま」

「やってみるけどよ。今度はこういうことでなしに、ちゃんと彫ったものを届けてもらいてえな。この際だから言っちまうけど、あんたのところの助五郎な、あいつはよくねえぜ。ひところは結構いい腕だと思ったんだが、近ごろはまるで小刀が切れてねえよ。気をつけた方がいいな」

乙吉という男は、気が強い男らしく、自分の言いたいことをぽんぽんと言った。彫師と思える相手が、ひどく下手に出て頭を下げて出て行くのを見送ってから、玄次郎は乙吉の家に入った。

「いらっしゃい」

と言ったが、乙吉は膝をそろえて板の間に坐ったまま、頭も下げずに、訝《いぶか》しそうに玄次郎を見ている。家の中に墨の匂いが籠っているのを嗅ぎながら、玄次郎は黙って奥をのぞきこむようにした。入口からすぐ左手の部屋に、二、三人の男がいて、黙黙と身体を動かしている。

「何か、御用の筋でも。旦那」

玄次郎が黙っているので、乙吉は気味悪そうに催促した。玄次郎の姿を見れば、ひと目で八丁堀の人間とわかる。

「ちょいと訊きてえことがあってね」

「なんでござんしょう」

と言ったが、乙吉は急に気づいたように、奥に向って、「おい、座布団持って来な」と言った。乙吉の女房らしい五十がらみの女が薄い座布団を持って出て来たが、玄次郎を見ると、驚いた顔になり、深深と頭を下げて引っこんだ。

「直吉というのが、ここで働いていたそうだが、今日も来てねえかい」

と玄次郎は言った。

「ああ、直のこってすかい。家には来ていません。こないだ川向うの銀蔵という親分がみえましてね。直のことをいろいろ聞いて行きましたが……」

乙吉の顔に、不意に好奇心が浮かび上がってきたようだった。乙吉は板の間にかしこまった膝を乗り出すようにして声をひそめた。

「直が、何かやらかしたんですかい」

「いや、そういうわけじゃねえが……」

玄次郎は口を濁した。

「そうか。まだ姿を見せてねえんだな」

「直はもともと渡りの人間で、へい。家《うち》が丁度手不足でいたときに雇った男なんですが、いい腕を持ってるのに、腰の落ちつかねえ野郎でね。だから、あっしは言ってやったんですよ。いつまでも若えと思ったら間違えだぞ。いい加減、ここらで落ちつかねえと、一生バレン持ってあちこちを安い手間で働く羽目になっちまうぞってね」

「そうしたら、直は何て言ったね」

「ええ。それが、親分がそう言ってくれるんなら、俺もそろそろ腰を落ちつけてえ、なんて殊勝なことを言ってましたがね。でも断わりもなしに休んじまって、うんでもすんでもねえでしょ？　やっぱり渡り者はあてになんねえってね。家の連中にもこぼしていたところですよ。何しろこのところいそがしいもんだから。あっしも頭にきてね」

「ここへ来てからどれぐらいになるね？」

「ええーと。かれこれ三月《み》近くになる勘定でさ」

「直吉が下っ引をしていたことは知っていたかい？」

「下っ引？」

乙吉はへえ！　という顔をした。

「そいつは知りませんでした。お、そう言えば……」

乙吉は手を叩いた。

「時どき人が呼び出しに来てましたな。仕事の最中に外に出て話をしてるもんだから、おめえ悪い遊びをやってんじゃあるめえな、て訊いたことがあるんですよ」

「こないだ銀蔵が来たときに、そのことを言わなかったかい？」

「いいえ。ただ直のことをいろいろ聞いて行っただけで。だからあっしは、直が何かやったんじゃねえかと思ったんですが」

「直吉は銀蔵の下っ引をしていたのだ」

するとと乙吉が妙な顔をした。

「あれ、するとあの男はやっぱり別口かな」

「あの男というのは、直吉を呼び出したという男か。そいつは銀蔵じゃなかったのかい」

「違いますよ」

「どんな男だ？」

「銀蔵親分というのは、顔が丸くてひげ面でしょ？　ところがその男は面長で、眼が細く、そう齢は三十二、三かな。わりにいい男でしたよ」

「背は高い方で、男にしちゃ色白の方だったか」

「あれ、旦那ご存じだったんですかい。何ですか、やっぱりやくざ者か何かで？」

「その男が直吉を呼び出したというのは、いつごろの話かね」

「八日ばかり前ですよ。二、三度続けて来ましたからよくおぼえてますよ」

「その前に来たことがあるのかい？」

「いいえ、以前は見かけたことがありません」

「ありがとよ」

と玄次郎は言って腰を上げたが、思い出して訊いた。

「近ごろ直吉は居残りで仕事をしたかい」

いいえ、と乙吉は首を振った。

乙吉の家を出ると、眼の前に榛《はん》ノ木土手が長く続いている。土手の向う側は、馬場になっているが、曇り空の下に、そのあたりはしんと人気がなく静まり返っている。

――直吉はかけ持ちをやっていたらしい。

と玄次郎は思った。

乙吉の家に、直吉を訪ねて来た男というのは、同僚の鳥飼が手札を出している岡っ引の弥之助に間違いなかった。秋に一緒になるまでに、金を溜めると直吉が言っていた、と昨夜来たおみのが言っていた言葉を思い出していた。おみのは、直吉が近ごろ居残りしていたと言ったが、恐らく弥之助に言いつけられて子供がさらわれた菊屋の見張りでもやっていたのだろう。

――しかし、そうやっていて姿を消したというのは、直吉もさらわれたということかね。

玄次郎は奇妙なおかしさを感じた。どう考えても大の男が拐されるというのはぴんと来ないが、菊屋の子さらいと、直吉の失踪はぴしゃりと繫がってしまっている。

――ともかく、鳥飼に会って菊屋の方の事情をもう少し聞きただそう。

そう考えながら、玄次郎は足早に亀沢町の番屋の方に曲った。

四

「それがくだらん話でな」

玄次郎が、この間ちょっとした捕物を演じた菅生という浪人の始末を訊いたのに対して、鳥飼は苦笑しながらそう言った。

同心詰所の中は、次次と見回りから帰って来る同僚の話し声で、少し混雑していた。その間を部屋の世話をしている岩吉という老人が、茶を配って歩いている。

「どうした？」

「菅生というのは、御家人崩れのごろつきのような男だが、菊屋の子供には何のかかわりもなかったよ」

「ただのゆすりか」

「ゆすりはゆすりだが……」

鳥飼は苦笑した。

「菅生は菊屋の女房の、れっきとした実の兄でな。ゆすりにもならんのだ」

「しかし、菊屋で金を出したのは事実だろう」

「それだが……。刀まで抜かれては、こっちも気色悪いから、奴を番屋に止めて置いて、菊屋に確かめたら言ったような事情で、金はくれてやりましたがゆすられたというわけではありません、と菊屋では言うわけだ。これじゃ放してやるしかない」

「……」

「金が無くなると、ちょいちょい来ちゃ、大声で喚くというから、たちは悪い。あれじゃ妹だという菊屋の女房が気の毒だな」

「なんで刀なんぞ振り回したのかな？」

「どっか小梅《こんめ》代地町あたりにあるケチな賭場で、博奕を打ったらしいんだな、あの菅生がよ。そっちがバレてつかまえに来たと思ったというのだ」

「子供のことは……」

玄次郎は岩吉が運んできた茶を一杯啜《すす》った。また外から帰って来た同心仲間が、玄次郎のそばを通りながら、「よう、珍しいな」と声をかけたが、玄次郎は「よう」と言っただけだった。

「菅生は、子供のことは何も知らんのか」

「こっちが訊いたらびっくりしている始末だ。そういうことはひとつも聞いてねえそうだ。とんだ伯父さまだよ」

「それで、子供の方の手がかりは、まだ摑めんのか」

「うむ。死体が出たわけでもねえし、どっかに閉じこめられている気がするから、菊屋のまわりを昼夜見張らせているんだが、何にも引っかかって来ねえ。このところお手上げだよ。支配役にはがみがみ言われるしな」

鳥飼は憂鬱そうに言った。ふだんはお洒落でのんきな男だが、少し頰のあたりの肉が落ちて、皮膚が荒れている。

「何かいい知恵はないか、神谷」

「べつに知恵もないが、よかったら少し手伝わせてもらうか。こっちにもちょっと引っかかりが出来たのでな」

玄次郎は下っ引の直吉の失踪話を持ち出した。直吉が弥之助の下っ引をしていて、菊屋の事件を手伝っている中に、行方が知れなくなった話をすると、鳥飼は首をかしげた。

「そんなことがあったのか。弥之助には何にも聞いていなかったぞ」

「そうか。ともかくそういうことで、行方を探してくれと頼まれている。どうも菊屋の一件にかかわりがある気がしてならんから、俺にも調べさせてくれ」

「いいとも。そいつは助かる。支配役には俺から話しておくから、俺に遠慮せずに調べてくれ」

鳥飼は、はっきり喜んだ顔色になってそう言った。縄張りがどうこうと言わない、こういう率直さが鳥飼のいいところである。

鳥飼に居場所を聞いて、玄次郎は岡っ引の弥之助に会った。弥之助は、菊屋の向かい側にある蕎麦《そば》屋の二階にいた。弥之助は低い格子窓の下の畳に一人で寝ころんでいたが、玄次郎の姿を見ると驚いて起き上がった。

「これは神谷さま、どうしました？」

「少し訊きたいことがあってね」

玄次郎は坐ると、無造作に直吉のことを切り出した。弥之助の顔に、急にこわばった表情が浮かんだ。

「そいつはちっとも知りませんでした」

と弥之助は言った。

「銀蔵さんの手当てをもらっている男だと知っていれば、あたしは雇わなかったんですよ」

「そうだろうな。で、直吉は自分の方から売り込んで行ったのかい。それともあんたが声をかけたのかね」

「いいえ、働かして下さいと向うから言ってきたわけで。そう、かれこれ一月《ひと》も前でしたかな。そのうち、前の……」

弥之助は窓から見える菊屋の店先を指さした。

「一件が始まったもので、早速働かせてみたわけですよ。それが、五日もしたかな？　夜の見張りを言いつけたら、次の日から来なくなったんで、ええ」

「なるほど、五日目の夜か」

「大方夜の見張りが辛かったんだろうと、あっしは思っていたんでさ。なにせ、近ごろの若い者は根気が続きませんから」

「まったくだ。それで摺師の親方のところには行ってみなかったかい」

「ええ。こっちもこのとおり、夜昼なしの見張りを鳥飼の旦那に言いつかってまして、いそがしいし。それに、こっからは見えませんが、あちこち人を使って手配りは十分しています。直吉一人がいなくとも、じつを言えばどうということもないんで、そのままにしていたわけなんで」

「そうか」

「それにしても、行方が知れないというのは驚きましたな。あの夜からということになると、こちらも気味が悪うござんすな」

弥之助は本当に気味が悪いような顔をした。いろいろと表情の大げさな男だった。達磨のようなひげ面の銀蔵とはだいぶ違う。

「ところで、誰かが菊屋に近づいている様子はないのか」

「ええ、いまのところ怪しい奴というのは皆目で……」

「しかし客も来るだろうし、見ているだけじゃなかなかわからんだろう」

「いえ、怪しいそぶりの奴はすぐにわかりまさ。店の中にも一人下の奴を入れときましたから、何かあればすぐにわかりますよ」

じつは俺も菊屋の一件を手伝うことになった、と玄次郎は言った。

「まさか直吉も同じ人間に拐されたとは思わんが、何か繋がりがある気がするのでな。これから菊屋に寄ろうと思うが、怪しいもんじゃねえって、ほかの連中に言っといてくれ」

笑いながら玄次郎は立ち上がった。

――しかし、あんな見張りでいいのかな。

そう思ったのは、外に出て道を横切って菊屋に向ったときだった。畳の上に所在なげに寝ころんでいた弥之助の姿が思い出されたのである。

玄次郎は思わず、出て来た蕎麦屋の二階を振り仰いだ。細かい格子が並んでいる。弥之助の姿は見えなかったが、一瞬玄次郎はそこからいままで自分を見おろしていた者の視線を感じた。

五

菊屋の主人夫婦に会うと、玄次郎は改めて子供がさらわれたときの様子を聞いた。概略は鳥飼に聞いてわかっていたが、自分で調べるとなるともう少し丁寧に聞きただす必要があった。

お八重という五つになる女の子がさらわれたのは、八日前の夕刻のことである。

その夕方お八重は女中のお杉に連れられて、店の近くの路の上で遊んでいた。まだ日のあるうちで、お杉に連れられてといっても、近所の顔見知りの子供が沢山路に出ていて、お八重はその子供たちと石蹴りなどをしていたのである。

日が落ちて、少し薄暗くなっても、まだ家に帰る子供はなく、もう店に入れなきゃと思いながら、お杉は一寸のばしにしていた。その間に近所の顔見知りのかみさんと立ち話などをしていたのである。お杉は十八で、子守り半分の女中である。家へ入ればすぐに台所を手伝わなければならない。こうしてお八重の番をしている方が楽だった。

女の子の鋭い悲鳴がしたとき、お杉は買物帰りの近所の女房と話をしていた。お杉もお喋りだが、お熊という大工の女房は、お杉に輪をかけたお喋りだった。

だが、そのお喋りを中断したほど、ただならない声だった。はっとしたとき、女の子を小脇に抱えた男が、路地を曲る後姿が見えたのである。子供たちは、わッと叫んで一斉に散ってしまったが、お八重の姿だけが見えなかった。

「そのお杉を、ちょっと呼んでもらおうか」

と玄次郎は言った。

「承知しました」

と主人の作太郎が言い、おかみのより江が呼びに行った。

その後姿を見送りながら、玄次郎は、

「無理もねえがおかみさんはだいぶ悴《やっ》れているようだな。気の毒だ」

と言った。

「何しろあの子がさらわれてから、ろくに眠っていませんから。喰うものもほんの少しで。もっと喰わなきゃ駄目だと、あたしは力づけているんですが、喰べたくないのはあたしも同様で。とにかく参りました」

作太郎は弱弱しく笑った。しかし眼をくぼませて暗い顔をしているより江にくらべると、作太郎は顔色は悪いが太っていた。作太郎は玄次郎と同じ年頃の二十七、八、より江は二十二、三に見える若夫婦だが、先代夫婦が早く亡くなったということで、作太郎が菊屋の当主だった。

「店はずっと開けているわけか」

「はい。商売どころじゃないという気持ですが、誰かが子供を引き換えに金をよこせ、と言ってくるんじゃないかと思いまして。そのとき店を閉めてたんじゃ、向うも具合悪かろうと思って、ま、商売を続けているわけですが、話はすっかり伝わったとみえまして、客もめったにありません」

そう言えば、玄次郎が茶の間に通ってからも、店の方はひっそりして客が来た様子もなかった。店だけでなく、菊屋は家の中全体が陰気に沈んでいる。

「そう言えば、こないだ妙なのが飛びこんで来たそうじゃないか」

「え?」

作太郎は眼を瞠《みは》ったが、すぐに苦笑した。

「ああ、より江の兄のことですな。いや、鳥飼さまにはすっかりお手数をかけました」

「あの人はちょいちょい来るのかね」

「いえ、そうでもありませんですが……」

作太郎が答えたとき、より江がお杉を連れて茶の間に入って来た。より江は茶の間に入って来ると、行燈に灯を入れた。いつの間にか部屋の中がすっかり薄暗くなっていたのである。

「あんたがお杉さんか」

玄次郎は小柄で、よく太っているお杉を見て言った。丸い顔と厚い唇を持ち、なるほどお喋りのように見えた。

「はい。申しわけございません。わたしがうっかりしたばっかりに……」

と言って、お杉は袂をすくい上げて顔を覆った。

「あんたは、その男を見たわけだな」

「はい」

お杉は袂をおろしてうつむくと答えた。

「後姿だけでしたが、はっきりと見ました」

「どんななりをした男だったね」

「あたりまえの、町の人のように見えました」

「つまり、侍でもなく、職人のようでもなかったということだな」

「はい。そういうなりではなくて、着流しだったと思います」

「着物の柄は見えたかい」

「もう薄暗くて、よくわかりませんでしたが、棒縞の着物のようでした。太って、背丈はあまり高くなかったようです。でも、ちょっと離れていましたから、よくわかりませんでした」

「顔はまるで見ていないのか」

「はい。後姿だけです」

「すると若い奴か、年寄りかもわからなかったわけだ」

「いいえ」

お杉は顔を上げた。丸丸とふくらんだ顔である。心配ごとが顔や身体には出ないたちのようだった。

「それは若いひとだと思います。どうしてかと言いますと、あたしもすぐに追っかけて角まで走ったんですが、そのときはもう姿が見えませんでした。お八重ちゃんは……」

と言って、お杉は涙声になった。

「とっても重い子ですから、年寄りだったら抱えてそんなに早くは走れないと思います」

「あの、お八重は……」

ふとより江が口をはさんだ。

「柄が大きい方で、いつも二つぐらい上に見られている子なんです。力のない人では、抱いて走っても、お杉に追いつかれたのではないかと思います」

より江は、縋《すが》るような眼で玄次郎を見て言った。悴れて瞼《まぶた》が二重になっている。黒い眸《ひとみ》とそげた頰が凄艶な感じがする。

——美人だな。

と玄次郎は思った。菅生半蔵と血の繋がる妹とは思えない、人品の良さが匂ってくる。

「なるほど、よくわかった。それで……」

玄次郎はより江から眼を逸《そ》らして、またお杉に顔を向けた。

「あんたと話していた、お熊というおかみもその男を見たわけだな」

「はい。二人で追いかけましたから」

後で、大工の女房だというお熊にも事情を聞く必要がある、と玄次郎は思った。

「さて、それではご主人。ちょっとそこまでお杉を借りて、今日はこれで失礼することにする。最後にひとつ聞くが、この店が誰かに恨まれているようなことはないだろうな」

「いいえ」

作太郎は首を振った。

「祖父の代から、この土地で商売をさせてもらっている商人《あきんど》で、人に恨まれるようなことはしておりません」

「それでは、やはり金めあてか。よほど儲かっているとみられたな」

「そんな……」

より江が顔をあげた。

「そんなはずはありません。この店が借金でもっていることは、このあたりで知らない者はおりません」

「おい。余計なことを言うな」

作太郎が叱った。玄次郎が驚いて顔を見たほど、乱暴な口調だった。

玄次郎が腰を上げると、より江は取り乱した声で言った。

「あの、八重は大丈夫でしょうか。まさか殺されたりはしていないでしょうね」

「話の模様じゃ、やはり菊屋の娘と知っていてさらったようだ。金めあてだろうと思う。いまに何か言ってくるだろうし、まず命に別条はないだろう」

「ありがとうございます」

と言って、より江は啜り泣いた。

「さっきおかみが言ったが、あまり金がないんじゃ、子供をさらって行った奴が金が欲しいと言ってきたとき、困りはしないか」

「お恥ずかしいことをお耳に入れまして」

作太郎はちらとより江を睨んでから言った。

「かなりの金は親戚にわけを話して、借りる段取りをつけてありますので、その心配はありません。あたくしとしては、一日でも早く、何とか言ってきてもらいたいと考えているわけでして」

「俺たちもそれを願っている。そのときにうまく相手を押さえられるといいのだが……」

「神谷さま」

作太郎が膝をすすめた。

「前に鳥飼さまにも、弥之助親分にも申し上げておりますが、もし金と引き換えに娘を返すという向うの申し出があったときは、こちらでは何としても金を都合して娘を引き取るつもりでおります。決してそいつをつかまえるために、ご無理をなさらないようにお願い申し上げます」

「わかった。そこのところは十分考える」

玄次郎はお杉を連れて外に出た。日は落ちて、町並みは薄闇に包まれていたが、路にはまだ子供が遊んでいた。お八重がさらわれて四、五日は、夕方遊んでいる子も見えなかったが、このごろまた前にもどったのだ、とお杉は言った。

「大体こんな時刻かい」

「はい。もう少し遅かったかも知れません」

「なるほど」

玄次郎は立ち止まって子供たちを見た。薄闇の中で、子供たちの顔は一様に白い面のように見える。

「本当に知らない男だったんだな」

不意に斬りこむように玄次郎は言った。お杉は玄次郎の口調に驚いたように、一瞬顔を見あげたが、黙ってうなずいた。

「よし、帰っていいぞ」

玄次郎は言ったが、背を向けたお杉にもう一度声をかけた。

「おめえのとこの主人とおかみは、あまり仲がよくないようだな」

お杉は振り返ってしばらく黙っていたが、やがてゆっくり答えた。

「あたしは奉公人ですから、そういうことにはお答え出来ません」

若いのに、したたかな返事に聞こえた。

六

「おい、起きろ」

玄次郎は乱暴に戸を叩いた。もう日が高いのに、菅生平蔵の住居はまだ戸を閉めたままである。

「開けないと戸を蹴破るぞ」

「うるせえな、朝っぱらから、誰だい？」

戸の内側で、ぼそぼそ言う声が聞こえて、やがて戸を開いた。

「お」

菅生は、あの薄闇の中で一度顔を合わせただけなのに、玄次郎の顔を覚えていた。警戒するように、ひげ面を引き緊めて玄次郎を睨んだ。

「何か用かい」

「少し訊きたいことがあって来た。入るぞ」

玄次郎は立ちはだかっている菅生を押しもどすようにして、土間に踏みこんだ。それを見て、何事が起きたかと外に出て来ていた近所の者が、ぞろぞろと家の中に引っこんだようだった。

突き当りが茶の間のようで、そこに綿のはみ出た布団が敷いてある。障子は穴があき、酔って泥足で踏みこんだことでもあるのか、上がり框《かまち》に大きな足跡がべったりついている。左手の台所口に、半ば蓋がはずれた釜が転がっていて、底におこげがこびりついているのが見えた。異様な臭気が家の中に立ちこめている。

「相当なもんだな」

玄次郎は刀を腰からはずして、上がり框に腰をおろしながら言った。

「何がだ？」

「いや、それはいい。ちょっと腰をおろさんか」

玄次郎は板の間を指さした。菅生はそれでもしばらく玄次郎を睨んでいたが、やがてひげを撫でながら腰をおろした。

「聞きてえことってえのは何だね」

同心も、多分に粋がってべらんめえ言葉を操る傾向があるが、この男の口の汚さは本物だった。

「あんた、菊屋の兄貴だそうだな」

「そうだよ。そいつがどうかしたかね」

「菊屋が借金でひいひい言っているのを知らなかったのか」

「けッ」

と菅生は顔をゆがめた。

「そんなこたあ、百も承知だよ」

「知っていてゆすりに出かけるというのは、どういうわけだい」

「赤の他人に話す義理あいはねえな」

「大した身内だよ、あんたは。ところがこいつはお調べの筋なんだ。答えてくれなくちゃ困る」

「金がねえって言うけどな。野郎は女を囲っているって噂だぜ。こいつは聞き捨てならねえじゃねえか。俺はより江の兄貴だぜ」

「意見がわりに金をゆすったというわけか。ところで、作太郎が女を囲っているというのは本当か」

「また聞きだが間違えねえ。俺のだちが、浅草の盛り場あたりで若い女を連れていちゃついている野郎を見ているんだ。一度や二度じゃねえ。それじゃ妹が可哀そうじゃねえか」

「どの辺に囲ってるか、知らないか」

「それがわかってたら、とっくにゆすりをかけてら。その女の方をよ」

「なるほど、そりゃうまい手だ。御法に触れることを抜きにすればな。ところで念のために訊くが、菊屋の子供がさらわれたのに、かかわりは持ってねえだろうな」

「冗談じゃねえぜ」

菅生は肩をそびやかした。

「そいつは鳥飼というおめえさんのだちに聞いたがよ。俺は何にも知らねえぜ。そんなことを知ってりゃ、いくら俺でもあの店にゆすりをかけたりはしねえよ。妹が可哀そうだ。さぞ心配《しんぺい》してるだろう」

「存外妹思いじゃないか」

「あたりめえだ。二人きりの兄妹だからな。俺はあんちくしょうに妹を嫁にやったことを悔んでるんだ」

「ほう」

「俺の家は貧乏でな。親爺が病気で寝てて、今日か明日かというのに医者も呼べねえほどだった。あの作太郎はな、そんなところにつけこんで、妹をさらって行った野郎だ。ところが商売の方は、からきし駄目なくせに、とんだ遊び人でな。散散妹を泣かせやがった。唐様《からよう》で書く三代目ちゅうやつよ」

菅生の家を出ると、玄次郎は真直ぐ六間堀町の銀蔵の家へ行った。銀蔵の店は、客は一人もいないで、銀蔵、おみちの二人が襷《たすき》がけの支度だけは甲斐がいしく、上がり框に顔を並べてぼんやり腰かけているところだった。

「旦那、直のことが何かわかりましたか」

銀蔵は玄次郎の顔を見ると、急に生気が甦った顔になって立ち上がった。

「ま、茶を一杯馳走してくれ」

玄次郎はずかずかと茶の間に上がりこんで行った。季節からいえば、まだ梅雨明けには間があるはずだが、ここ四、五日一滴の雨も降らない日が続いている。それでいて空気は湿っていて、日の下を歩いていると粘つくような汗をかいた。

手早く切ったお香こを添えて、おみちが茶を出すと、玄次郎は続けざまに二杯、うまそうに飲み干した。

「直吉は、八幡町の菊屋で起きた子さらいの一件に巻きこまれたらしい」

玄次郎は手早く事件を説明した。銀蔵は、ほうと驚いたり、あの野郎と舌打ちをはさんだりした。銀蔵の頭は直吉にだけ向いている。

「それで、子供が出て来なきゃ、直吉も出て来ないといったあんばいだな。それで済めばいいが、金が動いて子供が出て来たときに、直吉が殺されるかも知れないという心配もあるわけだ。口ふさぎにな」

「旦那、あたしは何をやればいいんで？」

銀蔵が緊張した眼を玄次郎に向けた。

「菊屋がどれぐらい借金を背負っているか、洗ってくれ。それからこいつは気分がよくねえだろうが、弥之助を調べてくれ。とくに菊屋とのつき合いの程度をな。その間に、俺もちょっと調べることがある」

「わかりました。すぐに取りかかりましょう」

「お前さん一人でやってくれ。そして調べが済んだら、今度は弥之助から眼を離さねえで見張ってもらいてえ。鍵はそのへんにあるぜ」

言ったとき、玄次郎の眼に蕎麦屋の二階で所在なげに畳に寝ころんでいた男の姿が浮かんできた。それは何かを待っているように見えたが、犯人が現われるのを待っている姿ではなかった。

七

玄次郎、鳥飼、弥之助の三人が入って行くと、茶の間に坐っていた人間が一斉に顔を上げた。部屋の中にいたのは菊屋の主人夫婦と、顔の知らない商人風の男の三人だった。

「ごくろうさまでございます」

と主人の作太郎が言った。行燈の光に、作太郎の興奮気味な顔が光っている。

「こんな時刻にお運び頂いて申訳ございませんが、じつは待っていた便りが、今日の昼過ぎにきたものですから、さっそくおいで頂いたわけです」

「子供をさらった奴が、何か言ってきたのかい」

と鳥飼が言った。

「はい。今日の昼過ぎに、この手紙を届けて来た者がありました」

「どれ、何と書いてある？」

鳥飼が手を伸ばすと、作太郎は持っていた手紙を隠すように手もとにひっこめた。

「申しわけございませんが、この手紙には、金と娘を取り換える場所が書いてありますので、お見せいたしかねます。あたしどもは、金がどれほどかかろうと、娘の命にはかえられません。黙ってくれてやるつもりでおりますので、この前申し上げましたとおり、ここはお上のお目こぼしをお願いしとう存じます」

「気持はわかるが、みすみす悪い奴を見のがすのも、業腹だな」

と鳥飼が言った。

「重ねてお願い申し上げます。手紙にはお上に告げ口すれば娘は殺すと、こわいことが書いてありますので」

「ま、いいではないか鳥飼。ここはまかせるしか仕方あるまい」

と玄次郎が言った。鳥飼は顔をしかめて腕組みしたが、ふと気づいたように弥之助に訊いた。

「その手紙を持って来た奴というのは、一応跟《つ》けさせてみたわけだな」

「へ。ここを張っていた者が、すぐに後を跟けましたが、一刻もの間、浅草寺の境内をあちこち引っぱり回されただけで、らちが明きません。仕方なくつかまえて問いつめましたところ、それが知らねえ人間に金をもらって手紙を届けただけの遊び人とわかりましたので、放しました」

「それじゃ仕様がねえな」

と鳥飼は言って、玄次郎を見た。

「止むを得んな。手は出せねえようだ」

「ありがとうございます」

と言って、作太郎は膝の前に置いた風呂敷包みを、皆に確かめさせるように、座の中ほどに押し出した。

「これはここにいなさる……」

作太郎は隣に坐っている五十年輩の痩せて小柄な男を振り向いた。

「本家の政右衛門さんが届けてくだすった金で、中に五百両入っております。さっき女房と二人で数えまして、改めて五百両を封じました。これが手紙で言ってきた額でございます」

みんながしんとしてしまったので、作太郎の言い方は、よく出来た芝居の科白《せりふ》のように聞こえた。

「五百両とは途方もない金だな」

鳥飼がぽつんと言った。

「しかし娘の命には換えられません」

「それはわかる。だがこんな大金じゃ、運び役が大変だな。一体誰が運ぶんだね」

「そこで御役人さまにお願いでございますが、この役目は、弥之助親分にやってもらうわけにいきますまいか」

「俺がかい」

と弥之助がびっくりしたように言った。

「はい。夜分でもございますし、店の者ではこの役目が勤まりません。ぜひお願いしとうございます。ただし、さっき申し上げたようなわけで、親分さんには申訳ございませんが、十手はここに置いて行って頂く、一切手出しはご無用にして頂いて、子供だけを引き取ってきて頂くということにしてもらいとうございますが」

「それがいい」

「親分さん、お願いいたします」

政右衛門という男と、より江が口を添えた。

「どうも半端な役目で気が向かねえが……」

弥之助は苦笑して鳥飼を見た。

「どうしたものでしょう、旦那」

「仕方あるまい。引き受けてやれ」

と鳥飼は言った。すると作太郎は弥之助を部屋の隅に呼んで手紙を見せ、何か囁いた。弥之助は黙ってうなずいた。

金を背負った弥之助が出て行って、しばらく経ったとき、玄次郎が鳥飼に言った。

「俺は待っていても仕様がねえから、これで帰らせてもらおう」

「済まなかったな。俺は娘が帰って来るのを待つ。もしうまく行かなかったら、すぐ手を打たなきゃならんからな」

「ごくろうだな」

玄次郎は言って部屋を出た。店は閉めてしまったので、玄次郎は潜り戸から外に出た。より江と女中のお杉が送って出た。

玄次郎はゆっくりした足どりで、日蓮宗の妙縁寺門前を行き過ぎ、原庭町の方に歩いた。寺の塀と原庭町の境まで来て、玄次郎が振り向いたとき、菊屋の店の前に出ていた提燈の明りがふっと消えた。それまで見送っていた女二人が家の中に入ったようだった。

玄次郎はすばやく足を返した。菊屋の前までもどると、店の前の道を丹念に目で探った。探していたものはすぐに見つかった。ひとつまみの塩である。闇が町を包んでいるが空には星があって、地面を浮き上がらせている。その中に塩はほのかに光って置かれていた。弥之助を追って行った銀蔵が残したものである。

――これでは少な過ぎないか。

いかにも律儀な銀蔵の仕事らしい感じで、玄次郎は苦笑したが、すぐに表情を引きしめて塩が指し示す方角に急いだ。塩は次に、八幡町と小梅代地町の間に入る道の角に置かれていた。玄次郎はためらわずに角を曲り、業平橋の方角に向って走った。橋の上がり口に、またひとつまみの塩があった。

塩に導かれて、玄次郎が大法寺の角を曲ったとき、危うく前を歩いていた男に突き当りそうになった。

「お」

よけて走り抜けようとしたとき、その男が、

「旦那」

と囁いた。銀蔵だった。

「どうした？　撒《ま》かれたか？」

玄次郎が囁くと、銀蔵はしッと言った。銀蔵が指さした前の道に、小さく動く人影がある。ゆっくりした歩みだった。

「のろいもんでさ。五百両が重くてしようがねえらしいんで」

銀蔵は舌打ちした。

弥之助は掘割沿いの道をゆっくり歩き、柳島村あたりまで来たと思ったとき、立ち止まった。玄次郎と銀蔵はそばの百姓家の生垣に身体を寄せた。

弥之助が入って行ったのは、竹垣で囲った町家の隠居所風の一軒家だった。

「さあ、いつまでも騒いでいないで、少し眠りなさいよ。おとなしくしないとお迎えの人が来ませんよ」

と女の声が言った。

「おばさん、今晩帰るの？　あたい、もうちょっといたいな」

という女の子の声がした。

弥之助が玄関を上がり、突き当りの障子を開くと、布団の上に大きな人形を抱いた女の子が寝ころび、その脇にまだ若い女が縫い物をしていた。

女は弥之助を見あげると、

「ほら、お八重ちゃん。お迎えが来た」

と言った。それから立ち上がると、弥之助に擦り寄って、「うまく行ったの」と囁いた。

「ほら、こいつだ。結構重いもんですぜ」

弥之助は背負っていた包みをおろした。

「それで、お八重ちゃんは今夜連れて行くの？」

「ああ」

弥之助は両手を差し上げて伸びをした。

「旦那が待っていなさるんでな。すぐに連れて行きますよ」

「あの人はどうするの？」

「あいつはしょうがねえ厄介者だ。明日の夜でも来て始末しましょう」

弥之助が言ったとき、後から声がした。

「そいつはやめた方がいいぜ。人殺しとなると罪が重い」

ぎょっと振り返った弥之助の前に、玄次郎が、のっそりと顔を出した。

そのとき、玄次郎は背後に、風が捲き起こるような気配を感じて、片膝をつくと斜めに身体を倒した。同時に、「旦那、危ねえ」という銀蔵の叫び声が挙がった。背後からすさまじい斧の一撃をふるった影は、勢いあまって部屋の中にいる弥之助に突き当り、弥之助の叫び声と、女の悲鳴と、子供の泣き声が混りあった。

跳ね起きると、玄次郎は黒い影から斧をもぎとり、摑みかかってきた男を腰に乗せると地響きするほどの勢いで土間に叩きつけた。銀蔵が、土間でもがいている屈強な身体の年寄りに縄をかけるのを、斧で右腕をかすられた弥之助と可愛らしい丸顔の女が、茫然と見ていた。

「聞いてみればとんだ大芝居だったわけだが、あの菊屋の亭主の役者ぶりも大したものだな」

鳥飼は照れたようにつるりと顔を撫でた。

「すっかり乗せられたというわけだ」

玄次郎と鳥飼、それに銀蔵とあの夜、菊屋の妾の家から救い出された直吉、それにおみのが加わって、三好町のよし野の二階で一杯やっている。

拐しは、菊屋の亭主作太郎と岡っ引の弥之助が仕組んだ芝居だった。それに女中のお杉が一枚嚙《か》んでいた。お杉は弥之助の情婦だったのである。

菊屋は千両を超える借金で、にっちもさっちも行かなくなっていた。とりわけ厳しく催促を迫られている三百両という借金があり、さしあたりその金を工面するために、泥棒もしかねない心境になっていた。芝居の知恵をさずけたのは弥之助である。弥之助は洲崎弁天の境内に小さな茶店を持っていて、その店を建て替えしたがっていた。菊屋には長く出入りして、店の内情は知りつくしている。芝居を打つのを手伝うかわりに、菊屋から百両もらう手筈になっていた。情婦のお杉を使って、妾宅の下男をしている角力取のような身体つきの、あの年寄りにお八重をさらわせ、その事件を種にして深川万年町の本家から、五百両という大金を引き出したのである。

「お杉が組んでいたとは知らなかったな」

と鳥飼が言った。鳥飼もお杉を調べている。

「俺はお熊という大工の女房に会ったんだが、お熊も人さらいを見たが、若い男じゃなかった、と言うんだな。顔を見たわけじゃないが感じが年寄りくさかったと言ったよ。お杉の言うことがでたらめなのは、その前にわかっていた。あの女は、人さらいが棒縞の着物を着ていたと言ったが、俺はじっさい歩いている人間を見たが、あの時刻で、そこまで見分けるのは無理だった。それでお熊の方を信用したわけだ」

「なるほど」

「それに、お熊が大事なことを言ったんだ。八重ちゃんは髪に白い手絡《てがら》を掛けていましたとな。あの薄暗がりの中で、大勢の子供のなかからこれが菊屋の子供と見分けるのは無理だ。そこのところがわからなかったが、お熊の話でわかった。お杉が細工したのさ」

「直、おめえが弥之を怪しいと思ったのは、どういうわけだい？」

と銀蔵が直吉に盃をさしながら言った。

「なに、ただの勘ですよ」

直吉は盃を受けながら、片手で頭を掻いた。

「つまり、あの人は何も探していなかったもんな」

「いい勘だ」

と玄次郎はほめた。直吉は三日目の夜、弥之助の行く後を跟けて、柳島の菊屋の妾宅まで行き、あの怪力の年寄りにつかまったのである。

帰るときになって、皆が階下まで降りると、すいと寄って来たお津世が玄次郎に囁いた。

「今夜は泊って下さいな」

返事のかわりに、玄次郎が臀を撫でると、お津世は澄ました声で言った。

「皆さん、またおいでなさいましな」

春の闇

濃い闇が立ち籠めている。その闇が小さく動いていた。ひそやかな動きだった。微かに畳を擦る衣擦《きぬず》れの音がし、人の息遣いが洩れる。その息遣いもあたりを憚《はばか》るつつましさを帯びて、時どき聞きとれなくなるほどだった。

「ああ、幸せ」

不意に女の声がした。男の声がしっと言った。それきりで物音が絶えた。男と女は闇の中に溶けこんでしまったかのようだった。

しばらくして女の忍びやかに泣く声がした。

「泣かないで下さい。お嬢さん」

「だって」

小さな囁き声が洩れたが、部屋の中にはすぐ沈黙がもどった。なま温かい、人の心を惑わすような夜気が、奥州屋の離れを取り巻いている。

障子が開き、女の影が渡り廊下を伝って母屋の方に隠れた。しばらくして今度は男が忍び出て、障子を閉めると廊下を渡って行った。影が動いたような二人の姿を、闇の中からじっと見つめている眼があるのに、二人はまったく気づかないようだった。

一

北の定町廻り同心神谷玄次郎は、三好町の小料理屋よし野の二階で、布団の上にだらしなく腹這いながら、哥留多《かるた》をいじっていた。哥留多の札は、いまどき珍しいウンスン哥留多である。

江戸の初期に、異人から長崎に伝えられたウンスン哥留多は、やがて早速賭博に使われたが、さきの寛政の改革で姿を消した。それでも歌哥留多、花哥留多を使って、ひそかに博奕を打つ者は後を断たないが、半月ほど前、岡っ引の銀蔵に案内されて踏みこんだ賭場で、珍しくいまいじっているウンスン哥留多を使っていたのである。

本来ならすぐ奉行所に出すべき品物だが、玄次郎はそれを手に入れると、おかみのお津世《つせ》や女中たちを集めて、遊び方を教えたりして、まだ手もとに置いている。

銀蔵も誘ったが、銀蔵はさすがにいい顔をしないで、曖昧な断わりを言った。奉行所の人間が、金を賭けないにしろ、哥留多をいじるとは何事かと、にがにがしい気持でいることは、銀蔵の愛想のないひげ面を見ればわかる。銀蔵には並みの町人よりよほど生真面目なところがある。家業の髪床を、女房のおみちにまかせきりにしておくのは、賢明というべきだった。愛想も言えない親爺が剃刀《かみそり》を握っていては、店がはやるわけがない。

だが玄次郎は、奉行所に納める品物を、ただだらしなく猫ババしているというわけではなかった。色どり美しいウンスン哥留多に、呼び起こされる郷愁があった。それで手もとに置いていじっている。

子供のころ、やはり定町廻り同心を勤めた父親が、どこからかウンスン哥留多を持ち帰ったことがある。「これが酒盃《コップ》じゃ、丸いのは、こちらが太鼓《クル》、こちらは玉《オフル》と申してな、玉をあらわす」

父親の勝左衛門は、そんなふうに玄次郎と娘の邦江に絵柄を説明し、遊び方を教えた。札はそのほかに花《ハウ》、剣《イス》の二種類があり、全部で七十五枚あった。家の中で、父や母をまじえて、その哥留多で遊んだという記憶はない。だが子供の玄次郎は、時どき父親の手文庫から哥留多を持ち出して、妹と二人で並べて遊んだのである。

だが、玄次郎が無足の見習い同心として、北町奉行所に勤め出した十四のとき、八丁堀の組屋敷に近い路上で、母と妹が何者かに斬殺されるという異常な事件があり、一年後に父親が病死した。

そういう激しい変化の中でいつの間にか、哥留多も無くなっていた。父親が病死したころ、手文庫の中身を調べて行った奉行所の人間が、哥留多も持ち去ったもののようだった。

母と妹の死は、そのころ重要な犯罪を追いかけていた勝左衛門を牽制するために、ある勢力が凶刃を揮ったのだ、と言われたことがある。事実老練な定町廻り同心だった父親は、急に仕事に張り合いを失ったように元気がなくなり、やがて病気になって死んだ。

その事件は、いまだに深い霧に包まれたまま、玄次郎の眼から隠されている。いま玄次郎は奉行所きっての怠け同心と思われていた。町回りも三度に一度は休み、奉行所にも顔を出したり、出さなかったりする。支配の与力金子猪太夫は、顔を合わせるとがみがみとそのだらしない勤めぶりを難詰するが、それでも玄次郎を北の定町廻りからはずさないのは、事件が起きたときの玄次郎が、父親譲りの綿密で鋭い調べで、眼がさめるような解決ぶりをみせるからである。

怠けることが、上役の金子や、同僚の同心連中に、喉《のど》に小骨が刺さったような不快感を与えていることが、玄次郎にはわかる。現に、面と向って、玄次郎に皮肉を言う同僚もいる。だが玄次郎の内心を言えば、怠けることは、勤勉に足を摺りへらして町を巡回し、数数の犯罪を摘発しながら、最後に奉行所に見捨てられて死んだ父親に対する供養でもあるのだ。

母と妹が殺された事件に対して、当初奉行所は異例と思われる人数を注ぎこんで調べにあたったが、途中でその調べを中断している。上役の金子の言葉を信じれば、そこに奉行所よりもっと上にいる人物が繫がっていた、ということになる。奉行所の人間でありながら、玄次郎には役所に対する激しい不信がある。そういう玄次郎の気持に気づいているのは、上役の金子ぐらいのものかも知れなかった。だから玄次郎はまだ首が繫がっている。

「旦那、まだお休みで？」

不意に、襖の奥で男が言った。銀蔵の声だった。

「入ってもいいぞ」

「ごめんなすって」

銀蔵は襖を開けて入って来たが、部屋の中に籠っている匂いに顔をしかめた。

「なんだい、そのつらは？」

「いえ」

銀蔵は、ひげ面に柄にない愛想笑いを浮かべたが、ずかずか部屋の中を通ると、障子窓を開けた。さわやかな風と、日射しが入りこんできた。

「なんだ。ずいぶん当てつけがましいことをするじゃねえか」

「いえ、べつに」

「町をひと回りして来いって、言われた気がするぜ、おい」

「ご冗談を。ただ酒の匂いがね」

「ゆうべも飲んだからなあ」

「それに、お津世さんの匂いが、ひどうがすぜ」

「バカ言え。ゆうべは一人寝だ」

「ゆうべはそうでも、朝駆けってこともあるでしょう?」

「おい、用事は何だね」

玄次郎は起き上がって、布団の上に胡坐《あぐら》をかいた。

「へ。じつは奥州屋なんですが……」

「まだ見つからねえのかね。その大事の簪《かんざし》とかいうやつは」

奥州屋は、通称安宅《あたけ》と呼ばれる御舟蔵前町にある材木屋である。この店から、小さな訴えが出された。お園という、奥州屋の娘の簪が一本見えなくなったが、大事の品物なので、内密に店の者を調べてもらいたい、という申し出だった。それで十日ほど前から、銀蔵が調べに行っている。

「それが簪どころじゃなくなりましてね」

「どうした?」

「ゆうべ、人が殺されました」

二

殺されたのは、奥州屋の奉公人で増吉という男だった。増吉は二十半ばを過ぎてから、奥州屋に勤めた男で、奉公してから三年ぐらいしか経っていない。その男が、奥州屋の裏木戸を入ったところで、心ノ臓をひと突きにされて死んでいたのである。

「今朝になって、店の者が見つけましてね。とりあえずあたしが行って来ましたが、どうも手に負えねえ感じなもので、旦那をお迎えに上がったわけで。亡骸《なきがら》は番屋に運んであります」

「裏木戸は開いていたのかい」

「へえ。閉まってはおりましたが、いつも掛けているという桟は外れていました」

「すると、家の中の者の仕業とは言えんな」

「そうかも知れません。しかし増吉と顔見知りの者には違いありませんぜ。往来中で擦れ違いに刺されたというのとは、わけが違いますから」

「増吉というのは、奥州屋に奉公する前に、何をやっていた男かね」

「べつに怪しい素姓の者じゃありませんぜ。木場の材木問屋、肥前屋というんですが、ここで帳付けなんかもやったことがある男ですな。肥前屋には六、七年勤めて、そこにいるうちに奥州屋の旦那に顔をおぼえられて移って来た、ということらしゅうございます」

「ふーむ。怪しい男じゃないと、そういうわけか。ところで、簪の一件がひっかかるな。簪はどうなったんだね」

「それが、まったく出てきませんので」

と銀蔵は言った。

簪の訴えを受けて、銀蔵が奥州屋に行ってみると、奥州屋の主人重右衛門と女房、娘のお園が深刻な顔で銀蔵を迎えた。簪一本のことで、親分にご足労願うなどということは、まことに申訳ないのだが、これには事情がありまして、と前置きして重右衛門が打明けたのは次のようなことだった。

お園は去年の秋に、南本所三笠町の米屋神戸屋の総領筆之助と縁組が決まって、この五月には祝言をあげることになっていた。もちろん結納も済んで、式を挙げるのを待っているばかりなのだが、二日ほど前に、筆之助にもらった簪をなくした。なくしたからどうこうと、先方から言われたわけでもないが、簪はいかにも高価なものだった。筆之助がわざわざ腕のいい錺《かざり》職人を呼んで、あれこれ注文をつけて作らせたもので、なくしたから小間物屋で買ってくるというわけにはいかない品物だったのである。あの簪をどうした、と若旦那に言われて、なくしたとは答えられない。そういう品物だった。奥州屋では、めでたかるべき祝言に、悪い影が射したようで、一刻も早く見つけ出して欲しいという気持になっているのだった。外に出るとき、さして出たことはないから家の中で落とし、誰かが拾ったとしか思えない。家の中の者にはわけを話してあるから、遠慮せずに、存分にお調べ願いたいと、重右衛門は言ったのである。

「それで、調べたのか」

と玄次郎は言った。

「へい、調べましたよ。店の者は番頭から小僧まで七人、女中が三人、そのうち一人は通いですがね。ほかに車力など、力仕事をやる男衆が五人いますが、これは外働きで、家の中には入ることのない連中ですが、これも一応は調べました」

「家の者は、あといないのかい」

「さっき言った夫婦と娘のほかに、娘の弟、玉次郎というまだ十三の子供ですが、これと寝たきりの年寄り、これは重右衛門の母親ですが、これだけです」

「で、これはと思うような疑わしいのはいなかったわけか」

「ま、聞いた限りでは、簪を拾って隠したという感じの者はおりませんでしたがね」

「死んだ増吉という男も調べたんだろうな」

「むろんですよ。店の者と女中は、とくに念入りに取調べました。増吉も調べましたが、お嬢さんが簪をなくしたなんてことは、気がつきもしなかったなんて言ってましたな」

「玉《オフル》がなくなって、剣《イス》が出てきたか」

と玄次郎は言った。

「え？　何のことですかい」

「そうか。すると簪を拾った奴は、隠す気で隠したのだ。なかなかわかるめえな」

「しかし旦那。今度の殺しと簪と、何かかかわりがあるんですかね。あたしにはどうもそのへんがわからないんだが」

「ま、調べなきゃわからねえが、かかわりがあるとみるのが順当だろうな。それとも何かい、増吉はそういうことにかかわりなしに、いきなり誰かに刺し殺されたってえわけかね」

「そう言われると、少しキナ臭い匂いがするようですな」

「簪だよ。そいつを調べるのが順序だ。そうでないと、増吉殺しはなかなかわかるめえ」

玄次郎は威勢よく立ち上がって着換えはじめた。

階段に足音がして、やがてお津世が部屋をのぞきこんだ。

「おや、お出かけですか」

「済みませんな」

と銀蔵が言った。

「旦那をお借りしますぜ」

「なに言ってんですか、親分」

お津世は愛想よく笑って、片目をつぶってみせた。白い頬にうっすらと血の色が透けて見え、黒い眼がいきいきと光って、よし野のおかみお津世は機嫌のいい顔だった。

「連れて行ってもらえば、せいせいしますよ。構わないでおけば、こうして一日ごろごろしている人なんですから」

「ヘッヘ」

「ほんとになんとかなりませんかしらね。よし野のおかみなら一緒になろうか、と言う殿方が沢山いらっしゃるんですけど、この居候がいるでしょ。話が途中でみんな駄目になってしまうんですよ。怪しい仲じゃなかろうかと。いい加減に、このひとに八丁堀のお屋敷に引き取ってくれるよう、親分からも言って下さいな」

「そいつは無理でしょうな」

銀蔵は白けた顔になって言った。

「まともにそうですかと、旦那にそんなことを言ったら、殺されかねない。旦那にじゃない、おかみにですよ」

二人のくだらない話を、玄次郎は無表情に聞き流して、着換えを済ませると、刀を腰に落とした。りゅうとした八丁堀同心のなりになっている。

「行って来る」

部屋を出がけに、ひとこと言うと玄次郎の手は、すばやくお津世の臀を撫でた。

三

お津世の臀を撫でた手で、玄次郎は増吉の死骸をあちこちひっくり返すようにして調べた。それから町役人に、死骸の片づけを命じると、手を洗って番屋を出た。

「心ノ臓をひと突きというから、玄人《くろうと》かと思ったら、そうじゃないようだな」

「申訳ありません」

と銀蔵が言った。増吉の身体は、裸にして調べてみると、背中にも一カ所、浅い刺し傷があったのである。

「背中の傷の方が最初だ。増吉は、多分自分が刺されるとは思わないで、背を向けていたようだ。後から刺されて、振り向いたところを、今度は正面からぐさりとやられたという感じだな」

「はい。そのようで」

「そのぐらい近ければ、素人《しろうと》でも刺せる。増吉はあまり相手を警戒していなかったようだ。やっぱり顔見知りだったからかも知れないな。はて？」

「……」

「それにしても、増吉が殺されなければならないわけがさっぱりわからん」

玄次郎は町の人混みの中を、ゆっくり歩いた。首をかしげている。

「素姓はべつに怪しくないと言ったな」

「へい」

「しかし三十近い男で、養わなければならない身寄りもいない独り者だとすると、女とか酒とか、でなきゃご禁制の博奕とか、何か道楽があっただろう」

「時どき松井町とか裏の旅所《なびしよ》とか、あのへんの岡場所には出入りしていたようですが、そうひどい遊び人というわけじゃなかったようですぜ」

「そうか、ま、奥州屋に行ってみれば、何かわかるだろう」

二人は六間堀に架かる北之橋を渡ると、六間堀町と八名川町の間の道を西に向った。道はじきに町家が尽きて、左右に武家屋敷の塀が続いた。屋敷の中に桜が咲いているのが、塀越しに見える家もあった。

「いい陽気だな、銀蔵」

と玄次郎は言った。

「こういう日は、上野か向嶋あたりに花見に行くべきだ。花の下で酒でも酌《く》んだらさぞうまかろう。人殺しを探して町を歩くような日じゃねえや」

「まったくで」

と銀蔵が答えた。浮かない顔で、二人が御舟蔵前から安宅の奥州屋の前まで来ると、店の前に、若い男と女がいて立ち話をしていた。男は二十四、五に見え、卵形のつるりと磨いたような顔をしている。ぜいたくな身なりをし、履いている雪駄まで凝っている。女は十七、八だろう。島田に結った髪が、やわらかそうに日に光り、娘ざかりというのだろう、透けるようなもも色の肌をしている。澄んだ黒い眼、小さな口もとが、利発な性格を感じさせる。こいつは見事な花《ハナ》だと玄次郎は思った。

娘は、銀蔵を見ると軽く頭を下げた。お園さんでさ、と、玄次郎の後から銀蔵が囁いた。すると、向い合っていた男が、お園の視線を感じ取ったように、二人を振り向いてから言った。

「あまり気にしない方がいいよ、お園ちゃん」

男は少し甘ったるいような口調で言った。

「お役人さんもおいでのようだし、すぐに片づきますって」

また寄らせてもらうからね、お園ちゃん、と男は言い、それから不意に玄次郎と銀蔵に向ってくにゃりと腰をかがめ、ごめんなさいましと言うと、店の前を離れて行った。女のように小股な足運びで、男の姿は人混みに紛れた。

「あれが筆之助さんかね」

と銀蔵が言った。するとお園の顔がぱっと赤くなった。ええ、とお園は小声で答えたが、不意に袖で顔を隠すようにして、潜り戸から店に駆けこんだ。奥州屋は、死人を出したので店を閉めて休んでいた。

「あれが神戸屋の若旦那ですぜ。いやになよなよとした男ですな」

と銀蔵が言った。

「あの若旦那にお園さんとは、もったいない」

「うむ、もったいないな」

と玄次郎も言った。二人はお園の後を追って、潜り戸から中に入った。

玄次郎は店に入って重右衛門に会うと、銀蔵を連れて裏庭に出、増吉が殺されていたという木戸のあたりを仔細に調べた。それから家の中にもどると、重右衛門の案内で、家の中を隅隅まで見た。女中部屋ものぞき、二階の奉公人の部屋も見た。店が休みなので、どの部屋にも人がいて、玄次郎を見ると不安そうな眼で、することを見守った。

離れに入ると、障子を開けて庭を眺めたりしたあと、玄次郎ははじめて重右衛門に声をかけた。

「ここは、ふだんは使っておらんのかな」

「はい、私の父親が病気になりましたとき、ここに長いこと寝ておりましたが、そのあとは使っておりません」

「もったいないような部屋だの」

「はい、さっきご覧になったように、母屋の奥座敷に母親が寝ておりまして、この部屋の方が明るくていい部屋なものですから、移ったらどうかとすすめますのですが……」

重右衛門は苦笑して玄次郎を見た。

「連れあいが死んだ部屋に移るのは辛気くさいなどと申しましてな。遠くから来た商い筋の客を泊めるとか、たまに親戚の者が泊るとかするだけで、ふだんは空き部屋にしております」

「近頃この部屋を使ったかね」

「ええと一。正月に親戚の者が泊ったほかは、使っておりませんです。はい」

「よし、わかった」

「あの、何かおわかりでございましょうか」

重右衛門は、商人らしく手を揉《も》みながら言った。

「今度のことは、全く降って湧いたような災難で、手前どもまだぼんやりしているようなわけですが、旦那さま……」

重右衛門は玄次郎の顔を見つめて、ごくりと喉を鳴らした。

増吉を殺した者が、家の中にいるという見込みでもございましょうか」

「まだわからねえよ、そこまではな。これから調べるところさ」

「はい。なるほどさようでございましょうな」

「では、この部屋を使わせてもらって、少し訊きただしたいが、いいかな」

「結構でございます。どうぞ、いまお茶を運ばせますです」

「やあ、ありがとう。そういえば喉がかわいた」

玄次郎は笑顔になった。

「では、お園さんを呼んでもらおうか」

「娘でございますか」

重右衛門は眼を瞠《みは》った。

「娘に、何か疑いでもありますので？」

「いや、そういうことじゃねえな。簪のこともあるから、まず娘さんに今度のことを訊いてみたいというだけのことだ」

「はい。では早速こちらに寄越しましょう。ただいま、お茶も運ばせますです」

親分も、呼ぶまで茶の間にいてくれねえか、と玄次郎は言った。二人が離れを出て行こうとすると、玄次郎は、不意に声をかけた。

「ここの掃除は、誰がやるのかね」

「女中のお常ですが」

「掃除は毎日やるのかね？」

「いえ、使わない部屋ですから、三日に一度ぐらいだと思います。なんなら確かめますか」

「いや、結構だ」

二人が出て行くと、玄次郎は畳に蹲《うずくま》って、何かをつまみ上げ、懐紙を出して拾い上げたものをはさんだ。

四

「さっそくだが、あんたの簪はどうした？　出てきたかね」

お園が、お茶を運んで来て前に坐ると、玄次郎はいきなり言った。お園は緊張した顔で、行儀よく手を膝に置いて、真直ぐ玄次郎を見ている。初初しく利口そうな娘だ、と玄次郎は改めて思った。

玄次郎の問いが、増吉のことを聞かれると思って来たらしいお園には、意外だったようである。眼を丸くして首を振った。

「いえ、出てきません」

「銀蔵親分が、家中探したがなかったというから、ひょっとしたら、この家にはないのかも知れねえな」

「あの、簪のことなら、もういいんです」

とお園は言った。少し眉が曇ったが、案外さっぱりした表情だった。

「もう諦めていますから。それで縁談が駄目になったら、それでも仕方ありません」

「しかし親たちは、そうはいかないだろう」

お園は黙ってうつむいた。

「ところで、なくしたのは確かに家の中かね」

「はい」

「外にさして行ったことはないのか」

「ありますけど、そのときなくしたのではありません」

「ふむ。そのときはあったと。だが、あのときからなくなったわけだ」

「……？」

「あんた、どこでなくしたか知っているのだろ？　なくしたのがいつかもわかっていたはずだ」

お園は赤い顔をした。だがその顔は急にべそをかいたように歪《ゆが》み、顔色はだんだん白っぽくなった。玄次郎は懐紙を出して、掌に乗せて開いて見せた。

「これは髪の手だが、掃除をしに来るお常という女中のじゃないな。お常にはさっき会ったが、あのひとは可哀そうに目立つほどの赤毛だ。そんなことを言わなくとも、こうしてくらべてみれば、この髪の毛があんたのものだということは、すぐにわかる。素直ないい毛だ」

「……」

「あんた、いま幾つかね」

「十七です」

お園は小さい声で答えた。

「十七といえば、もうねんねじゃない。男と会っても、簪が落ちたのに気づかなかったり、髪の毛を散らばったままにしておいたりしてはいけないな」

「……」

「いちばんいけないのは、耳の後に誰かさんが吸いついたらしい、赤い痕《あと》が残っていることだ。そんなものを、神戸屋の若旦那に見咎《みとが》められたりしたら、簪どころの騒ぎじゃないぜ」

「……………」

「いい、いい。そんなに涙ぐんだりすることはない。俺はべつに、あんたをとっちめようというわけじゃねえよ」

お園は、やはり行儀よく手を膝の上にそろえたまま、涙でいっぱいになった眼を、玄次郎に向けている。

「神戸屋の若旦那は嫌いか」

「はい」

「俺も嫌いさ。あんたは眼が高い。あんな蛸《たこ》みたいに柔らけえ男に嫁に行くことはないよ」

「……………」

「それに、そんな赤い痕なんぞくっつけてくれるひとがいちゃあな。そいつ、男というやつは時どきやるのだ。俺にもお津世という色女がいてな。時どきあちこち吸ってやると喜ぶ」

お園は泣き笑いの顔になった。とたんに眼から涙がこぼれ落ち、お園はあわてて袂から鼻紙を出すと、涙をふき、横を向いてつつましく鼻をかんだ。

「さあ、そこで話してもらおうか。あんたはこの部屋でいいひとと会って、母屋にもどってから簪がないのに気づいた。そうだな？」

「……」

「隠しても駄目だよ。いいひとがいることはわかっているんだし、家の中で簪を落としてひとに気づかれない場所は、まあこの部屋くらいのものだ」

「……」

「気づいて、すぐにもどったかね」

「いいえ、朝になってからです。この部屋は暗くて、一人でもどるのはこわかったものですから」

「わかる、わかる。二人ならちっともこわくなかったが、一人じゃね。ま、それはいいとして、朝来てみたら、落ちていなかったというわけだ」

「はい」

「あんたのいいひとに訊いてみたかね」

「はい。訊きましたが、気づかなかったと」

「そいつは無理もねえ。夢中で耳たぶに齧《かじ》りついていたんだろうから」

お園は真赤になり、消えも入りたげに肩をすくめた。

「その、あんたのいいひとの名前を聞かせてもらえないかね」

「……」

お園は首を振った。必死な表情が現われている。

「駄目かね。俺はあんたの味方のつもりだが」

それでも、お園は首を振り続けた。玄次郎はうなずいて、そうか、それでは名前を聞くのはよそう、と言った。

「ところで、話はかわるが、今日来た蛸みたいなあの若旦那は、簪のことを何か言ったかね」

「いいえ」

「あんたがその簪を、ふだん使っていたことは知っていたんだろ?」

「ええ、知っていたはずですけど、何も言わなかったんです。あたしは、何か言われたらなくしたとはっきり言ってやるつもりでしたのに」

お園との話が終ると、玄次郎はもう一度二階の奉公人の部屋をのぞき、それから女中部屋に行ってお常と話してから、銀蔵をうながして奥州屋を出た。

「何かわかりましたかい、旦那」

「うーん。まだだなあ。簪が出て来ないとどうにもならんな」

「簪ですか」

銀蔵は無精髭がのびた顎を、人さし指で掻いた。

「増吉殺しに、簪が絡んでいるんで？」

「お園が落とした簪を拾った奴は、どうも増吉じゃないかという気がするのだ」

「へえ？　どうしてです？」

「奴が殺されたからだよ」

「……………」

「一本の簪だが、扱いようによっては命取りにもなる」

「しかし増吉が殺されたあと、押入れの行李まで、あの男の持物は全部調べましたがね。簪はありませんでしたぜ」

「なに、そのうら出てくるさ。どこから出てくるか、それが見ものだ。もう少し待ってみよう」

「簪を持っている奴が、増吉を殺したというわけですかい」

「まあ、そんな見当だ」

五

「欠勤三日にわたる。こういうことでは、わしもかばいきれんぞ」

与力の金子猪太夫は怒声を張り上げた。玄次郎が奉行所に顔を出すと、いきなり与力支度所に連れこんで、説教をはじめたのである。人目を避けたつもりだろうが、この大声では隣の勝手にも、前の与力番所にも筒抜けのようだった。

——鳴りのいい太鼓《クル》だ。

と玄次郎は思った。猪太夫は五十七になるが、髪が白いだけで、筋骨たくましい大男である。金子にひと睨みされると、見習いからやっと本勤並になった若い同心などはふるえ上がってしまう。だが玄次郎はけろりとしていた。

「ご支配役、これには仔細がござる」

「黙らっしゃい。また何か巧みな言辞を構えて、わしをたぶらかそうとの魂胆だろうが、そのような言訳は聞く耳持たんぞ。貴公の行状はことごとく耳に入っておる」

「まあ、まあ」

「まあ、まあとは何事だ。たびたびの説諭にもかかわらず、いまだに三好町の何とか申す茶屋に入り浸って、そこのおかみと懇《ねんご》ろにしておるというではないか。しかもしばしば組屋敷を空けておることは、現にわしがこの眼で確かめておる。言訳は通らんぞ」

「しかしご支配役。ここ三日ほど、役所に顔を出しませんのは、それほどに多忙をきわめておりましたわけで」

「何が多忙じゃ。女子と遊ぶのにいそがしいか」

「これは心外な言われ方ですな。殺しでござる。回り先に人殺しがありましてな。目下懸命に探索中でござる」

「人が殺されたと？」

猪太夫は疑い深い眼で、玄次郎を見たが、嘘を言っているわけではないと悟ったらしく漸く語気を改めた。

「誰が殺されたと……」

「安宅の材木屋で、奥州屋という店がござる。そこの奉公人が殺されましたので」

「ふむ」

猪太夫は、じっと玄次郎を見据えたが、また声を張り上げた。

「そういう届けは、まだ役所に出ておらん。そこが貴公のまことにしまりのないところじゃ」

そのとき廊下で、ごめん下されませ、という声がした。猪太夫は振り向いて咆《ほ》えた。

「なんじゃ」

「お話し中のところを相済みませぬが、神谷さまに火急の用があると、ひとがみえてございますが」

声は甚兵衛という年寄りの小者のようだった。玄次郎は部屋の中から声をかけた。

「誰がまいったと？」

「銀蔵と申しております」

「ほ。親分だ」

玄次郎は腰を浮かした。

「ご支配役。さっき申し上げた殺しの探索がいそがしくなったようでござる。ご説諭の途中、まことに恐れいりますが、このあたりでご放免を」

「役目柄なら仕方ないな」

猪太夫はにがにがしげな顔で言った。

「今日は、みっちりと貴公に説諭を加えるつもりじゃったが、後日のことといたそう」

「いやいや、もはやその必要はさらにございませぬ。以後十分に慎みまして、ご支配役を煩わすようなことはいたしませぬゆえ」

「わかるもんか。うまいことを言いおって」

と、猪太夫は不信に満ちた表情で言った。

同心詰所にもどると、入口に銀蔵が立っていた。玄次郎を見ると、慌しい顔色で近寄って来た。

「旦那、簪が出てきましたぜ」

と銀蔵は囁いた。玄次郎はそういう銀蔵を見つめながら、やはり小さい声で言った。

「どこから出てきた？」

「それが、手代の幸七が持っていたんですが、少し腑に落ちねえところもありますもんで、大急ぎで旦那を迎えに来たようなわけで」

「よし、歩きながら聞こう」

今朝奥州屋から、銀蔵に迎えが来た。行ってみると、茶の間に主人の重右衛門、番頭の安兵衛、手代の幸七が集まっていて、重苦しい表情で銀蔵を迎えた。幸七の行李の中から前になくなったお園の簪が出てきたというのである。しかも見つかったのは、店に投げ文があって、簪は幸七が隠している、と知らせたからだ、という事情だった。

「これがその投げ文なんですがね」

銀蔵は懐から財布を出すと、大事そうに引っぱり出して、ひろげた。丁度二人は両国橋の上にさしかかっていて、川風に薄い紙が鳴った。

「気をつけな。飛ばされちゃことだ」

玄次郎は言って、銀蔵に紙を持たせたまますばやく読んだ。乱暴な字で、おじょうさんの簪は、手代の幸七が持っている。うそじゃない。探してみな。と書いてあった。

「こいつを見つけたのは、朝店の戸を開けた長吉という小僧なんですが、そこで重右衛門が幸七を呼んで、糺《ただ》したところ覚えがないと言う。で、番頭が来るのを待って、二人で幸七の持物を改めたら、行李の下の方から簪が出てきたというんでさ」

「それで？」

「腑に落ちねえというのは、幸七の持物なら、この前行李はもちろん、押入れの夜具のはてまで全部調べましたが、簪なんぞなかったんで」

「なるほどな」

「旦那は増吉が拾ったんじゃねえか、などとおっしゃいましたが、増吉も持っていなかったんですぜ。簪を調べたときと、今度殺されたあとと、あの男の持物は二度も念入りに改めたんですから。それがいまごろひょっこりと幸七の行李から出てきたのが、どうもおかしい」

二人は橋を渡って、広場の雑踏の中を一ツ目橋の方に向った。天気がいいので、広場には見世物が小屋掛けして、小屋の周囲も、腰掛け茶屋も人が混雑している。

「もうひとつおかしいのは、こんなものを誰が投げ文したんですかい？」

「いいところに眼をつけた。そのあたりがこの事件の眼目だな。店の者か、それとも外の人間か、いずれにしろ、幸七という男が、その簪を持っていることを知っていた者がいるわけだ」

「…………」

「幸七と死んだ増吉は、二階の同じ部屋に寝起きしていたんだっけな」

「さいですが。二人で六畳の部屋を使い、十畳の方には小僧連中が寝ていましたので」

「簪を調べたとき、小僧たちの荷物も調べたんだろうな」

「むろんです。全部調べました」

「そのときどこにもなかったものが、ひょっこりと出てきたというわけか」

二人が奥州屋に着くと、茶の間に重右衛門と安兵衛と、幸七の三人が、緊張した顔で待っていた。

「早速だが、幸七と二人だけで話したい。離れを借りるが、いいかね」

と玄次郎は言った。

六

「ところで、この部屋はちょいちょい使うのかね」

幸七と向き合って坐ると、玄次郎はすぐにそう言った。鋭い眼だった。幸七はひるまずにその眼を見返したが、顔がぱっと赤くなった。重苦しい沈黙が続き、その間に幸七の顔はだんだん青白くなった。

若若しく引き緊まった顔を曇らせて、幸七はふと眼を逸らした。

「お嬢さんが、そう言ったんですか」

「なあに、あてずっぽうさ」

玄次郎はあっさりと言って胡坐《あぐら》をかいた。

「もっとも大概見当はついていたがね。この店の中でお園が惚れこむような、若い者といえば、ま、お前しかいないからね」

「……」

「それで、どうするつもりだったのかね。お園は嫁に行っちまう。それで泣き寝入りするつもりかね」

「それを言わないといけませんか」

「聞きたいね。そうでないと話がすすまねえ」

「いよいよという時は、二人で逃げる約束をいたしました」

「ほう」

玄次郎は、幸七の思いつめた顔をじっと見た。

「逃げるか。腹は決まっているわけか」

「はい。でもお願いです」

　幸七は少し顫える声で言った。

「このことは、ほかのひとには内緒にして頂けませんか。このことがわかれば、二人は死ぬしか方法がありません」

「死ぬなんて意気地のねえことを言うのはよしな。俺は逃げる方をすすめるね。むろん、誰にも言わねえから、安心していいぜ」

「ありがとうございます」

　幸七は年季の入ったお店者《たなもの》らしい、丁寧な口調で言った。骨格もしっかりしていて、仮りに手に手を取って逃げても、お園一人ぐらいは喰わして行けそうだな、と玄次郎は思った。これではお園が、蛸のようにくんにゃりした神戸屋の若旦那を嫌うのも無理はない。

「簪のことは、なにか心当りがないのか」

「はい。まったく身に覚えのないことで、ただびっくりしています」

「増吉が殺された件については、これはどうだね。何か気づいたことは？」

「心当りは何にもありません」

「ここでお園と会うときは、皆が寝静まってからかね」

幸七は、また赤い顔になってうなずいた。

「あんた、増吉と一緒の部屋に寝ていたんだが、増吉に気づかれたことはないのかね」

「それは、ないと思います」

「どうしてわかる？　部屋は真暗だぜ」

「でも、大概気配でわかります」

そう言ってから、幸七ははっとしたように顔をあげた。

「そう言えば、部屋に戻ったとき、増吉さんがいないような感じのことが二、三度ありました」

「三日の夜はどうだ？」

三日というのは、お園が簪を落とした晩のことだった。幸七は首をかしげた。

「はっきりは覚えていません」

「増吉がいないんじゃないかと思ったとき、不思議だとは思わなかったのかい」

「はい。はばかりにでも行ったのだろうと、そのまま眠ってしまいました」

「うかつな話だ。もっとも女と会ったあとじゃ、うきうきしているだろうから、無理もないが」

幸七はうつむいている。

「ところでお前さん、いま自分が増吉殺しでいちばん疑わしい人物になっているのがわかっているかね」

「わたしがですか？」

幸七は玄次郎の顔を見た。こわばった表情になっている。

「どうしてですか。わたしのところから、簪が出てきたからですか？」

「そうだよ。簪がなくなった。それで銀蔵まで呼んで家中探しまわる騒ぎになったのは、それが神戸屋の若旦那にもらった大切なもので、なくしましたじゃ済まない品物だからだそうだ。つまり、若旦那につむじを曲げられたら、破談にもなりかねない、とここの旦那は銀蔵に言ったそうだ」

「……」

「これは銀蔵が調べたことだが、この店では縁談がまとまってから、神戸屋に金を借りたそうだね」

「はい」

「どのくらい借りているんだね」

「百両です」

「ここの旦那は、破談になって、百両返せと言われるのを大層恐れているわけだ。それであんなに必死に家探しまでさせたんだな。若旦那の機嫌を損ねちゃならねえ立場だから、無理もねえや」

「……………」

「しかし破談になって喜ぶ者がいないわけじゃない。お園とお前さんだ。もしそうなれば手に手を取って逃げることもいらなくなる」

「しかし、わたしは簪など隠したりしません」

「ま、聞きな。もしあんたが隠してだな。それを増吉が嗅ぎつけたとする。旦那に知らされたら、お園と逃げるどころか、即刻店を馘《くび》きられるか、銀蔵親分に訴えられるかするだろうから、やむを得ず増吉を殺してしまったと。一応これで辻つまは合うのだな。しかも肝心の簪はといえば、ちゃんとお前さんの行李の中から出てきているんだ」

「神谷さま。わたしは増吉を殺したりしていません。簪もまったく知らないことです」

「殺したとは言ってないさ。ただ一応の辻つまは合っているということさ。お前さんが、簪も盗まず、人も殺していないとすると、誰かがそういうふうに辻つまを合わせたことになる」

幸七は茫然と玄次郎の顔を見た。その顔に玄次郎はうなずいた。

「そう。これだけ辻つまが合っているのに、たったひとつ合わないところが出てきた。投げ文があったことだ。これはどこから考えてもあんたがやったことじゃない。ほかに事情を知っている者がいるということだ。あんたに対する疑いが、全部晴れたとも言えないが、ほかに事情を知っている者がいるとなると、そいつが、あんたに罪を着せようとしているとも考えられる。ま、疑いを半分肩代りしてくれたわけだな」

「……」

「それも、簪が自然に見つかるまで待てなかったのだな。早く見つけさせたかったわけだ」

「……」

「話は変るが、逃げることをお園と話し合ったのは、ずいぶんと前かい？」

「いえ、近ごろになってからです」

「お園がここへ簪を落としたという晩はどうだね。そのことを話したかい」

「はい。近ごろは会うたびに話しましたから」

「あんたはそねまれているかも知れねえな。あんないい娘とできちまったからね」

「……」

「店の者で、文字を書ける人間というと、誰だれだね」

「こういう商いの店ですから、皆書きます。書けないのは、まだ子供の金蔵ぐらいのものです」

七

用があって、外から帰って来た者が二人、奥州屋の潜り戸を開けて中に消えたのが見えた。

「あれは店の者だ」

と、天水桶の陰で、玄次郎が銀蔵に言った。

「そろそろ人足が途絶える時刻だ。しっかり見張ってな」

「来ますかね」

「来るさ」

「そうおっしゃって、もう三晩もここで無駄に顫えていたってわけですがね。どうしてこう夜になると寒いんですかね。春とは思えねえや」

「ご託を申すな」

「ところで、誰が来るんです？」

「それはわからん。ただ投げ文の男が来ることは確かだ」

「店の者ってこともあるでしょ？」

「だから、中には幸七を張りこませてある」

「さっきの連中じゃないでしょうな。遊び帰りらしいが、遊んでいると見せかけて、例のものを書き、帰って来て入りがけに落とすって手もありますぜ」

「だから、それは幸七が隠れて見張っている」

最初の投げ文に続いて、二度目の投げ文があったのが、五日前である。それには、幸七は人を殺した。奥州屋では人殺しを使っているのか、と増吉殺しが幸七だと指した文句だった。

最初の投げ文があったあと、玄次郎は重右衛門に話して、幸七に疑わしいところはないし、簪の件は、幸七を陥れる罠だと思うから、そのまま何事もなかったようにしていろ、と言った。投げ文をした者が、奥州屋の事情にくわしい者であれば、この様子を見て、かならず苛立つに違いないと思ったのである。

二度目の投げ文は、その効果が現われたことを示していた。玄次郎は、それも黙殺するように重右衛門に言い、それから見張りに入ったのである。

「しかし、旦那は見当がついているんでしょ？　誰なんです、ああいう妙な真似をするのは」

しっと玄次郎が言った。軒伝いに、西光寺の方から町に入って来た者がいる。早い足どりだった。黒い人影は、軒の影を拾うように二人が隠れている天水桶の近くまで来たが、不意に道を横切ると、奥州屋の潜り戸に近づき、次の瞬間身をひるがえして御舟蔵の方に走り出した。

「追っかけろ、銀蔵」

玄次郎が声をかけ、二人が天水桶の陰から飛び出したとき、奥州屋の潜り戸から、幸七が飛び出し、男の後を追って走り出した。夜の町を、男たちは地ひびき立てて走ったが、弁天社門前のところで、幸七が男に追いついた。幸七が男の腰にしがみつき、二人が地面に転んだところに、玄次郎と銀蔵が駆けつけた。

「よう、若旦那」

と玄次郎は言った。女のように、地面に横坐りになって、三人を見あげているのは、神戸屋の筆之助だった。

「子供でも使って、投げ文させていたかと思ったが、本人だったたな。ごくろうなことだ」

「あたしをどうするつもりですか」

筆之助はふてくされたように横を向いて言った。

「増吉殺しで、つかまえるよ。銀蔵、縄をかけな」

「ちょっと待って下さい。あたしは増吉などという男と話したこともない」

と筆之助が叫んだ。

「そんな言訳は通らねえぜ、若旦那。幸七の行李に簪が入っていたのを知っていたのは、増吉しかいなかったんだ。なぜかといえば、簪を入れたのは、増吉だろうからな。それも多分、殺された晩に、そういう細工をしたんだよ」

「……………」

「お前は、そのことを知っていた。投げ文で知っていると白状してるじゃないか」

「でも、あたしは人殺しなんかしていませんよ」

「悪あがきはやめな。ま、じっくり調べればわかることだが、増吉は幸七とお園が、奥州屋の離れで会っていることに気づいて、時どきのぞいていたらしい。そしてある晩、お園が落とした簪を拾った。その簪を証拠に幸七を脅すことを考えてみたが、たかが手代の幸七から金が引き出せるわけがなかった。そうかといって、奥州屋の旦那にふっかけるほどの度胸はない。もうそろそろ三十で、僅かな金をゆすって店を追い出されるのは損だと考えたんだろうな。それで、増吉はお前に簪を持ちこんだのだ」

「……………」

「縁談をこわしたくないと思えば、お前がその簪を買い取るだろうし、またお前が怒って縁談をこわせば、それはそれでけっこうと考えたんだろうな。増吉はのぞき見しながら、幸七をねたむ気持で一杯だったのだ」

「………」

「ともかく増吉は簪をお前に持ちこんだのだ。それは、だ。銀蔵があれだけ探したのに、家の中に簪がなかったことでもわかる。簪はお前のところに行っていたのだ。そのあとは訊かなきゃわからんが、お前は買い取ったその簪を使って、今度は幸七を陥れることを考えたようだな。簪を幸七の行李に隠させたあと、増吉を殺したのは、その罪も幸七にかぶせるつもりと、もうひとつはそういう細工を知られた増吉を、そのままにしておいたんじゃあとが厄介だと考えたんじゃねえのかい」

「………」

「投げ文は、簪が幸七の行李の中にあるのに、誰も気づかないから、あせってやったのかな。お前は、幸七を早く罪人に仕立てて、お園から引きはなすことに夢中になったようだ。なぜかというと、増吉から、お園がお前と祝言を挙げる前に幸七と逃げる約束をしていた、と聞いていたからだ。そうだな。逃げられてからじゃ間に合わねえから、盗っ人のように投げ文を入れに忍んで来たわけだ」

筆之助は、痴呆のような顔を仰向けて、玄次郎の言うことを聞いていたが、不意に泣き声になって叫んだ。

「その男が悪いんだ。その男が、あたしからお園を取ってしまったんだ」

筆之助の眼は憎悪に輝いて、手を上げて幸七を指した。幸七が頭を下げて言った。

「済みません、神戸屋の若旦那。でもお嬢さんとわたしは、子供のころから好き合っていました。悪く思わないで下さい」

「そうとも」

と玄次郎は言った。

「お前が後から割りこんできたのだぜ、若旦那。銀蔵、縄をかけな」

銀蔵に引き起こされて、よろよろと立ち上がった筆之助に、玄次郎は言った。

「お前は太鼓《クル》を叩きすぎたようだな。それでかえって自分が怪しまれてしまったのは皮肉な話だ」

酔いどれ死体

一

深川にある仙台藩の蔵屋敷は、西は大川端に面し、東は伊勢崎町の対岸まで東西に長くのびている。広大な屋敷囲いだった。

その屋敷のそばを流れて、大川とつながっている掘割を、仙台堀と土地の者が呼ぶのはその屋敷にちなんだのだが、蔵屋敷の広大さは、仙台堀の対岸の今川町から眺めると、ことによくわかる。長大な黒板塀が西から東に続いて、その先の視界をさえぎっている。

今川町に住む一人の男が、対岸の河岸地、蔵屋敷の塀下のあたりに、人が寝ているのを見つけたのは、八月三日の早朝だった。

酔っぱらいか物乞いが寝ている、と男は思った。前にもそういうことがあったから、男はそのときはそれほど気にしたわけではない。店先を掃きながら、ちらちらと向う岸を見ただけである。蔵屋敷のそばの河岸地は、夜は人通りが少なく、季節が暑い時分には、そこを通りかかった酔っぱらいが酔いつぶれても、朝になるまで人に気づかれないことがある。

男が二度目にその酔っぱらいか物乞いと思われる人間の寝姿に眼をとめたのは、

それから一刻（二時間）ほどして、今度はのれんを出しに店の前に出たときだった。

すでに日は高くのぼっている。小さな唐物《とうぶつ》屋の主人であるその男は、のれんをかけ終ると、堀のきわまで行って、対岸の人影をじっと眺めた。

いわゆる残暑の季節だった。朝の一刻は、秋を思わせる涼しさだが、日がのぼると、秋の気配などどこへやら、地上はじりじりと暑くなる。日ははやくも今日の暑熱を思わせて、やや濁った光を掘割の水や、蔵屋敷の塀に投げかけていた。その光の中に、寝ている男、というのはじっくり眺めた末に、唐物屋の主人がそう見分けたのだが、その男はぴくりとも動かず横たわっていた。

あれから一刻ほどの間に、男が寝ている河岸地の道を、何人か人が通ったはずだが、相手は酔っぱらいとみて、そのまま通り過ぎたのかも知れなかった。

唐物屋の主人が、向う岸に行ってみる気になったのは、やはり一刻前に、一度男の寝姿を見ていたせいだったろう。寝ている男が、一刻前と寸分違わない恰好をして横たわっているのが、気になった。右足が不自然に横に投げ出され、顔は投げ出した足と反対側の方に向いている。

動かない男は、死人のようにも見えた。もっとも酔いつぶれて寝込んでいる人間は、死人にも似ているのだ。しかし、仮りに酔っぱらいだとしても、そろそろ酒がさめて眼をさましてもいいころではないか。

主人は家の中から、女房を外に呼び出した。

「どうだね。あれは酔っぱらいか。それとも死人かい」

「まさか、あんなとこに死人がいるわけはないだろ」

言いながら女房は、手をかざして向う岸を見た。

「でも動かないね、ちっとも」

「そうだろ。ちょっと行って見てくる」

と主人は言った。

「よしなさいよ、お前さん、どっちみち、かかわり合いになっちゃつまんないんだから」

だが唐物屋の主人は、女房の声を背に聞き流して歩き出した。向う岸に渡るには、こちら岸の道を佐賀町に抜け、仙台堀に架かる橋を渡って、ぐるりと遠回りすることになる。

主人は、いまのように気になることがあると、ほっておけないたちだった。生きているのか死んでいるのか、黒白をはっきりさせないと落ちつかない。せっせと歩いた。

唐物屋の主人が、道ばたの草の中にもぐりこむようにして寝ている男のそばに行ったとき、最初に嗅いだ匂いは、強い酒の香だった。

——やっぱり、酔っぱらいか。

と思った。緊張はそれでとけたが、せっかく来たのだから、起こしてやろうじゃないかと思った。男の身なりは粗末で、着ているものはいわゆるボロである。投げ出されている足も、そむけた頸のあたりも垢にまみれている。

一見して浮浪の物乞いのように見えた。はじめて寝ている男を見たとき、酔っぱらいか物乞いかと思ったが、男はその両方を兼ねていたわけである。

だがいつまでも往来ばたに寝ていて、そのうち見回りの役人でも来て怒られたりするのも可哀そうである。唐物屋の主人は、その程度の親切ごころは持ちあわせていた。

「これ、お前さん」

草に踏みこんで、男の頭の方に回りこみながら、主人は声をかけた。とたんに身体がすくんだ。

それまで草の陰になって見えなかった男の顔が、いきなり眼にとびこんできたのだが、それが死人の顔だったのである。血の気が失せて青ざめた顔に、わずかに黒目をのぞかせた眼がひらいている。半びらきの口から少し舌がのぞき、少量の血が口から頬まで糸をひいてこびりついている。少し横向きになっている身体の、左胸から腹のあたりにかけて、着ているものが一面に黒ずんでいるのは、血の痕らしかった。

唐物屋の主人は、顫える足を踏みしめて、尻さがりに草むらから道までもどった。四十八になるが、いま見たような無残な死人を見たのははじめてだった。

主人は、度を失ってあたりを見回した。蔵屋敷の塀が長く続いているだけで、人影は見えなかった。救いをもとめるように、向う岸の自分の店のあたりに眼をやった。

すると女房が出て来て、店の前に積んである木箱を片づけはじめたのが見えた。裏手に運ぶつもりらしく、箱に手をかけると大儀そうに身体を曲げた。

「おい」

主人は大声で呼びかけた。その声がとどいたらしく、女房がこちらを向いた。

「死人だ。人が死んでいる」

主人は死体を指さしてそう叫んだが、女房は言っていることまではわからないらしく、こちらに向って手を振った。おいでという手つきをしているのは、つまらないことにかかわり合っていないで、はやくもどって来いという身ぶりだった。

女房はもう亭主の方は振り向かずに、急に馬鹿ぢからを出して、大きな箱を持ち上げた。箱は卸問屋の若い者が取りに来るので、朝方主人が裏手から持ち出しておいたものである。

「バカ。それは後で人が取りに来る品だ。そこに置いとけ」

主人はどなったが、女房はそれも聞こえないらしく、胸高に木箱を持ち上げたまま、店の横手に姿を消した。

しかし女房をどなりつづけたために、主人にもようやく日ごろの分別がもどってきたようだった。大川端に、清住町の自身番があるのを思い出して、唐物屋の主人はそちらに向って河岸の道を走り出した。

二

床を出たお津世《つせ》が、ひっそりと梯子《はしご》を降りて行く気配を、神谷玄次郎は耳で追った。お津世は、ほとんど足音をたてずに階下に降り、やがてその気配はふっと消えた。

——何とかしなくちゃいかんな。

凝然と闇の中に眼をひらきながら、玄次郎はそう思った。お津世のことである。闇の中に女の香が残っている。その残り香が、ふとそう思わせたようだった。身体の方から結びついた仲だったが、玄次郎はこのごろになって、お津世との間に情が深まった気がしている。

お津世が、二階に泊めている玄次郎の部屋から降りるとき足音をしのばせるのは、階下に寝ている女中の耳をはばかっているのである。泊りこみの女中が二人いる。玄次郎とわりない仲になって一年近く経つが、お津世はそのことを女中にも客にも、あからさまに示すようなことは決してしなかった。お津世は三好町の小料理屋よし野のおかみである。お津世には、男と商売を一緒にしたりはしない、きっとしたところがある。

その気の張りが、しのびやかな足音にあらわれていた。床の中では、三つになる子供がいるとは思えない、しぐさの可愛い女だけに、玄次郎はお津世の気の張りに、ふと痛いたしい感じを持つのだ。

――何とかすると言っても……。

何ともならんかな、と玄次郎は思う。上司の支配与力金子猪太夫に一杯飲ませて、お津世を組内の誰か話のわかる人物の養女分にしてもらうよう話をつけ、女房に直すという手はないか、と考えてみる。

きわめて望み薄だった。神谷玄次郎は、南本所から深川一帯を回りあるく、定町廻り同心だが、勤めぶりは同僚、上役の間でひんしゅくを買っていると言ってもよい。怠け者で知られている。

三日に一度は見回りを怠けて、よし野の二階で昼寝をしていたりする。見回りのときは中間をともなう定めになっているのに、六助というその中間を、桂木という同心が新しく定町廻りになったときに押しつけ、いまは一人で回り歩いているし、時どき組屋敷に帰らずに、いまのようによし野の二階に泊りこみを決めこむ。

そういうことは、すぐに奉行所の中に知れわたるらしく、支配の与力金子猪太夫は、玄次郎の顔を見れば、がみがみと叱言《こごと》を言う。それでもどうにか首がつながっていて、定町廻りという職分からはずされることもないのは、金子が玄次郎の探索捕物の腕を買っているためである。事件が起きると、玄次郎は日ごろの怠け癖はどこへやら、昼夜の別なく探索に奔走して犯人をつきとめる。

手がけた事件で犯人を見のがしたことがない有能さを金子は買い、同僚もふだん顔をしかめながらも、どことなく玄次郎に一目置くふうをみせる。

そういうことで辛うじて首の皮一枚でつながっている身分である。小料理屋のおかみを女房になどと言い出せば、さっそく金子から雷が落ちるだろうし、またお津世自身がそれを望むかどうかも、はなはだ疑わしかった。お津世は、組屋敷に入って小料理屋のおかみ上がりで肩身せまく暮らすよりは、いまの商売をつづけて、玄次郎の情人で暮らす方が気楽だと言うかも知れない。

――いっそ、さらりと勤めをやめて、よし野の主人におさまるかの。

とも思った。その考えは、時どき玄次郎の心をかすめる魅力ある考えだった。

お津世の亭主は、二年ほど前に、行きずりの人殺しに路上で刺されて死んだ。その人殺しを玄次郎が方角違いの深川で起きた事件でつかまえたことから、お津世との繋がりが出来たのだが、いわばお津世は空き家だった。玄次郎にその空き家の亭主におさまる気があると知れば、狂喜するかも知れない。

だが玄次郎の心の中に、その気持を強く引きとめるものがあった。

玄次郎には、無足の見習い同心として奉行所に勤めはじめた十四年前に、母と妹が組屋敷に近い路上で、何者かに斬殺されたという過去がある。

その母娘の死が、当時父の神谷勝左衛門が手がけていた大がかりな犯罪にかかわりがあったことはわかっている。老練な定町廻り同心だった勝左衛門は、妻と娘が死んだ直後から、急に気力を失い、病気がちになって、ほぼ一年後に死んだ。

奉行所では、神谷勝左衛門の探索のあとを、秘密裡に引きついで追及をすすめたが、その捜査はなぜか中断された。その犯罪に、奉行所にかかわりのある幕府要人が絡んでいたためだということを、玄次郎は数年後に耳にしている。

上司の支配与力金子猪太夫からその話を聞いたあとで、玄次郎は父の勝左衛門が手がけた一件の書類を探したが、その記録は見つからなかった。

玄次郎の気持の中には、一点奉行所に対する不信がある。来る日も来る日も、その不信を嘗《な》めて、勤める役所を白眼視しているというわけではないが、気持の底に抜きがたい不信感がある。

父祖の代から引きついできた、同心という家の仕事に向いていると自分を思いながら、玄次郎がどこかでいまの仕事を突き放して眺めていることも事実である。怠けてやれ、と思う。それが謹直な官吏だったのに、無残な晩年をむかえて終った父に対するいたわりのように思うことがある。

いっそさらりと勤めをやめ、お津世の亭主にでもおさまるかと思うのは、そういう怠慢な気持が昂じたときである。勤めの日日がむなしいものに思われてくる。だが、玄次郎を待てととどめるものも、同じその気持から出てくるのだ。

誰にも、上司、同僚はおろかお津世にも言わず、気ぶりにもみせたことがないが、玄次郎の気持の奥底には、いつかは一家破滅の背後にひそむ真相を突きとめてやるぞという、ひそかな決意がひそんでいる。母と妹の命を奪い、ひいては父の命まで奪った者の正体を突きとめたいと思うのだ。父が、妻と娘の死から、そのとき手がけていた事件の追及が、不可能だとさとったことは明らかだった。父の気力の衰えは、見るも無残なものだった。

その事件にかかわりがあった幕府のお偉方とは誰なのか、玄次郎は知りたいと思っている。その気持には、父母と妹を失った怨みもさることながら、父親ゆずりの、隠されたものに対する、心がおののくような深い探索の興味が含まれている。じっさい玄次郎は、遠い怨みは別にして、その人物を突きとめて顔を見たい一途な執念に駆りたてられることがある。

そのためには、奉行所をやめることは出来なかった。情人という立場に甘んじているお津世もあわれだが、いますぐしかるべく恰好をつけるというわけにもいかんな、と玄次郎は思う。

睡気がきざしてきた。そのぼんやりした頭の中に、いま手がけていて、珍しく調べがとどこおっている事件のことが、ちらと浮かんだ。事件は人殺しである。

殺されたのは浮浪の物乞いだった。名前は甚七ということがわかっている。甚七は小名木川から北の南本所一帯を縄張りのようにして、家家から物乞いをして歩いていた男だった。回り先では、七、七と呼ばれ、かわいがられていた。

わからないのは、甚七が殺された理由である。物盗りであるはずはなかった。物を盗るのが狙いで甚七を襲ったとすれば、それはよほど眼がない物盗りである。さればといって喧嘩でもなかった。甚七は心ノ臓を、匕首《あいくち》と思われる刃物でひと刺しにされていた。人と争った形跡はない。甚七は人の好い物乞いで、ひとと喧嘩するような男でなかったことは、この男が米や穴明き銭をもらい歩いていた本所の家家で、口をそろえて言ったことである。

世の中のゴミにも似た、影のようにかすかな存在だった。甚七がいてもいなくとも、または生きていても死んでも、世間は何の痛痒も感じないだろう。

だが、そういう男がなぜ殺されねばならなかったのか、と玄次郎は思っている。丹念な、そのつもりで殺した傷だという印象が残っている。そこに気持がひっかかる。

仙台藩蔵屋敷のそばで見た死体を、もう一度眼に思い浮かべたところで、玄次郎に眠りがおとずれた。

三

深川の六間堀ばたにある銀蔵の家をのぞいたが、銀蔵の姿は見えず、女房のおみちが客のひげをあたっていた。銀蔵は玄次郎から手札を渡されている岡っ引だが、花床という床屋のあるじでもある。

「あら、旦那」

玄次郎を見たおみちが、仕事の手をとめてお辞儀した。

「すぐ済みますから、上にあがっていてくれますか」

「いいよ、いいよ、仕事の手をやすめることはない」

と玄次郎は言って、のっそりと店の中に入った。

「銀蔵は出たかい」

「はい。でも昼までにはもどると言ってましたからね。おっつけ帰って来ますよ」

「それじゃ、待たしてもらうぜ」

その声で、いい気持そうにひげを剃ってもらっていた三十過ぎの男が、片目をあけて玄次郎を見た。そして声の主が八丁堀の旦那風なのを見て、肝をつぶしたような顔になり、今度はしっかりと両目をつぶった。

玄次郎は店から続いている茶の間に上がり、刀を腰からはずすと、長火鉢のそばに腰をおろした。

所在なく、火鉢のそばに出ている銀蔵の煙草道具を引きよせ、一服つけようかと煙管《きせる》に煙草をつめていると、土間からおみちが笑いながら声をかけてきた。

「済みませんね。終ったらお茶をさしあげますから」

「気をつかうことなんぞいらねえよ、おかみ。商売のじゃましちゃわるい」

煙草のけむりを吹きながら、玄次郎はおみちの仕事ぶりを見ている。おみちは三十二、三になっているはずだが、子供がないせいかずいぶん若く見える。美人というのではないが、色白の丸顔にも、ぽっちゃりとした小太りの身体つきにも色気がある。襷《たすき》をかけているので、肉づきのいい白い腕が、二の腕までむき出しになっている。

花床が、いつ来ても客がいて、繁昌しているように見えるのは、おみちに愛嬌があるからではないかと、玄次郎は思っているが、それを言うと亭主の銀蔵は面白くない顔をする。

「お待たせしました、旦那」

客が出て行き、手を洗って襷をはずしたおみちがそう言ったとき、表に人の影がさした。入ってきたのは銀蔵だった。珍しく殺気立ったような足どりで店の中に入って来たが、玄次郎を見ると手を打った。

「こいつは、ちょうどよござんした、旦那」

茶の間に上がりながら、銀蔵は手拭いで、首筋の汗を拭いた。

「これから飯をかっこんで、旦那のとこに行こうかと思ってましたんで」

「飯かい」

と玄次郎も言った。

「わしも一杯お相伴するかな。漬け物か何かで」

玄次郎は台所でお茶の支度をしているおみちに声をかけた。

「ご亭主が飯を喰うそうだが、わしにも一杯馳走してくれんか」

「はい、はい、わかりました」

台所からおみちが笑い声で言った。

「冷や飯ですが、よござんすか」

「冷や飯けっこう。お茶漬けにしてもらって、漬け物でも出してくれれば言うことなしだ」

「よし野で、たべていらっしゃらなかったんで？」

銀蔵が怪訝《けげん》そうな顔をした。

「朝飯は喰ったさ。だが昼飯は喰っとらん」

「……？」

「妙な顔をするではないか。わしでも朝から見回って来る日はある」

それはお珍しいことで、自身番の者がさぞびっくりしたでしょうと銀蔵は言った。

銀蔵はにやにや笑っている。

たしかに珍しいことだが、玄次郎もときには猛然と精勤これつとめることがある。薄給の年三十俵とはいえ、お上から禄を頂いている身分ということに考えがおよんだとき、それだけの勤めはやらなきゃな、と思うのだ。

「ところで、ちょうどいいと言うと、何か手がかりがあったか」

「それですが、旦那」

銀蔵は膝を乗り出した。床屋の亭主とは思えない、無精ひげの顔が玄次郎の眼の前に迫る。銀蔵は声をひそめた。

「甚七の女房、子供が見つかりそうです」

「ほう」

玄次郎は思わず鋭い眼になって、銀蔵を見返した。

玄次郎は銀蔵に下っ引を動かす金をやって、浮浪の甚七が物乞いをして歩いていた南本所の家家を、しらみつぶしに聞き込みに回らせていた。甚七という男の素姓がわからなかった。わかっているのは垢まみれの汚い恰好をしていて、一見したところ年寄りのように見えるが、齢はざっと四十半ばの男で、決まった宿というものもなく、寺の軒先、神社の縁の下といったところにもぐりこんで寝ていたということだけである。

いつごろから南本所に現われたかもはっきりしなかった。ある家ではざっと十年も前からだろうと言い、ある家では、姿を見かけるようになってから十五、六年は経つと断言した。酒が好きで、もらった金がたまると安酒を買って飲んでいたということもわかり、その酒屋も見つかった。

わかったのはそれぐらいだった。玄次郎は死体を丹念にひっくり返して調べ、ことに手足を念入りに見たが、甚七が何かの職人で働いていたという痕跡も見つからなかった。

玄次郎は、甚七が殺されたわけを、二つほど考えていた。ひとつは物をもらって歩いていた南本所のあたりで、たとえば、見てはいけないものを見てしまったため に殺されて、口をふさがれたという見方である。もうひとつは、甚七の昔の素姓に 絡んだ殺しではないかという見方である。

生まれ落ちてからの浮浪という者はいない。ひとは誰しも、たとえどんな境遇に 生まれ合わせようと、一度は人並みの暮らしというものを手にするものだろう。何 かの理由でその人並みの暮らしから足を踏みはずしたときに、浮浪の境涯に踏みこ むのだとも言えた。

南本所を丹念に聞いて回らせたのは、近ごろそのあたりの町に変ったことがなか ったかをさぐると同時に、どこかで甚七の素姓が割れはしまいかというのぞみをか けたのである。銀蔵の言葉は、甚七の素姓が割れかけたことを示している。素姓が わかれば、そこに今度の殺しとのひっかかりが浮かんで来ないものでもない。

「しかし、女房、子供とは驚いたな」

と玄次郎は言った。

「まさか甚七が、物乞いで女房、子供を養っていたというのじゃあるまいな」

「そうじゃござんせん」

銀蔵は苦笑した。

「とっくの昔に別れた間ということのようで」

銀蔵は下っ引を使いながら、自分も南本所の町を一軒一軒聞いて回っていた。そのうちの一軒の店で、甚七がいまはこんなことをしているが、昔は女房、子供もいたと言い、いまも丈夫で暮らしているはずだ、と女房、子供がいる深川のある町の名を口にしたことを聞き込んだのである。

「甚七という野郎は、気のいいおとなしい親爺で、ただ物をもらい歩くだけでなく、店先を掃いたり、言いつければ裏に回って薪を割ったり、ちょっとした手伝いなどもやっていたようでござんすな」

「なるほど。かわいがられていたというのはそういうことだな」

「さいで。それで少しばかり駄賃をやって、お椀に一杯酒でも振舞ったりすれば、それは喜んでいたそうで。女房、子供という話も、その家で酒を振舞ったとき、酔った甚七がちょろっと口にしたんだそうですが、そこの主人が、それじゃこんな暮らしをしていないで、女房、子供のそばにもどったらどうかと言ったら、野郎いつになくしんみりしましてな。もう家にもどれる身分じゃねえ。家を出てから、その町には一度も足を踏みこんでいないと言いましたそうです」

「その町てえのは、どこだい？」

「深川の蛤《はまぐり》町と言ったそうです」

「蛤町というと、甚七が死んでいた場所から、そんなに遠いところじゃねえな」

「あっしもそう思いました。女房、子供というのが、はたしていまもそこに住んでいるかどうかはわかりませんが、ともかく急いで旦那に知らせるもんだろうと思って駆けもどって来ました」

「よし。飯かっこんだらすぐに行ってみよう」

「合点でさ。おい、おみち。もたもたしやがらねえで、はやいとこ飯を出しな」

「もうひとつの方は引っかかりが見えねえかい」

と玄次郎は言った。銀蔵に、甚七の死体があった仙台藩蔵屋敷を中心に、付近の町一帯を、南本所とは別に聞き回らせていた。ねらいは、いうまでもなく甚七に酒を飲ませた店である。その時一緒だった男などという者が浮かび上がってくれば申し分ない。

その探索は漠然としていて骨が折れそうだったが、玄次郎はのぞみを捨てていなかった。甚七が、殺された晩したたかに酒を飲んでいたことは、死体をあらために行ったとき、その身体からまだ酒が匂っていたことでもわかる。

あれだけ酔っていたからには、飲んだ場所はそう遠いはずはない、と玄次郎は銀蔵に言っておいた。隣の伊勢崎町、蔵屋敷の北にある清住町、海辺大工町、または仙台堀の南にある佐賀町、今川町、永堀町、万年町のあたり、そこで見つからなければその町町をもうひとつ南にさがったあたりと見当をつけている。

だが銀蔵は、その問いには首を振った。

「そっちの方はさっぱりでさ。酒を出しそうなところは、蕎麦屋のはてまで聞き回ってんだが、ちっともひっかかりがねえ」

四

ひと口に蛤町と言っても、深川のあちこちに同じ名の町が散らばっている。

仙台藩の蔵屋敷を中に置いて言えば、寺裏の蛤町がいちばん近く、次にそこと油堀の間にも掘割をはさんで蛤町があり、ずっと南にさがって門前仲町の南、大島町の北の二カ所にも蛤町があった。

玄次郎はその町町を、残らず探し回る気でいた。定町廻りの同心は、歩くことを苦にしない。また足が弱かったり、歩くことを億劫がるようでは定町廻りは勤まらないのだ。勤勉とはいえない神谷玄次郎にも、定町廻りのそのたしなみは、半ば習性のように身についている。

だが玄次郎と銀蔵は、その日は幸運にめぐまれていた。足を棒にして歩き回るまでもなく、最初に訪れた寺裏の蛤町の自身番で、甚七の女房の消息が知れたのである。

女房は、玄信寺裏の蛤町の裏店にいた。甚七が女房、子供といったその子供が、もう二十四になる桶職人で母親を養い、親方にも信用されているので、二、三年のうちには表店に移り、女房ももらうような話を聞いている。自身番に出ている町役人はそう言った。

その暮らしの上の安堵が、たずねて行った甚七の女房の顔にも物言いにもあらわれていた。玄次郎が甚七の名前を出しても、他人のことを聞くような表情を見せただけである。といっても、べつに冷たい感じではなく、ただ思いがけない人間の消息を聞いたとでもいうふうにみえた。

「あのひとがこの家を出て行ったのは、ずいぶん昔のことでしてね」

女房はかすかに笑った。

「もう近年は思い出すこともありませんでしたよ。あのひとがどうかしたんですか」

「死んだ。それもひとに殺されてな」

と玄次郎が言った。女房は黙りこんで、上がり框《かまち》に腰かけた玄次郎と、立ちふさがるように土間に立っている銀蔵を見くらべた。そして不意にうつむくと、指で眼を押さえた。だが、顔をあげたとき、女房はもうふつうの声音にもどっていた。

「どうせ、ろくな死に方はしまいと思ってましたよ。でも、何で殺されたりしたんですか」

「さ、そこがわからんから聞きに来たのだが、甚七は昔、ひとに恨まれるようなことはしておらんかな」

女房は首を振った。

「あのひとは酒に呑まれたひとでね。ずいぶんあたりに迷惑をかけたとは思いますけど、でも殺されるほどの悪いことはしていませんです」

甚七はお店者《たなもの》だった。馬場通りの南側、富ヶ岡八幡宮の一ノ鳥居に近い黒江町に店を構える、木綿問屋吉川屋に奉公し、年季も明けて手代まで勤めた人間である。手代になると、通い勤めを許されて、蛤町のいまの家に所帯を持った。じきに子供が生まれ、二、三年はしあわせな日が過ぎた。

だがそのころから、甚七は酒に溺れるようになった。もともとが酒好きで、女房は甚七との間に縁談がまとまったころ、わざわざ吉川屋の主人に呼ばれて、甚七の酒癖に気をつけるように言い聞かせられたことがある。

所帯を持って二、三年ほど、甚七は酒をつつしんでいるようにみえた。だが子供が生まれて一年ほど経ったころから、甚七はそれまで押さえていた酒の量を取り返すように飲みはじめた。毎晩のように飲み、帰りはかならず深夜で、這うようにして帰って来た。途中で道ばたに寝こんでいたと、火の用心の男が抱えるようにして送りとどけて来たことも、一再にとどまらない。

甚七の酒は、ひたすら飲むだけで、女とのかかわり合いはなかった。そのことを知っていたので、女房ははじめの間、甚七の酒をそれほど気にしていなかった。朝になればしゃんとして店に出て行くし、男は酒ぐらい飲めなくちゃとも思っていたぐらいである。

だが、少しずつ家の中のものが酒代に消えるようになったころから、女房は亭主の酒にはじめて無気味な感じを持った。女房が嫁入るときに持って来た着物が消え、帯が消え、櫛笄《こうがい》のたぐいまで消えた。女房から剝ぎ取るものがなくなると、甚七は、自分が寝る夜具を背負い出して酒代に換え、冬が終るのを待って自分がこの間まで着ていた、綿入れを売った。

これだけは渡せないとがんばれば、女房に手を上げるようなことまではせず、そうして自分のものを売って酒に換えるのだが、寒い冬の最中に、夏の薄い夜具にくるまって、がたがた顫えている亭主を、女房は無気味な思いで眺めた。

甚七は吉川屋からひまを出された。家の中のものを売りつくして、ついに店の金に手を出したのである。ひまを出されたあと、甚七は酒気の切れた青白い顔をして、二、三日茫然と家の中にうずくまっていたが、やがてふっと家を出ると、それっきりもどって来なかった。

家の中のもの、喰えるものは残らず喰いつくした貪欲《どんよく》な生き物が去ったように見えた。がらんとした家に、まだ若い女房と小さな子供が残された。二十年も前のことだ、と女房は言った。

「二十年の間、一度ももどって来なかったのか」

「はい」

「むろん、近ごろ甚七を見かけたなどということもなかったろうな」

「むろんですよ、旦那。もっとも見かけたところで他人同然のひとですけど」

「すると、殺されて思い当るようなことはないわけだ」

「ありませんね。そりゃ、家を出てからあのひとが何をしたかは知りませんよ。でもともとがおとなしいひとでした。そんな暮らしの中でも、一度だってあたしをぶったりしたことがなかったんですから。あのひとが、ひとさまに恨まれるようなことをしたとは思えませんです」

女房は、最後はきっぱりとそう言った。

玄次郎と銀蔵は、蛤町の家を出ると、平野町の通りに出て、油堀を南に渡った。玄次郎が足を向けている場所はわかっているらしく銀蔵は黙ってついて来る。

「銀蔵、気をつけた方がいいぜ」

と玄次郎が言った。

「酒もほどほどにな」

「そいつは旦那にも言えるこっちゃねえですかい」

と銀蔵が応酬した。

「よし野のおかみさんは、近ごろの旦那の酒は荒れるって、こぼしてましたぜ」

黒江町の吉川屋は、馬場通りに面した大きな店で、客が混んでいた。むろん回り先だから、玄次郎は吉川屋が繁昌している木綿問屋だということは知っている。

吉川屋の主人孫次郎は、快く玄次郎と銀蔵を上にあげて話を聞いた。はじめは女中が出て来てお茶を出したが、少し経つと奥からおかみも出て来て話に加わった。

「おまえは知らないんだよ」

孫次郎はおかみを振り向いて言った。

「旦那方のおっしゃる甚七というひとは、おまえがこの家に来る前に、店を出されたひとだから」

「おや、そうですか」

とおかみは言った。孫次郎は鬢《びん》に白いものが混りはじめているが、四十七、八だろう。だがおかみはまだ四十前のように見えた。十近くも齢が離れている夫婦だった。

「なにしろ底なしの酒でございましてな」

孫次郎は玄次郎に向き直って、苦笑した。

「そのころは、あたしもまだ見習いで、店は死んだ親爺が采配を振ってたものですから気楽なものでござんした。ちょいちょい店を抜けちゃ、近くの岡場所をうろついたりしたものです。一人じゃさびしいからというので、二、三度甚七を誘ったこともございます」

「……」

「ところが、そのうちにあの男の酒がどういうものかわかりました。それで誘うことはやめましたが、とどのつまりはああいうことになりましてな。親爺が店から出したわけです」

「店の金に手をつけたということだがね。いったいどのぐらいの使い込みだったのか、おぼえてねえかな」

「それがつまり酒代で、こまかく一分だ、二分だとくすねていたのが見つかったわけですな。さいでございますな。しめて十両前後になっていたと聞きました」

「奉公人としてはどうだったのかな、甚七は」

「それほど頭が切れるといったことじゃありませんでしたが、まあ小僧から叩き上げた男ですから、商いは心得ていました。ふつうの男でしょうな、奉公人としては」

「悪い友だちがいたというようなことは？」

「友だち？」

孫次郎はまた苦笑した。

「酒があの男の友だちでございましてな。そういうつき合いも、女の気もまるでない男でした」

「店で揉めごとを起こしたというようなこともなかったろうな、そういう男なら」

「ええ、ええ。店じゃおとなしい男でした。酒さえ入らなければ、ちゃんとした奉公人で、いまごろは番頭を勤めていたと思いますよ」

吉川屋の主人から聞くことは、その程度のことだった。玄次郎と銀蔵が立ち上がると、主人は店先まで送って出た。

主人は店の中にいる客に、にこやかに挨拶しながら、玄次郎と銀蔵を外まで送り出した。少し行ったところで、人を叱る声がするので振り向くと、孫次郎が小僧を呼び出して店先を掃かせているところだった。

「どうもこう、探す相手が浮かんで来ない殺しだな」

玄次郎が呟くと、銀蔵が言った。

「本所を回ってる奴を、全部こっちに回して、甚七が飲んでいた店を探し出しましょう」

「そうするか、銀蔵」

玄次郎は言ったが、憂鬱そうな声でつけ加えた。

「それにしてもだ。酒は好きだが、女房に手も上げられねえようなおとなしい男が、何であんな殺され方をしたか、だ。何かあるはずだぜ、銀蔵。そいつを突きとめなくちゃな」

五

「このおひとかい」

玄次郎は銀蔵に連れられて入って来た男をじっと見た。伊勢崎町の自身番の中である。男は、伊勢崎町の先の西平野町に住む、九助という手間取り大工である。

九助は、西平野町の裏店から、毎日小名木川べりの海辺大工町に通いで働いているが、甚七殺しがあった晩は、帰りに清住町にある実家に相談事があって寄り、いつもは通る道でない仙台河岸を抜けて家にもどった。そのとき仙台河岸から伊勢崎町に渡る橋のあたりで、酔っぱらい二人とすれ違ったのである。

「よし、その晩に見たこと、聞いたことを全部話しな」

うながされて、おずおずと畳に上がって来た九助に、茶を出すように自身番の者に言いつけると、玄次郎はそう言った。

「見たって言っても旦那。あっしは帰りが遅くなって急いでましたもんで。なにしろうちのかかあときたら、帰りが遅いとぎゃあぎゃあわめきやがるもんですから」

「あの晩は月が出てたんだ、九助」

玄次郎は、いかにも女房の尻にしかれていそうな、気弱な顔をした四十男をじっと見た。

「急いでいたと言っても、すれ違った人間の様子ぐらいはちらと眼に入ったろう」

「…………」

「まず年のころだ。その二人は若かったかい。それとも齢を喰ってたかね」

「あっしらと似たようなもんじゃなかったかね。ええ、二人とも」

「つらァ見たか、つらは？」

「おぼえちゃいませんよ。細っこい男の方はちょっと見た気もしやすがね。身体のでかい方は、あっしを見ると、こう、そっぽ向くようにしたからね」

「一人は、その細っこい男の方だが、ひどいなりをしてたろう。気づかなかったかね。おこもみてえななりだったはずだぜ」

「それが違うんでさ、旦那」

と九助は抗議するように言った。

「この親分にも、あのあたりで酔っぱらいを見たんなら、なぜ自身番に届けて出なかったかって叱られたけどよ。二人ともちゃんとしたなりをしてたんですぜ。細っこい男の方は、縞柄のものを着てたな、そう言や」

「……」

「あっしも、河岸で殺しがあったのは知ってやすがね。死んだのはおこもさんだという話でがしょ？　あっしが見たお二人とはかかわりあるめえと思ってましたんで、へい」

「殺しは、一人じゃ出来ねえのだぜ、九助」

玄次郎はそう言ったあと、しばらく考えこむように腕をこまねいた。そして顔をあげるとまた訊いた。

「その二人は、何か話してなかったかね」

「話ですかい？」

九助はじっと考えこんだ。自分が見たものが、ただごとでないものにかかわりがあると知って、真剣になった表情が窺えた。

「話というもんじゃなかったけどよ。細っこい方の酔っぱらいが、一人でなんかしゃべってたな」

「そいつを思い出すんだ」

「待っておくんなさいよ、旦那。そうせっつかれちゃ、ここまで浮かんできたものも思い出せやしねえ」

九助は額に手をあてた。そしてやっと顔をあげると言った。

「こんなにごちになっちまって、すみません、と言ったんだな」

「それから？ どんなことでもいい。聞いたことは全部話せ」

「そうそ、あっしが行き過ぎたとき、うしろで、しかし驚きましたなあ、若旦那、と言ったんでさ、その細っこい方の男が」

「ふむ、いいぞ。それから？ なりの大きい男は何か言わなかったかい？」

「いや、そっちはだんまりだったんですが、細い方が、驚きましたなあ、若旦那と言ってよ。そのあと、そうだ、こう言ってました。まだ続いていなさるなんて、夢にも思いませんでした、と」

「ほかには？」

「それっきりでさ。あっしも急いでましたからね。うちのかかあときたら、遅くけえると飯喰わさねえなんてぬかしやがるからね」

九助を帰したあと、玄次郎はしばらく黙黙と冷えた茶をすすりながら考えこんだが、やがて、銀蔵に言った。

「少し川ざらいをしてみてえのだが、人を頼めるかい」

「どこの川ですか」

銀蔵は驚いた顔をした。玄次郎はあごをしゃくった。

「そこの川だよ。仙台堀を、大川の口から、東は、そうだな、ざっと海辺橋の向うあたりまでさらってくんな。探し物は、縞柄の浴衣というやつだ。流されちまったかも知れねえが、石をつけて沈めたとすれば、案外そのへんに沈んでいないもんでもねえ。それが出てきたら、調べはぐっと楽になるぜ」

「……」

「甚七の死体を改めたときのことをおぼえているかい。着物が左前になっていた。そのときは死人はおこもだからと軽く見たが、やっぱりそういうもんじゃねえな。甚七は殺されてから、もとのぼろに着換えさせられた疑いが出てきたぜ」

「気づきませんでしたな」

と銀蔵は言った。歯ぎしりするような顔になっている。

「すると酒を飲ませる場所を、もう一度ハナから聞き直さなきゃなりませんな。その晩は、どこの店にも、おこもなんか現われなかったんだ」

「若旦那の人相、風体も言って調べるといいな」

と玄次郎はつけ加えた。銀蔵は黙ってうなずいた。玄次郎が言っている若旦那が、吉川屋の主人孫次郎を指していることはわかっていた。連れの男が孫次郎と、まだ決まったわけではない。甚七は、南本所の町町を回って、あちこちの商家に顔を知られていた。その中に、若旦那と甚七が呼ぶような人間がいないわけではあるまい。だが、四十を過ぎて、甚七に若旦那と呼ばれるような男は、そう沢山いるはずがなかった。孫次郎にかける疑いが、みるみる濃くなったのを銀蔵は感じている。

銀蔵は勢いよく立ち上がった。

六

数日後の夜、玄次郎と銀蔵は、一軒の料理茶屋の門を斜めに見る路地にひそんでいた。場所は小名木川に架かる高橋《たかばし》に近い、常盤《ときわ》町である。その料理茶屋は、男女がしのび会う出合茶屋としても知られている。

時刻は五ツ半（午後九時）。駕籠が二丁、門の前に着いて、駕籠かきが一人門を入って行った。そして間もなく、人影が三つ茶屋の中から門前に出て来た。

玄次郎は眼をこらした。一人は駕籠かきである。そしてあとの二人は、吉川屋の主人孫次郎と、ひとりの女だった。

女は若くはなかった。四十前後に見える。町家のおかみといった素人っぽいなりをしていたが、門の懸け行燈に照らし出された顔が、はっとするほどどうつくしかった。

女は孫次郎に軽く頭をさげると、落ちついた身ごなしで駕籠に入った。駕籠が上がるのと同時に、銀蔵が音もなく玄次郎から離れて、横の細い路地に走りこんで行った。女の駕籠を追って行ったのだ。

女の駕籠を、孫次郎はしばらく見送って立っていたようである。そして駕籠屋に低い声で何か言うと、自分も駕籠に入った。すぐ駕籠が上がった。そこまで見とどけると、玄次郎は路に出て、後も見ずに孫次郎の駕籠が去った方角とは反対の方に歩き出した。あとは三好町のよし野に帰って、銀蔵がもどって来るのを待つだけだった。


川ざらいで縞柄の浴衣が見つかった。場所はちょうど西平野町から万年町に渡る海辺橋の下で、浴衣は一本の匕首と一緒に、沢山の石をつめこんだ風呂敷に包みこまれて、橋下の水底に沈んでいたのである。血の痕はあらかた洗い流されていたが胸を切り裂いている刃物の痕で、その夜、甚七が着ていた浴衣だと推定された。

甚七は、飲みに連れて行くが、そのなりじゃ駄目だとでも言われ、男が言うままに、どこかで嘻嘻《きき》として着換えたに違いなかった。玄次郎は銀蔵に、その夜、飲ませる場所に行った甚七か若旦那のどちらかは、風呂敷包みを持っていたはずだとつけ加えた。そして一方で、その浴衣を持たせて、黒江町から万年町あたりにかけての町筋にある古手屋を回らせた。

一色町にある粗末な居酒屋と、そこから掘割ひとつへだてた材木町の古手屋の両方で、若旦那の人相、風体がわかった。きりっとした男ぶりで、鬢に少し白髪が混りはじめた五十近い男。長身で物静かな喋り方をするその男は、吉川屋の主人孫次郎に間違いなかった。

海辺橋の下から浴衣が見つかったとき、玄次郎は、甚七を殺したのはほぼ孫次郎に間違いないと思っていたのである。

銀蔵と一緒に黒江町の吉川屋をたずねたとき、玄次郎は孫次郎からひとつの強い印象をうけていた。きれい好きということだった。塵ひとつ落ちていない茶の間だった。茶簞笥もよく磨きこまれ、障子の桟にもほこりひとつついていなかった。それだけだったら、奉公人のしつけが行きとどいている家なら、珍しいことではないだろう。

だが話しているときに、孫次郎は畳に一、二滴の茶をこぼした。それをすばやく拭き取ったのは女房ではなく孫次郎だった。孫次郎は店に出ると、乱雑に脱ぎ捨てられている履物を、身をかがめて自分で直した。番頭が恐縮してとんで来たのを玄次郎は見ていた。

外に出て玄次郎たちを見送ったあと、孫次郎が店の中から小僧を呼び出して、掃除を言いつけている声を聞いた。その声が鋭かったのを、玄次郎は耳に残していた。

——もし、あの男が甚七を刺したのなら……。

血に染まった着物や匕首を、家に持ち帰ったりはしまい、と玄次郎は考えていたのである。

わからないのは動機だった。もとの雇い主と奉公人という繋がりのほかに、殺しが介在するほどの繋がりが二人の間にあるとは思えなかった。甚七は昔、店で十両の金を使い込んでいる。だが店では、甚七にひまを出しただけで、奉行所に届け出ることはせず、内内で済ませている。古い繋がりを探してもそのぐらいのものだった。九助が耳にした、まだ続いているとは何のことなのか。

近ごろ何かがあったのだ、と思うしかなかった。玄次郎は、銀蔵に言いつけて、数日孫次郎を見張らせた。孫次郎は、昼は店に出ているが夜になると大概は飲みに出た。だが遊ぶ場所はほとんど近くの岡場所で、しかも連れがあった。同業や、近所の商家の主人たちと誘い合わせて飲みに出るようだった。

そして今夜はじめて、銀蔵は、孫次郎が駕籠をやとって小名木川の北まで一人で来て、出合茶屋に入ったと知らせて来たのである。銀蔵は、相手の女が茶屋に入るところは見ていない。さっき茶屋を出るところを見て、はじめて孫次郎と会っていた女を見たわけだった。

――中年者の女狂いはこわいと言うからな。

両国橋を渡りながら、玄次郎はそう思った。それは中年女の男狂いと言い換えても、同じことだろうと思った。

さっきの女との逢引きが、甚七に見つかったのだろう、と玄次郎は考えている。それで酒代が欲しい甚七にゆすられでもして、殺す気になったか、と思ったが、それは孫次郎に聞いて確かめることだった。

玄次郎の関心は、ほのかな懸け行燈の光で見た、落ちついた身ごなしの女に向いている。うつくしい女だった。

――どういう素姓の女か。

と思った。

その答を、半刻（一時間）ほどで銀蔵が持って来た。銀蔵は走って来たらしく、顔に汗をしたたらせていた。わし摑みにした手拭いでごしごしと顔や首を拭きながら、銀蔵が言った。

「駕籠は堀川町の石和屋という油屋に着きました。千鳥橋のそばに自身番がありやすからね。立ち寄って確かめたら驚くじゃありませんか」

「もったいぶらずに先を言いな」

「油屋のおかみです。名前はお幾というそうです。齢は何と四十五ですぜ。とてもそんなふうには見えなかった、あっしには」

呼び出されて店に出て来た孫次郎は、そこに玄次郎と銀蔵が立っているのを見ると、少し顔色が変ったようだった。

黙って二人を見つめたが、自分から近寄ると小声で、こちらへいらして頂けませんか、ここは人通りが多ございますので、と言った。両側から孫次郎をはさむようにして、三人は路地を抜けると、町裏の河岸に出た。

立ちどまると、孫次郎はあのことがもうあらわれたようですな、お二人のご様子でわかりました、と言った。玄次郎がうんとうなずくと、孫次郎は苦笑した。

「どうせ素人のしたことです。いずれは知れると思っていました。でも、そう気がついたのはやってしまったあとでございますよ」

と言った。

玄次郎はその顔にじっと眼を据えながら言った。

「何で殺したんだね。石和屋のおかみとのことが見つかったからと言って、べつに殺さなくともよかったんじゃねえのかい」

「……」

「それとも、甚七が金でもゆすったのかね」

孫次郎は首を振った。

「いえ、甚七はゆすりがましいことは言いませんでした。ただ見つかった晩、あたしは甚七に酒を飲ませました。それがしくじりでした。あの男は、翌日になると、今度は店の前に現われました。仕方なしに近くの居酒屋に連れて行くと、酔っぱらって喜んで帰って行きました」

「………」

「甚七は、お幾のことは誰にも喋らないと言いました。もうお調べがついているかも知れませんが、お幾は若いころひそかに夫婦約束をしたものの、先方の親が許さずに一緒になれなかった女です。その女と二十年、あたしは人目をしのんで会いつづけてきました。このこわさを、旦那方にわかって頂くのは無理というものです」

「………」

「甚七は、昔のことを知ってますから、ひと目であたしたちの仲を見破りました。そして、これは飲めると思ったのですな。旦那方は、甚七の酒をご存知ないかも知れませんが、底なしのこわい酒です。はたして甚七はまた現われましたが、あたしはそのときは決心し、あの男を殺す支度をしていました。飲ませる金が惜しいわけじゃありません。しかしそうやっていれば、いずれは店の者にも怪しまれ、お幾とのこともあらわれずにはいないだろうと思ったからです」

「わかった」

と玄次郎は言った。この男が落ちこんだ地獄が見えていた。

「で、どうする？　店に寄って行くかね？」

「いえ、このままお連れ頂いて、かまいません」

と孫次郎は言った。

眼の前を流れる掘割の水に、秋めいた西日が砕けて光っている。そのあたりに眼を落としながら、吉川屋の主人は何か考えこむような顔をしていたが、不意に玄次郎を振り向いた。

その眼にかすかに狂おしいような光が浮かんでいるのを玄次郎は眺めた。孫次郎は、大事な秘密を打明けるような小声でつけ加えた。

「それに甚七の汚さが、あたしには我慢なりませんでした。あの汚い男が、とてもこれ以上は我慢なりませんでした」

青い卵

一

小料理屋よし野は、門を構えているような店ではない。蔵前通りから、御厩河岸《おうまやがし》に曲り、渡し場の手前で左の路地に入ると、すぐに濃紺の地に白でよし野と染めたのれんと、細かい格子戸が道ばたに見えてくる。

そのよし野の二階のあたりが騒騒しい。路地に入って来た北の定町廻り同心神谷玄次郎が上を見あげると、女が三人窓から顔を出していた。わあとか、きゃっとか、あたりに時ならぬ嬌声をまき散らしているのはその三人である。しかし三人がべつに玄次郎の姿を見かけて歓迎したというのでもないらしいことは、その中によし野のおかみお津世《つせ》の顔が見えるのに、玄次郎の方を見向きもしないことでもわかる。お津世は玄次郎の情人である。

三人のほかに、男が一人いた。その男、と言っても素姓は知れていて、下働きの弥平じいさんだが、弥平は窓の外のひさしの上に出て、あぶなっかしい腰つきで二階の戸袋につかまりながら、何かしている。女たちは弥平の手もとをのぞきながら、悲鳴とも嬌声ともつかぬ声を出しているらしい。

「おい」

下から玄次郎は声をかけた。

「何をしておる？」

その声で、二階の四人はやっと下の玄次郎に顔を向けた。

「鳥が巣をつくったんですよ」

いちばん若いおしかという女中が、上気した顔でそう言った。すると、いい齢をしたお津世までが娘のような声で呼びかけてきた。

「早く上がっておいでなさいましよ」

何だ、と玄次郎は思った。たかが鳥の巣のさわぎか。

店に入ると、板場から料理人の勝蔵がいらっしゃいと言ったが、玄次郎だとわかるとすぐに顔をひっこめてしまった。勝蔵はいい腕を持つ料理人だが、無口な男である。

すると、かわりに顔を出した女が、おや旦那、いらっしゃいましと言った。女は板場から土間に出て来た。勝蔵の女房で、名はおろく。二人は隣の黒船町に住んでいて、そこから亭主は料理人、女房は女中でよし野に通い勤めをしている。

のれんを出したばかりとみえて、店にいるのは勝蔵夫婦だけだった。客が来る時刻までにはまだだいぶ間がある。

「二階にお上がりなさいまし。すぐにお茶をお持ちいたします」

「お茶より酒がいいな」

「はい、はい」

おろくは、亭主の無口をおぎなうように、満面に愛想笑いを浮かべた。

「冷やでよろしゅうございますか？」

「けっこうだね」

「すぐにお上げします」

玄次郎は土間から上がって、のぼり梯子の方に行った。するとおろくがうしろについて来て言った。

「上が大さわぎでございましたでしょ？　ごらんになりましたか？」

「ああ。鳥が巣をかけたらしいじゃないか」

「そうなんですよ」

すぐ酒を出すと言ったのに、おろくは玄次郎の尻について梯子の下まで来た。

「奥の納戸を閉め切りにしてましたら、戸袋の中に巣が出来て、戸が開けられなくなったんですよ」

おろくは、梯子をのぼる玄次郎を見あげながら、まだしゃべっている。

「ほんとに、油断も隙もあったもんじゃない」

勝蔵とおろくの口を足して、二で割ったらちょうどよかろうになな、と思いながら、玄次郎は梯子をのぼった。おろくはおしゃべりで仕事の手を休めてしゃべってるんだからとお津世がこぼしたのを聞いたことがある。

納戸部屋をのぞくと、女たちがいっせいに玄次郎を振り向いた。寄って行きながら、玄次郎は声をかけた。

「何の鳥だね?」

その声が聞こえたらしく、窓の外から弥平がひょいと顔をのぞかせて、玄次郎を見た。

「何か知りませんが、これがでけえ巣でさ」

「鷹か何かよ、きっと」

おしかがはしゃいだ声で言った。

「雛がいるかい?」

「いえ、巣だけのもんのようで」

弥平は片手で戸袋を摑《つか》み、片手を肩まで中にさしこんで、しきりに巣を掻き出しているが、巣は戸袋の奥の方にあるらしく、引き出すのに苦労している様子だった。

ひさしの上に掻き出したものを見ると、枯草、藁くず、それに糸くずや紙きれなどが混っている。しかし弥平は、玄次郎が見ているうちに、ようやく巣の本体を摑んだらしく、ずるずると手もとに引っぱった。その巣が戸袋の端まで来て動かなくなったのは、弥平の言うように、大きい巣なのである。

弥平は一たん手をはなし、少しずつほぐしながら巣をひさしの上に引き出した。ひさしの上に、みるみる枯草や藁切れの山が出来た。中にふわふわした鳥の柔毛が少し混っている。

「気味がわるい」

お津世が、玄次郎の耳に囁いた。

「こんな大きな巣って、あるかしら？」

「さあな」

玄次郎も、ど胆を抜かれたような気持で、山になった巣のくずを眺め、ついで空を見た。おしかが言うように、ほんとに鷹か何かの巣かも知れないという気がし、このさわぎを、空のどこからか猛禽《もうきん》が窺っていはしないかという気がしたのである。だが少し日が傾いた空は青く澄んで、鳥の影らしいものも見えなかった。

しかし鷹の巣というものを見たことはないが、人の家の戸袋に巣をかけたりするものだろうか。玄次郎が小首をかしげたとき、弥平が、これで終りのようです、と言った。

女たちに手を引っぱられて、弥平は窓敷居をまたぎ、部屋の中にもどったが、念のためにというように、もう一度戸袋をのぞいた。

「やっぱり、きれいにするにゃ、棒がいるな」

弥平はひとりごとを呟いたが、不意にあれれと言った。

「奥に卵がありますよ、おかみさん」

弥平がそう言うのを聞くと、若いおしかが、棒を持って来ると言って小走りに下に降りて行った。おしかはすっかり喜んでいる。

おしかが持って来た棒を使って、弥平は慎重に卵を手もとに引き寄せた。割れもせずに、二個の卵が出て来た。

「あら、きれいだ」

おしかと、もう一人の女中おふさが、弥平の掌にのった卵を見て、感嘆の声をあげた。二人がきれいと言ったのは無理もない。それは青い卵だった。雀の卵よりひとまわり大きく、色は初秋にさしかかった今日の空のいろに似ている。

「何の卵かな？」

と玄次郎は言った。見たことがない卵だった。

「はてね？」

弥平も首をひねっている。すると、お津世が突然にとりみだした口調で言った。

「弥平さん、その卵捨ててちょうだい。気味がわるい」

お津世の顔が青ざめているのを見て、女中二人はあっけにとられた顔になったが、して言った。

お津世の恐怖が移ったように、急に気味わるそうに後ずさりした。弥平がにが笑い
「へ。巣と一緒に捨てて来ましょ」

「こわがることはあるまい。案外変てつもない鳥かも知れんぞ」

と玄次郎は言った。だが玄次郎も少し無気味な気がしていた。ひと抱えもありそうな巣と、空色の美しい卵の正体がわからなかった。このあたりに棲む鳥なら、巣をこわされるのを見て親鳥がやって来そうなものだ、と思ったが、空はひっそりとしたままだった。

「神谷の旦那さま」

やっとおろくが納戸部屋に顔をのぞかせた。

「おお、支度が出来たか」

玄次郎は振り向くと、おろくが言った。

「はい、支度しましたが、銀蔵さんがおみえです」

急いで、いつも居部屋に使っている部屋に行くと、軽い酒肴の支度がしてあって、部屋の隅に岡っ引の銀蔵がかしこまっていた。

「おお、ちょうどいいところに来たな。一杯いくか」

玄次郎がそう言うと、銀蔵は首を振った。

「それどころじゃございませんよ、旦那。富川町で人が殺されました」

二

殺されたのは、むめという名前の一人住まいのばあさんだった。大工の後家で、齢は五十六だった。一人住まいといっても、身寄りがないわけではなく、死人が出た家には娘夫婦だという若い夫婦者が駆けつけていた。

「あと半年もすれば、弟がもどって来て一緒に住むことになってたんです」

おはつという名のむめの娘は、さんざん泣いたあとの赤い眼で、玄次郎に訊かれるままにそう答えた。

むめの死んだ亭主は大工で、娘のおはつの亭主が桶職人、おはつの弟の政太は指物師だった。政太は奉公の年季が明けた職人だが、三年前から上方にワタリ修業に出かけていて問もなくもどることになっているというのである。

「一人住まいで何かあったらあぶないから、弟がもどるまで、あたしと一緒に住んだらって、何度も言ったのに聞かないから」

おはつは、検死が済んでふつうの病死人のように夜具に横たえられた母親の方を眺めながら恨みがましい口調で言った。そばに坐っていた若い亭主も、おはつの言葉にうなずいた。この若夫婦は、富川町からさほど遠くない、竪川《たてかわ》べりの花町に住んでいた。

「気丈なばあさんだったらしいな」

玄次郎が言うと、おはつはうなずいて、また溢れてきた涙を指でぬぐった。

「ところで、と……」

玄次郎は、部屋の中を見回した。

「盗られたものは？」

「金がなくなってるらしいんで」

と銀蔵が言った。

「金だけかい？」

「はい」

とおはつが答えた。

「いくらぐらいかね？」

「小判が三枚あったんですよ、昔から。ほかに銀と一緒に十二両ほど……」

言いさして、おはつが次の間に立って行ったので、玄次郎と銀蔵もあとに続いた。

そこはむめが寝部屋に使っていたらしく、小さな格子窓があるだけの薄暗い部屋だった。おはつは部屋の隅にある古びた簞笥の下にうずくまると、いちばん下のひき出しを開けて見せた。

「ここに布に包んで、しまっていました。政太がもどって来たら、表店を借りて仕事をはじめる足しにするんだと、そのお金には手をつけなかったんです」

「その金がなくなってるんだな」

玄次郎が、ひき出しに手を突っこみながら言うと、銀蔵が答えた。

「ここに来たとき、家ん中は足の踏み場もないほど、物が散らかってやしてね。そのひき出しも空にしてほうり出してありました。ばあさんを殺したあとで、金を盗って行ったのは間違いございませんな」

「その金のことだが……」

玄次郎はおはつに訊いた。

「ばあさんとあんたのほかに、知っているひとがいたかな？」

「さあ」

おはつはうつむいて考えこんだが、やがて顔をあげると首を振った。

「ほかにいないと思います。あたしの亭主にも話していないお金ですから」

「ふむ」

玄次郎は膝を起こした。茶の間にもどりながら、またおはつに聞いた。

「そいつは手をつけない金だとすると、毎日の暮らしの方はどうやってたんだね？」

「暮らしの金は、あたしらが届けていました」

おはつは、死人の足もとを回って、長火鉢のそばの茶簞笥に行くと、上のひき出しを開けて見せた。

「細かいお金ですから、ここに入れておいて使ってましたけど」

「そこも、一文残らずなくなってます」

と銀蔵が言った。

このぐらいでよかろう、と言うと、玄次郎は銀蔵をうながして、線香の匂う家から外に出た。すると、さっき顔をあわせた大家の喜右衛門が寄って来た。喜右衛門のうしろには裏店《うらだな》の者たちが十人ほどいて、一様に不安そうな眼を二人にそそいでいる。

「入ってもよろしゅうございますか。仏さまにお線香を上げたいのですが」

「ああ、いいよ」

玄次郎が言うと、喜右衛門を先頭に、裏店の者たちがぞろぞろとむめの家に入って行った。亭主たちはまだ仕事からもどっていないとみえて大方は女だった。木戸に向かう二人のうしろで、不意に女たちの泣き声があがった。

木戸のあたりには、子供たちが群れていた。まだ小さな子供から、赤ん坊を背負った十三、四の子守りまで、ひっそりとかたまって、いま大人たちが入って行ったむめの家の方を見つめている。子供は子供なりに、この裏店の中で異常なことが起こった気配を嗅ぎつけた顔つきで、黙りこくったままむめの家を見ている。

その中に、一人だけ場違いな感じの子供が混っているのに、玄次郎はふと眼を惹かれた。十二、三に見える男の子で、身なりはよく、顔立ちも利口そうに見えたが、深刻な顔を並べている子供たちの中で、その子供だけが落ちつきなく身体を動かしていたからである。

男の子は、年かさの子守り娘のうしろに立っていて、にやにや笑いながら長く編んで垂らしている子守りの髪をいじっている。それに気づいたらしく、子守り娘が振り向くとぴしりと男の子の手を打った。

男の子はひるんだ顔をしたが、子守り娘がまた顔を前にもどすと、今度はそろそろと腰のあたりに手をのばした。よくある子供のいたずらにも見えたが、場合が場合だけに異様な感じがした。男の子は、玄次郎が立ちどまって見ているのには気づかない様子だった。はたして男の子は、子守り娘にまたぴしりと手を打たれた。

そこまで見て、玄次郎は足を急がせて銀蔵に追いつくと、肩を並べた。

「どう思うね、親分」

と玄次郎は言った。

「近所の連中にちょっと事情を聞いただけで調べはこれからですが」

と前置きして、銀蔵は言った。

「しかし、金は盗まれてますが、ただの物盗りじゃねえような気がいたしやすよ。まっ昼間の押し込みというのは、あまり聞いたことがねえ」

むめは首を絞められて殺されたのである。時刻は四ツ（午前十時）から八ツ（午後二時）、つまり銀蔵の言うまっ昼間のあいだと思われた。

それは事件が起きたと聞いてとんで行った銀蔵が、死人を見たあと、集まっていた裏店の女房たちに聞いた話でわかったことである。むめは朝、路地にある井戸端で女房たちと顔をあわせて話していた。そして八ツ半（午後三時）ごろになって、何気なしにむめの家をのぞいた、同じ裏店のおしげという女房が、むめが死んでいるのを見つけたのである。

殺された時刻が、もっとしぼられて、四ツから八ツあたりまでだろうということになったのは、次のような事情からである。

朝から四ツあたりまで、裏店の女房たちは路地の中でおしゃべりしたり、洗い物をしたりしながら誰かは外に出ている。そして大てい四ツ近くになると家の中に入って、内職仕事をひろげたり、出かける者は外に出かけるのである。

出かけて、遊びに行った子供たちが帰って来て、裏店はいっ刻《とき》にぎやかになるが、子供たちはすぐに外に遊びに出かけ、残っている女房たちは、この間までの暑い盛りの癖が抜けずに、そのあと横になって、ちょっと昼寝をする。その間裏店はひっそりしてしまうのだ。

「こんなぐあいでござんすから、その人殺しは、裏店のそういう暮らしぶりや、ばあさんのことを、よく承知している奴のような気がいたしやすがね」

「そして、ばあさんが小金を隠していたことも知っていたかも知れねえな」

と玄次郎は言った。

そうだとすれば、白昼の裏店の路地に入りこんで来たそいつは、通りすがりにむめばあさんの家をのぞいてみたというわけではなさそうだった。多分真直ぐその家に入り、むめの首を絞め、金を探し出してすばやく逃げ去ったのだという気がした。

「なにしろ事情に明るい奴のようだな。その見当で少し探してみな」

「へい」

「それと、幽霊じゃなしに、ちゃんと足が二本ある人間が、まっ昼間あのあたりを歩いてたんだ。かみさん連中は鼻から提燈出して寝ていたとしても、誰かがそいつを見かけていそうなもんじゃないか」

三

ひととおり調べ上げた銀蔵が、報《し》らせを持ってやって来たのは、それから三日後の夜だった。と言っても、まだ宵の口で、神谷玄次郎は二階でお津世の酌で一杯やっていた。

「おたのしみのところをおじゃまして、相済みませんです」

銀蔵は、半分は皮肉に聞こえる挨拶をした。

「聞いたかい」

と玄次郎はお津世に言った。

「銀蔵がいや味を言ってるぜ。新しい盃持ってきな」

「おたのしみなんて、いやですよ親分」

お津世は軽く銀蔵をにらんだ。

「このひとと飲んでも、あたしはたのしくなんぞありませんよ」

「さいですか、へ、へ」

銀蔵は相手にしなかった。お津世はひとの前で玄次郎によりかかるようなところは決して見せない女である。それを客商売の女の心意気と思っているところがある。

お津世にそのけじめがあるから、玄次郎の方は逆に勝手に振舞えるのだともいえた。

そういうことは銀蔵も承知している。軽く受け流して、部屋を出て行くお津世を見送ると、入れかわりに玄次郎の膳の前ににじり寄った。

「ごくろうだったな」

玄次郎は、銀蔵に盃をさした。ざっと見当がつくまで銀蔵にまかせておこうと思い、玄次郎は調べの方には手出ししなかったのだが、この三日間銀蔵がしゃかりきに働いたことは、無精ひげがのびた顔に、濃い疲労のいろが出ていることでわかる。

「何か、浮かんできたか」

「それが、あまりうまく行かねえもんで、ちっとお知恵を拝借しようかと思って来たんですが……」

うまそうに盃を飲み干した銀蔵が、そう言った。銀蔵が話し出そうとしたとき、女中のおしかが銀蔵の膳と酒を運んできたので、二人はしばらくおしかの酌で盃をあけた。

「おめえさんは、近ごろきれいになる一方だな。いいひとは出来たかい。いなかったら世話してやってもいいぜ」

銀蔵はおしかをからかったが、おしかが下に降りて行くと、すぐに盃を伏せた。

「酔っちまわねえうちに、話してしまいましょう」

と銀蔵は言った。

銀蔵はまず、足もとの裏店の連中から調べをはじめた。同じ裏店に住んで、むめを絞め殺して金を奪うような人間がいるとも思えなかったが、長い間岡っ引をやっていると、一あたりあたってみないことには信用ならねえという気持の動きが、習性のようになる。銀蔵は聞き込みにかこつけて、裏店の女房たちをひとり調べた。

さわぐ音も立てさせず、ひと息に絞め殺した手ぎわは、女の仕事とは思えなかったが、裏店にはぼて振りの甚六の女房とか、手間取り大工の与助の女房のように、男まさりの気性と体格を持っている女もいる。むめは肥っていても小柄な女だったから、犯人が女でないとは決められなかった。

女房たちにあたってみる一方、銀蔵は下っ引を裏店の亭主たちの仕事場に走らせて、人殺しがあった日の亭主たちの様子を探らせた。この調べはしかし、空振りに終った。裏店の亭主たちはその時刻、汗水たらして働いていたことが確かめられたし、女房たちにも怪しい素ぶりの者は見当らなかった。

そして何よりも、裏店の者たちは、むめが十両に余る金を隠していたことを、誰一人知らなかったのである。女房たちはむめを、娘夫婦に養われている気の毒な年寄りとしか見ておらず、たまには漬け物を届けたり、亭主の手間の入りがよくて馳走を奮発したなどというときは、一皿むめにもわけたりして面倒みていたのだった。

「へえ？　そんなことは聞いたこともなかったねえ」

銀蔵が、死んだむめが小金を持っていたことを話すと、裏店の女房たちは一様に驚いた顔をした。むめは金のことはもちろん、息子の政太がもどって来れば、いずれ表店に引越すつもりでいたことも、裏店の連中には話していなかった。一人住まいの年寄りは、それだけの用心をして暮らしていたのである。

裏店に疑わしい人間がいないとなると、あとは裏店の外の人間で、むめの家の事情にくわしい人間をあたるしかない。

むめがよく買物に行く表の米屋、糸屋、青物屋。それに天気さえよければ、日に一人か二人はかならず路地まで入りこんで来る物売り。それに時たま顔を出す鋳《い》かけ屋、羅宇《らお》直し、紙屑買い。

「こういう連中も大概、裏店の連中とは顔馴染みで、ばあさんが一人暮らしだってえことも知っていますからな。ひととおりあたってみましたが、いまのところ怪しいのは浮かんでいません」

「………」

「大体用心深えばあさんが、物売りや鋳かけ屋に、金を持ってるような話をしたとも思えませんしな。あっしは考えたんですが……」

「ふむ」

「今度の殺しは、やっぱり旦那のおっしゃるとおり、はなからばあさんの金を狙った奴がやったことに違えねえという気がいたしますな。いきなり殺して、金を探したんでさ」

「それに、どうして夜でなく昼にばあさんを襲ったのか、そのあたりも引っかかるな」

「はじめは、ひととおり調べたら何か出てくるだろうと思っていやしたが、調べるほどにぼんやりかすんでくるようで、ちっと往生してるんですが」

「おはつの亭主をあたってみたかね？」

と玄次郎は言った。むめの娘の亭主のことである。おはつは、金のことを亭主にも話していないと言ったが、玄次郎は夫婦の間のことはわかるもんかと思っていたのである。

「へい、それも調べました。しかし女がいるとか、キナ臭い匂いはまったくなしで、その日も一日中桶屋から離れていません。見たとおりの真面目な男でした」

「弱ったな」

と言って玄次郎は顎を指で掻いた。

「しかしな、銀蔵」

「へい」

「ばあさん殺しは、怨みが絡んだ殺しじゃあるめえ。十中八、九金が目当てだ。そいつは金が欲しかったのだぜ。そのつもりでもうちっと突っこんでみたらどうだね」

「へい、そういたしましょうか」

銀蔵は浮かない顔で玄次郎に酒をついだが、ふと薄笑いを浮かべた。

「じつはその、怨みというやつですが、あの齢で色恋からの刃傷沙汰でもあるめえとほっておいたんですが、あまり引っかかりがねえもんですからね、そっちも調べてみました」

「何かあったかい？」

「ほんのお笑いぐさですが、むめばあさんには茶飲み友だちがいました」

「茶飲み友だち？」

玄次郎は盃を置いて、銀蔵の顔をじっと見つめた。

「誰だい、そいつは？」

「糸屋の隠居ですよ。いえ、べつに生ぐさいつき合いは何にもないそうで、ごらんになりゃわかりますが、この隠居と申した者が、もうよぼよぼでござんしてね。生ぐさくつき合おうたって、あっちの方が言うことを聞くもんじゃありません」

玄次郎は失笑し、銀蔵も自分の言葉で吹き出したが、真顔に返って言った。

「じいさんの齢は六十四。しかし男と女というものは不思議ですな。そんなじいさんばあさんでも、やっぱり寄り合ってお茶を飲んだりするのがたのしいらしく、じいさんは、むめばあさんのところに入りびたりだったそうです」

「………」

「裏店の者も、花町の娘夫婦もそのことは承知で、笑って見ていたということです。しかし、あっしはそれを聞いたとき、じつはぎょっといたしやしてね。さっそく糸屋にとんで行きました。年寄りの痴話喧嘩などというやつは、案外にすごいことをやらかしますからな」

「………」

「しかし行ってみたら、じいさん風邪ひいて寝込んでましてね。殺しがあった日は、熱がひどいので医者を呼んだと言いますから、問題になりませんな。ええ、むろん医者の方も確かめました。間違いないそうで」

「茶飲み友だちかね」

玄次郎は酒をすすりながら、ひとりごとを言ったが、怪訝な顔をしている銀蔵に気づくと酒をすすめた。

「すると、ばあさんが死んでいちばん悲しんでいるのは、その隠居かも知れねえな。

「一度お見舞いに行ってみるか」

「へい」

「上方にいるばあさんの息子には、知らせたと言ってたかい？」

「へい、おはつが飛脚を立てたそうですよ」

 話はそれで一段落したようだった。二人は黙って酒を飲んだが、ふと思いついたように玄次郎が言った。

「こないだ話した鳥の卵だが、何の鳥かわかったかね」

「卵を見ねえことには何とも言えねえそうですが、竹の言うにゃ、椋鳥《むくどり》じゃねえかということですよ」

「椋鳥かい……あれが？」

椋鳥なら八丁堀の組屋敷のあたりにも群をなして飛んで来る。ぎゃあぎゃあとけたたましいだけで、かわいげもない鳥だ。

だがあまり根拠のない推測だが、玄次郎は何となく違うんじゃないかという気がした。バカでかい巣、無気味なほど青かった卵。それに椋鳥なら巣をこわしているのに気づいたら、さっそく飛んで来てさわぎ立てそうなものじゃないか。

「卵があればはっきりすると、竹は言ってましたがね」

「お津世が捨てちまったよ」

「さいですか」

「しかし椋鳥なんてものが、いまごろ巣をかけるかね。あいつは夏のはじめのもんじゃねえのかい？」

「さあ」

銀蔵は、あまり自信がない顔で首をひねった。

四

糸屋は、店構えはさほど大きくないが、繁昌している店だった。玄次郎と銀蔵は、表通りに立ってしばらく様子を窺ったが、客の切れ目がないので、あきらめて裏に回ることにした。

路地に歩きかけた玄次郎を、銀蔵が袖を摑んでとめた。

「ちょっと、ごらんなせえ」

銀蔵が見ろと言ったのは、いま糸屋の店から出て来た小間物売りのことだとわかった。軽く小間物の荷を背負っているが、手拭いを粋に吉原かぶりに頭にのせた若い男だった。男も銀蔵に気づいたとみえて、ちょっと驚いた顔になったが、すぐに背を向けた。

「誰だい、あれは？」

「長吉という小間物売りですがね。このあたりをよく回っている男なもんで、今度も一応調べました」

富川町から北の方、竪川べりまでは小旗本、御家人の組屋敷などが建てこんでいる場所で、長吉はそのあたり一帯をとくい先にして、小間物を売り歩いている。

むめばあさんが住む裏店にも、小まめに顔を出し、事件があった日にも朝の五ツ半（午前九時）ごろに来て、品物は売れなかったが、井戸端の女房たちとバカ話をして帰って行ったというので、銀蔵は長吉が住む横川堀の先の猿江町まで出かけて調べたのである。

長吉は、二人に見送られているのに気づいたのか、遠くからもう一度振り向くと、今度は足早に瓢簞《ひょうたん》堀の方に遠ざかって行った。

「で？　何か怪しいふしでもあったのか？」

「いえ、何もございせんでした」

銀蔵は苦笑して、長吉は凶行があったころ、菊川町にある馴染みの小料理屋に荷をおろして、弁当を使ったあと半刻（一時間）ほど昼寝をして、また出て行ったらしい、と言った。

二人は裏口から糸屋に入った。糸屋では二人の姿を見て、何事かと驚いたようだったが、用件を話すと快く二人を招き入れて、隠居部屋に案内した。

「風邪は、もうよござんすかい？　ご隠居さん」

家の者がお茶を運んで来て、部屋を出て行くと、銀蔵はさっそく声をかけた。

「はい、おかげさまで」

糸屋の隠居は、答えながらいくらか不安そうに二人を見くらべている。小柄だが品のいい年寄りで、背筋もしゃんと伸び銀蔵が言うほど耄碌《もうろく》しているようには見えなかった。

「むめばあさんのことで、ちっとお訊きしてえことがあって来たんですがね」

銀蔵が話を切り出すと、隠居は不意に泣き出しそうに顔をゆがめた。

「話はもう、聞いてなさるでしょうな」

「はい、それはもう」

隠居はのどに詰まった声で言うと、懐から鼻紙を出して、はなをかんだ。

「思いがけないことが起きたもんで。あたしにはまだ本当のこととは思えませんです」

隠居がそう言ったとき、襖《ふすま》が開いて子供が一人入って来た。そして部屋の隅に行儀よく坐ると、玄次郎と銀蔵の顔を見た。

玄次郎はおや、と思った。むめが殺された日に、木戸のところにいて、子守り娘にちょっかいを出していた男の子である。玄次郎の顔いろを見たらしく、隠居が言った。

「孫の文吉でございます。これ、旦那がたにご挨拶しなさい」

そう言われると、文吉はきちんと畳に手をついて、こんにちはと言った。しかしそれで部屋を出て行く様子はなく、隠居も出て行けとは言わなかった。

銀蔵はちょっととまどった顔で、玄次郎を見たが、玄次郎がそのまま続けろという眼くばせをすると、改めて隠居に膝を向けた。

「お訊きしてえことというのはですな、ご隠居さん。じつはむめばあさんは、十両あまりの金を持っていました。そのことを、ばあさんにお聞きになったことはござんせんでしたか？」

「ああ、聞いてますよ」

隠居はあっさりと言った。

「息子が修業からもどって来たら、渡してやるんだと言ってましたな。そのお金がどうかしましたか？」

「ばあさんが殺されたときに盗まれました」

銀蔵が言うと、隠居はまた顔をくしゃくしゃにして、可哀そうにと言った。

「そのお金のことをですな、ご隠居さん、誰かに話したことはありませんかい？」

「え？」

隠居は聞かれたことの意味がわからないという顔をした。

「つまりですな。むめばあさんを殺した奴は、その金欲しさにあの家に押入ったようなんでね。ばあさんが金持ってることを知ってるに違《ちげ》えねえと、あっしらはにらんでいるんでさ」

「そんな、あんた」

と隠居は言った。

「あんなお金のことなら、裏店のひとたちだって、誰だって知ってることでしょ」

「いや、それが違うんですな。むめさんは、金のことは誰にも話さなかったらしい。裏店の連中は、知らなかった。金のことを聞いたことがあると言ったのは、ご隠居さんがはじめてですよ」

隠居は困惑したように口をつぐんだ。しかしそれで事の重大さをさとった顔つきではなかった。ぼんやりと銀蔵の顔を見ている。

「だから思い出してもらいたいのだが、むめばあさんが小金を持っていることを、誰かに話したことがありませんかい？」

「さあ、ひとには話したことはありませんよ」

「家のひとには？」

隠居は首を振った。

「お金、お金っておっしゃいますけどな。あたしも糸屋の隠居。むめさんが持っている十両ぽっちの金のことを、人にふれ回ったりはいたしません」

「それは、ごもっとも」

隠居の抗議するような言葉に、銀蔵は閉口したように首筋を掻いた。

「まあ、ひょっとして誰かに洩らしたなどということを思い出したら、あたしまで知らせて下さい」

銀蔵がそう言ったとき、くすりと笑った者がいた。部屋の隅にいた男の子だった。銀蔵がそちらを見ると、子供は薄笑いを浮かべたまま、さっと立って部屋を出て行った。

「あの子は、ああしていつも大人の話を聞いてるのかね？」

玄次郎が訊くと、隠居は恐縮したように肩をすくめた。

「はい。親たちが甘やかすものですから、行儀が悪くて困ります」

「ご隠居について、むめばあさんの家に行ったことは？」

「そりゃもう、しょっちゅう。むめさんが可愛がるもんだから、一人でも遊びに行ってました」

「ところで、さっき……」

玄次郎は不意に話の方向を変えた。

「小間物売りの長吉が、この店を出て行ったが、あの男は時どき来る、馴染みの物売りといった男ですかな？」

「ああ、長吉……」

隠居は微笑した。

「長吉は物を売りに来るのではありませんよ。長吉の父親が、昔この店に奉公したことがありましてな。その縁で糸を仕入れに来ますのです、はい」

「仕入れる？」

「はい、小間物と一緒に売りますので」

小間物売りは、紅白粉から櫛《くし》、笄《こうがい》、かんざし、髪油といった女の化粧道具を主に、ほかに紙入れ、煙草入れ、元結《もとゆい》、黒文字といった物を売り歩く商売だが、とくい先が出来ると、荷の底に役者の錦絵をしのばせて行ったりして、女たちの歓心を買う。長吉が糸を仕入れて行くのも、糸とか針とかの注文が結構あって、小まめに用達しをして喜ばれているらしい、と隠居は言った。

「あの男は、なかなか商売熱心の男でしてな」

と隠居はほめたが、不意に何かを思い出したという顔になった。

「そう、そう。この春に、亀戸の天神さまにお詣りに行ったときに、そこでひょっこり長吉と会いました。長吉は女連れでしたが、三人で茶屋でお茶を飲みましたが、そのときむめさんの話が出たようにも思います」

「……」

「はてさて」

と隠居は言って、額に皺を寄せた。

「お金のことまでは話したかどうか。とにかく長吉と連れの女があたしとむめさんのことをからかいましてな。あたしもいろいろとむめさんの身の上話をしたんでございます、はい」

五

「おまえさんたち」

玄次郎は、井戸のそばに集めた女たちを見回しながら言った。

「いくら昼寝が好きだと申しても、みながみな、股ァおっぴろげて眠りこけていたわけじゃあるまい。ん？」

女たちはげらげら笑った。

「一人ぐらいはだな。ぱっちり眼を開いていたのがいそうなものじゃないか。どうだい？」

「あたしは起きてたよ」

と一人が言った。日雇いの女房でおくらと言い、ひょろりと痩せて色の黒い女だった。

「だけど、旦那がおっしゃるように、外から人が入って来たのは見なかったね。ただ……」

「ただ、どうした？」

「ちょっと足音がしたもんでさ。あたしゃ台所にいたから窓を開けて外をのぞいたんだ。そしたら糸屋の子供が歩いていたのが見えたけど、子供じゃね」

「文吉という子だな」

「そうそ。あの子はご隠居と一緒に、よくむめさんとこに来ていたからね。この裏店の子供と仲がいいんだよ」

「その子を見かけたのは、昼前かね？　昼過ぎかね？」

「昼過ぎですよ。八ツごろじゃなかったかね」

そう言ってからおくらはぞっとしたような顔をした。その時刻には、むめがもう殺されていたのを思い出したようだった。

――一度、あの子供と話してみる方がいいようだな。

行徳街道をへだてて、町の南に土屋采女正《うねめのしよう》の広大な下屋敷があるので、そのあたりは俗に土屋前と呼ばれている。その町の裏店を出て、六間堀にある銀蔵の家の方に歩きながら玄次郎は、文吉という子供のことを考えていた。

文吉は、糸屋の当主の次男坊だという。齢は十二だった。その子供のことが、玄次郎の気持の中に引っかかっている。どこが気になると、はっきりしたものがあるわけではない。しいて言えば、子供らしくない、大人を見定めるような目遣いをする子供に見えたと思うぐらいのものだが、その子供が、むめがすでに殺されていると思われる時刻、それも女房たちは家の中にひっこんで人気のなくなった路地を一人で歩いていたというのは、聞きのがせないことだった。

六間堀の花床、銀蔵の家に顔を出すと、銀蔵の女房おみちが笑顔で言った。

「ウチもいまもどったばかりですよ。お茶の支度をしてございますから、一服なさいまし」

おみちは四十ぐらいの女の髪を結っていたが、肥ったその女は玄次郎を見てもべつに驚いた顔もしなかった。軽く眼で挨拶したのは、多分近所の女で、これまでも顔を合わせたことがあるらしい。

「まいど、ご厄介」

と言いながら、玄次郎は障子を開けて茶の間に入った。銀蔵は飯を喰っていたらしく、あわてて膳を片づけている。

「いまごろ飯かい」

「へい。昼にその……」

膳を片寄せて、お茶の道具を引き寄せながら、銀蔵はもぐもぐと言った。

「途中で、そばを一杯喰ったことは喰ったんですが、歩いているうちに小腹がへってきやしてね」

「よく腹のすく男だ」

玄次郎は、銀蔵が入れた茶をすすりながら茶うけのせんべいに手をのばした。

「どうだった、向うは……」

「へえ、それがちょっとしたことが摑めましたんで、急いで帰って来たんですが」

銀蔵は眼を光らせた。

「長吉が馴染みの小料理屋でひと休みしてたというのは、間違えございませんでした。しかしその小料理屋というのが、菊川町は菊川町でも、何と四丁目ですぜ」

玄次郎は、銀蔵の言っているあたりの地勢を眼に浮かべた。菊川町の一丁目は、竪川の三ツ目橋の下手にある町である。だが、二丁目から四丁目までは、横川堀に沿って南にさがってきている河岸地の町である。ことに四丁目となると、隣が深川西町で、そこから行徳街道では、そう遠くない。

「四丁目なら、富川町まではひとっ走りだな」

「でしょう？　長吉は暑い時分には、その小料理屋で一刻（二時間）近くも昼寝したりしていたということで、店じゃ勝手にさせているらしいんで。おまけに野郎に使わせている部屋というのは、裏口のすぐそばで、その出口はべつに錠をおろしているわけじゃねえから、出入りはわけもねえことでさ」

「ふむ、面白くなってきたぞ」

むめの娘夫婦をのぞけば、むめが小金を持っていることを知っているのは、糸屋の隠居と小間物売りの長吉ぐらいのものだった。

長吉に金の話までしたかどうかは、はっきりしないと隠居は言ったが、話さなかったとも言い切れなかったのである。この二人のほかに、金のことを知っている者といえば、あとは文吉というあの子供しかいないと玄次郎は思う。

しかし、子供とむめ殺しを結びつけて考えているのではなかった。文吉は女の子のように華奢《きゃしゃ》な手足を持つ子供である。大人を殺したりするのは無理だ。

「小料理屋を抜け出して、むめの家に入りこみ、またとって返してもいくらもかからねえということだな」

「さいでござんす。それで長吉のことをもう少し探ってみたんですが、あいつは今年になってから、仲町の盛り場に馴染みが出来て、だいぶ入れ揚げてますぜ」

「ほう」

「仲町までひとっ走りして、その女に会って来やしたがね。なかなかのべっぴんでした」

「……………」

「どうします？　引っぱって、ちょいと叩いてみますかね」

「待て。まだ早い」

と玄次郎は言った。長吉には、かなり疑わしい影が出てきたが、それはまだ証拠と呼べるようなものではなかった。

「その仲町の馴染み女というのは、長吉のことを何かしゃべったかね」

「いえ、それが何ちゅうか、若えくせに知らぬ存ぜぬという調子でござんして」

「ちょいと脅してみるか」

玄次郎は、懐をさぐって銀蔵に金を渡した。

「何か聞いているかも知れねえぜ。まさかぐるということはあるめえから、脅しをかけたら少しはしゃべるかも知れねえよ」

「へい。それじゃこれからさっそく」

「あまりうれしそうな顔をするんじゃねえぜ、銀蔵」

と玄次郎は言った。

「おみちに怪しまれる」

「へ、へ」

仲町に行く銀蔵と、森下町の四辻で別れると、玄次郎はもう一度富川町に引き返した。

町に暮色が降りはじめ、糸屋では、はやばやと軒行燈を出していた。のぞいてみると、客の姿もないので、玄次郎は店に入って行った。

帳場にいた五十恰好の番頭風の男が、玄次郎の姿を見ると、あわてて立ち上がって来た。

「野暮用だよ」

と玄次郎は言った。

「文吉という子供に会いたいのだが、いるかね？」

「へ、少少お待ち下さいませ」

番頭は、揉み手をしながら自分で奥に行ったが、待つ間もなくもどって来た。

「あいにくと、まだ遊びから帰っておりませんのですが」

「そうかい。いつもこんなに遅いのかえ？」

「へい、もう子供のことでございまして……」

番頭はさぐるような眼を玄次郎に向けた。

「何か、大切なご用でも？」

「なあに、そんなんじゃねえ」

玄次郎は手を振った。

「ちょっと聞きたいことがあっただけさ。また来る。じゃましたな」

しかし店を出ると、玄次郎は斜め向かいにある、もう戸を閉めたしもた屋の軒に入って、そこから糸屋の店先を見張った。

文吉という子が、長吉の姿を見かけているかも知れないと思っていた。時刻は少しずれているようだが、もし長吉がむめばあさんを殺した犯人だとすれば、その前後に子供に姿を見られていることも考えられるのだ。

番頭にはああ言ったが、一刻も早く確かめるに越したことはなかった。

——いまに帰って来るだろう。

あっさりとそう考えたのだが、やがて玄次郎はしびれを切らした。町はいよいよ暗くなり、夜色に包まれそうな気配だが、文吉の姿は現われなかった。道には、子供はおろか、大人の姿もまばらになっている。

玄次郎は思いついて糸屋の横手の路地に回り、裏口の方に曲った。糸屋には裏庭があり塀を建て回してあってそこに潜り戸がついている。

潜り戸が見えるところまで行ったとき、不意にそこから人が出て来た。子供だった。

――文吉だな。

そう思ったとき、思いがけないことが起きた。文吉の姿が路地に出るのを待っていたように、潜り戸のそばから黒い影がとび出したと思うと、いきなり小さい影に躍りかかったのである。声もなく小さな姿が地面に沈んだ。

無言で、玄次郎は路地を疾走した。その気配をさとって、子供にのしかかっている人影がぱっと逃げた。しかし玄次郎が投げた十手に足を絡まれると、勢いよく地面にのめってしまった。

「やっぱり、おめえかい」

起き上がったものの、もう逃げる元気はなく肩で息をしている男の顔をあげさせながら玄次郎が言った。男は小間物売りの長吉だった。

六

長吉が糸屋の次男坊を襲ったのは、やはりむめばあさんを殺した日に、裏店の近くで子供と顔を合わせていたからだった。

長吉は、その日はじめからばあさんを襲うつもりはなく、小料理屋で休んでいる間に同じ裏店の女房の一人から白粉を頼まれていたのを忘れていたことに気づいて、それを届けにもどったのである。

そして町の角で一人で遊んでいる文吉に会うと愛想を言った。

「どうしたい？　一人ぼっちかね。ばあさんとこに遊びに行かねえのかい？」

「おばあちゃんは出かけちゃったもん」

子供がそう言うのを聞いて、長吉の気持が変った。盗みに入ろうと思ったのである。むめばあさんが小金を持っていることは、糸屋の隠居に聞いてから、長吉の頭をはなれたことがなかったのだ。

だが入りこんでみると、留守のはずのばあさんは家にいて、騒がれそうになったので夢中で首を絞めた。裏店に入るときも出るときも、ひとには見られずに済んだ。しかし昨日今日あたり、菊川町の小料理屋に銀蔵が現われ、また糸屋の隠居が調べられたこともわかって、自分が疑われていることを知った。それで子供の口をふさごうとしたのである。

「うそつけ」

長吉が、はじめから盗みに入るつもりでなかったと言うのを聞いたとき、玄次郎はそう言った。

「ご吟味の席じゃ、そんな甘いことを言っても通らねえよ。ま、正直に申し上げるんだな」

吟味では、玄次郎が言ったとおりになって、長吉ははじめからそのつもりで小料理屋を人知れず抜け出したこと、裏店のむめの家に入るやいなやくびり殺して、金を盗ったことなどを残らず白状したと、玄次郎は聞いた。

しかし何となく釈然としない気持が、後に残った。その気持は、長吉が簞笥の中の十二両は確かに盗んだが、茶の間の小銭のことは知らないと、頑強に言い張っていると、吟味方の者に聞いたときに強まった。

日雇いの女房おくらは、八ツ近い時刻に、裏店の路地を歩いていた糸屋の文吉を見ている。文吉は、町の角で長吉に会ったあと、長吉の後をつける恰好で、裏店まで行ったのではないか。

「大したことじゃねえが、少し腑に落ちねえところがある」

玄次郎は、銀蔵にそう言い、大きい金は長吉が盗ったが、小さい方の金は、糸屋の子供が盗った疑いがあるから、少し調べてみてくれと言った。

二人が裏の潜り戸から入って、糸屋の裏庭にひそんだのは、それから数日経った夕方だった。文吉が町の中で遊んでいることは確かめてあった。

銀蔵の調べで、文吉がこのごろ荒い金遣いをしていることがわかったのである。駄菓子屋から一度に五、六十文もの駄菓子を買いこんで、遊び友だちにばらまく。似た年ごろの子供を誘って、東両国まで見世物小屋を見に行く。気に入っているらしいおせいという子守り娘には、かんざしを買ってやった、というようなことだった。むめの娘のおはつの話では、小銭の方は一貫文以上は残っていたのではないかという話だったのだ。銀にして一分である。子供だからと見過ごしに出来る金ではない。

「まだ使い切っちゃいめえよ。探しに行くか」

玄次郎はそう言って銀蔵を糸屋の裏庭まで引っぱって来たのである。頭の中には、長吉が襲って来た日、潜り戸から外に出て来た文吉の、小さな姿が残っていた。あたりが薄暗くなってきたが、文吉は姿を現わさなかった。その台所に灯がともった。

木陰にうずくまったままで、足がしびれたらしく、銀蔵がしきりに尻を動かすのを、玄次郎が、少し落ちつきなとたしなめたとき、潜り戸がぎいと鳴った。

そしてまったく突然に、小さな人影が裏庭に入って来た。人影は、足音もなく二人がうずくまっている黄楊《つげ》の樹の前を通り過ぎ、地蔵か何かを祀《まつ》ってあるらしい、小さな石の祠《ほこら》の前にうずくまった。

そこは台所の窓から洩れる灯影もとどかない一角で、うずくまった子供の姿は、ただ黒い影にしか見えなかった。子供はしきりに手を動かしている。祠を持ち上げているようでもあり、紙を折るような音も聞こえてくる。

と思ううち、子供は立ち上がった。そのときちゃりんという音がして、子供があわててうずくまった。穴明き銭を落としたらしい。そして子供は、また足音もなくもどって来て、潜り戸の方に行った。ぎい、と戸がきしんで、外に出た模様である。

「つかまえますか」

腰を浮かせて、銀蔵が言うのを玄次郎は待てと言ってとめた。

突然に恐ろしい考えが頭を横切ったようだった。長吉は子供に嵌《は》められたのではないか。

長吉は、子供にお愛想半分にばあさんのことを訊いたと言ったが、そうではないのだろう。むめばあさんの家のことをよく知っている子供に会って、これ幸いとばあさんがいるかいないかを確かめたのだ。相手は子供だとみくびって、何喰わぬ顔で。

しかし相手は形は子供だが、中身は大人だったのである。いないと答えれば、とんでもないことが持ち上がると知っていながら、いまいないと答えた。そして長吉のあとをつけて行った。

子供が、むめばあさんが殺されると思ったかどうかはわからない。しかし自分に好都合な事件が起き、長吉が去ったのを見きわめてから、子供は小金の方を手に入れた。しじゅう隠居のあとについて遊びに行っていて、子供はむめばあさんが金を出し入れするのをよく見ていた。その金を子供も欲しかったのだ。

玄次郎は頭を振って、妄想めいた考えを振り捨てた。子供がそこまで考えるはずはない。だが、無気味なものを見た感じが残った。それはよし野の二階で、得体の知れない青い卵を見たときの感じによく似ていた。中から何が孵《かえ》るかわからない、青い卵と、大人を見定めるような眼をした子供の顔が重なっている。

「子供がいじっていたところを調べてみな。何か証拠のものがあるかも知れねえよ」

玄次郎は元気のない声で、銀蔵に言った。

日照雨《そばえ》

一

豆腐屋は朝が早いので、床につくのが早い。だがおひではその夜、寝そびれた。寝そびれたのは、亭主のいびきのためである。うとうととしたと思う間もなく、高いいびきに目ざめて、そのまま眼が冴えてしまったのである。

亭主の勝蔵は、道楽もせずによく働く男である。お前さん、たまには息抜きしないと、病気にでもなったら何にもなんないよ、などとおひでの方から言うほど、仕込みからつくり、担い売りと眼の色を変えて働く。その働きのせいで、小さいながらともかくも豆腐屋の店を張っていられるのだと、おひではわが亭主ながら勝蔵を誇らしく思う。勝蔵は働き者のうえに、無口でおとなしい男である。たべさせるもの、着せるものに文句を言ったことなど一度もない。そういう亭主を、粗末には出来ないと、日ごろおひでは思っている。

だが勝蔵は、四十にさしかかったころから急に大きないびきをかくようになった。気のせいか、いびきの音は年年高くなって行くようである。

しかし、勝蔵のいびきを、おひではふだんそれほど苦にしているわけではない。朝は亭主を手伝って豆腐をつくり、外売りに出すと仕事場の後始末をする。そのあと、子供に手伝わせながらではあるが、店売りを引き受け、その合間に三度の飯の支度をし、洗い物もしなければならない。

夜の始末が終って床につくころには、おひではもう半眼になっている。倒れこむように横になる。亭主のいびきなどは耳にとめるゆとりもなく、こんこんと眠りに引きこまれる。

だが寝つきのいいおひでにも、たまにはそうでない夜がある。身体ぐあいが悪いとか、胸に心配ごとを隠しているとかで、すぐには眠れないときがある。

そういうときには、勝蔵のいびきほど邪魔なものはない。身体は疲れていて眠りたがっているのに、気持だけがつぎつぎとつまらないことを考え出してきりがなくなる。そしてこうしてはいられない、眠らなきゃと思うときにいびきが眠りをさまたげるのである。あせればあせるほど、いびきの音が邪魔になる。

その夜も、そうだった。台所の片づけも終って、やれやれと床に入ったとき、ふっと昼に口争いした小間物屋の後家の顔を思い出したのである。とたんに胸の中が煮えくり返って、ぱっちりと眼が冴えた。

口争いのもとそのものは、大したことではない。息子の敬太が、小間物屋の息子を誘って、角の駄菓子屋から捩《ね》じ飴をかっぱらった。そして敬太はうまく逃げたが、由太郎という小間物屋の息子はつかまった。駄菓子屋のおかみに折檻された。後家は、それでねじこんで来たのである。

それはいい。敬太と由太郎は同い齢だから、誘ったも誘われたもないものだと思うが、由太郎は女の子のように気の弱い子供だから、多分敬太の方からそそのかしたのだろう。謝ってもいいと思った。

事実おひでは謝った。おひでと亭主の勝蔵は若いころ、芝の方で寺や料理屋、ときには大名屋敷にも品物を納めるような、大きな豆腐屋に奉公していた。そこからのれんをわけてもらって、やっといまの町に小さな店を持つことが出来たのである。

親代代の店というわけではない。新参者が、新しい土地で商売をさせてもらうのだという気持が離れず、まわりにはずっと頭を低くして暮らしてきた。小間物屋も、とくい先の一人である。おひでは謝った。謝るぐらいは何でもなかった。

だが、後家は厚化粧の顔を膨らませて、うちではそんなしつけをしてませんからね、気をつけて下さいよと言ったのだ。ずっと下手に出ていたおひでも、その言葉にかっと腹が立って言い返した。

「うちだって、かっぱらいのしつけをしているわけじゃありませんよ、おかみさん」

敬太がやったことは、むろん悪いことである。帰って来たら、頭を二つ三つ張ってやるつもりだった。駄菓子屋にも謝りにいかねばならないだろう。

おひではそう思っていたが、起こったことは子供のいたずらに毛が生えたほどの、出来心からのこととしか思えなかった。敬太はわんぱくでおっちょこちょいだが、人に隠れて悪いことを楽しむような陰湿なたちではない。

それを一概に、まわりの子供を悪に引きずりこむ不良のように決めつけるのにも腹が立ったが、後家の口ぶりに、間口二間の小さな豆腐屋を侮《あなど》る気配が混っているのに、がまんならなかったのである。

おひではこの町に来てからはじめて、古くから住んでいる町のひとと争った。芝の豆腐屋で女中をしていて、主人の言いつけで一人立ちする勝蔵と一緒になったのが、二十のときである。町の人間にしてもらおうと、長い間頭を低くしてきた辛抱が、子供を泥棒呼ばわりされて、ふっと切れたようだった。

だが口争いは、おひでの方が負けた。相手の後家の方が、おひでよりずっと口達者だったし、駄菓子屋のかっぱらいは、敬太がそそのかしたのかも知れないと思う分だけ、おひでの方に分がなかった。言いこめて、後家は勝ち誇って帰って行った。

おひではその後、夕方になってもどって来た敬太を折檻して、かっぱらいを白状させると、首筋をひっ摑むようにして、駄菓子屋まで敬太を引っぱって行った。金を払い、子供にも謝らせてケリをつけた。駄菓子屋のおかみはおうような女で、殺気立っているおひでをかえってなだめて許してくれた。

――なんだい、あの女。

おひでは闇の中に眼をひらいて、小間物屋の後家をののしった。

小間物屋の後家は、おひでより三つ四つ年上だと聞いていたが、厚化粧のせいかむしろ若く見える。ふっくらとした白い肌をし、そろそろ四十に手がとどく女とは思えないほど色気がある。旦那と死に別れて、かえって若返ったように見えるのは、人の妾になったからだという噂があるのを、おひでは耳にしている。

旦那というのは問屋筋の男で、白髪だが大きな身体をした五十半ばの男がそれだという。その男なら、おひでも一度ならず近くの道の上で見かけている。

――言い負けることはなかったのだ。

そういうそちらさんの、ご家風はどうなのですかと、いや味のひとつも言ってやればよかったと思う。

だがおひでも、亭主の勝蔵ほどではないがどちらかと言えば口下手で、こういう知恵は後から出るのである。それだけに言い負けたくやしさが残った。

しかし、こういう考えごとはきりがないのだ。同じところを堂堂めぐりして眠りをさまたげるだけで、何の足しにもならなかった。それにもう済んでしまったことである。

おひでは眼をつぶった。眠らないと、明日の朝が辛い。

だが、そう思って少しうとうととしたとき、それまでさほど気にもならなかった亭主のいびきが、どっとおひでの耳に走りこんできたのだ。

おひではしっかりと眼をつぶって、気にせずに眠ろうと思ったが、勝蔵のいびきはおひでの苛立ちを嘲笑《あざわら》うように、いっそう大きくなるようにも思えた。口をあいているらしく、ごう、があとひどい音である。

おひでは耳を両掌で蓋した。だがそんな無理な恰好は、かえって寝そびれた身体を疲れさせるだけだった。掌をはなすと、ふたたび雷鳴のようないびきが襲ってきた。

もう一度しっかりと眼をつぶったが、気持は亭主のいびきに集中して、ますます頭が冴えて行く。眠気はいっこうにやって来なかった。半刻も、輾転《てんてん》と寝返りを打っているうちに、おひでは、自分の亭主ながら勝蔵が憎くなってきた。

「いやになったよう、もう！」

おひでは呟いて、荒荒しく床から起き上がった。少し離した床に寝ている敬太をまたいで茶の間に出た。

勝蔵のいびきは、おひでがわざと手荒く唐紙を閉めたときだけ、一度ぴたりととまったが、おひでが厠《かわや》の前まで来たときには、もう快調にもとの調子をとりもどしていた。

おひではゆっくり小用を足して立ち上がった。するといくらか頭にのぼっていた血がさがったような気がした。

——今度は眠れるだろう。

そう思いながら、おひでが厠の戸に手をかけたとき、窓の外に異様な物音がした。あとで定町廻り同心神谷玄次郎に訊かれたとき、おひではそのときの物音を、誰かが力まかせに地面を踏みつけてでもいるように聞こえたと言ったが、じっさいにそんな物音を、おひでは聞いたのである。

——この夜中に、誰が騒いでいるのだろう。

おひではそう思いながら、小さな格子窓から外をのぞいた。

裏に塀があるような家ではない。子供の背丈ほどのむくげの生垣がひょろひょろとのびている外は、すぐに細い裏通りだった。そこでもつれ合って人が動いていた。といっても男と女ではない。暗い中だったが男二人が争っている様子に見えた。はげしい息遣いと、どしどしと地を踏む音が聞こえたが、男たちは声を立てなかった。

その無言の争いは、おひでの背筋を冷たくした。格子につかまったまま、おひでは動けなくなった。

二

小者が、伊佐清兵衛が呼んでいると言うので、神谷玄次郎は詰所を出て奉行所の本屋に入った。

伊佐は例繰《れいく》り方に勤める古い同心である。例繰り方というのは、事件が起きるとその一部始終をあまさず記録してお仕置裁許帳というものを整備するのが役目だが、また囚人を断罪するにあたって参考になるような例を、古いお仕置裁許帳の中から探し出して、奉行に提出するので例繰り方と呼ばれるのである。

玄次郎が例繰り方の詰所に入って行くと、伊佐は部屋の中でただ一人、ぽつんと机に向っていた。

玄次郎を見ると、伊佐はまあ坐れと言って、手で玄次郎を招きながら、自分はあわてた素ぶりで山のように書類を積み上げてある部屋の隅に行った。玄次郎が机の前に坐ると、伊佐はやがて薄い書類の綴りを持って引き返して来た。

「やっと見つかったぞ」

伊佐清兵衛は、その書類を玄次郎に渡しながら、そう言った。

「いや、じつは十日ほど前に見つけたのだが、見せようと思うときには、貴公がおらん。貴公がおるときには、人目があって見せるわけにはいかんというぐあいで、今日になってしまった」

お仕置裁許帳は秘密文書の扱いである。伊佐はそのことを言っていた。

玄次郎は、渡された綴りを見た。表紙もなく、文章は途中からはじまっているが、神谷勝左衛門という名前がいくつも出てくる。死んだ父が最後に手がけた、例の調べを記したものだということは、ひと目見ただけでわかった。

父のあとを襲って本勤並の同心になったころ、玄次郎は伊佐に会って、亡父が手がけたその調べの記録を見せてもらえないかと頼んだことがある。亡父のその調べが、玄次郎の母と妹を巻きこんで死に至らしめ、さらにそのあと、父に急な衰弱と死をもたらしたことは間違いないと思われたからである。玄次郎は、父が何を調べていたかを知りたいと思ったのだ。

伊佐は承知したが、間もなくその記録は残されていないと言ってきた。そのまま数年が過ぎたのだが、その間伊佐は、古参の例繰り方同心らしい律儀さで、こつこつとその記録を探し続けてきたらしかった。

「二十年も前の、何のかかわりもない記録のところに、一緒に閉じこんであった。それも見るとおり、書き出しのところが欠けておる。分量からみて、ざっと半分じゃな」

と伊佐清兵衛は言った。自身その発見に気をよくしているらしく、手を揉んでいる。

「これじゃ、なかなか見つからん」

「ご老人」

玄次郎は、白髪で小柄な伊佐をじっと見た。

「かたじけのうござった。お心にかけて頂いたことは忘れん」

「なんの」

伊佐清兵衛は眼をほそめた。

「こういうことが、わしの仕事だ」

「借り出してまいってよろしいか」

「いいとも。本来なら外に持ち出してはならん書類だが、正式の記録の扱いをされておらんのだからよろしかろう。貴公がその事件を調べたがる気持はわかる」

「済まんですな」

「ただし、読んだあとは返せよ」

伊佐がそう言ったとき、廊下に人がもどって来る足音がした。玄次郎はあわてて、薄い書類の綴りを懐にしまいこんだ。

その夜玄次郎は、八丁堀の自宅で遅くまでその書類を読んだ。読むのは簡単だったが、その書類は前の部分を欠いているために、意味不明の記述や、唐突な人名が出てきて、事件の概略を摑むのに骨が折れた。

ようやくわかったのは、次のようなことである。佐代という娘が殺された。勝左衛門はその殺しを追っているうちに、札差の井筒屋善右衛門と、歓喜院と呼ばれる僧侶に突き当り、調べを深めて行ったことがわかった。歓喜院というのがどこのどういう坊主かはわからなかったが、むろんその方面の調べは、寺社奉行の方の管轄に入る。

記録は、勝左衛門がそういう手つづきも手落ちなく踏んで、慎重に調べて行った様子を記していたが、その途中で、何の前触れもなくぷつりと途絶えるのである。そのあとに異様な空白がひろがっているのを、玄次郎は感じた。

佐代という娘が、どういう素姓の娘かはわからなかったが、おそらく記録の前の部分には、くわしく書かれているのだろうが、その部分は欠落していた。

——だが、調べる手がないではない。

父の勝左衛門が手札を出して使っていた岡っ引が、深川に二、三人いたのを、玄次郎はおぼえている。昔のことで名前も忘れたが、銀蔵に聞けばわかるかも知れなかった。

そのあたりから手をつけることは可能だと思ったとき、玄次郎は、これまでまったく闇に閉ざされていた事件に、ひと筋の光が射しこんだのを感じた。

三

玄次郎の家には、おさくという婆さん女中がいる。父の代から、棲みついたようにずっと玄次郎の家にいる老婢《ろうひ》である。

もともとは神田の蠟燭《ろうそく》町にある桶屋の後家で、玄次郎の母が身体ぐあいを悪くしたときに手伝いに来たのが縁で、母と妹が死に、父の勝左衛門が寝込むようになったとき、父の使いで玄次郎が桶屋に行き、おさくに来てもらうようになった。

以来おさくは、まるで神谷家の人間のように、家の中を切り盛りし、ひまが出来ればせっせと内職もして、玄次郎が留守がちの家を守ってきたのである。息子が嫁をもらって、狭い家にもどってもいるところがない、などと言っているうちに、おさくは神谷家の中で老いた。もう六十近いはずである。

「おやじが生きていたころに、深川の何とかいう岡っ引が訪ねて来たろう」

おさくの炊いた朝飯をたべながら、玄次郎は言った。

「ばあさん、おぼえてないかね？」

「さあ」

おさくは、きりっと結いあげた白髪あたまをかしげた。

「そういえば、眼のぎょろっとしたひとが、時どき来てたようですけどね。名前まではおぼえてませんねえ。ずいぶん昔のことですから」

「おぼえていないか」

そう言えば、目玉の大きな男だった、と玄次郎が改めて深川の何とかいった岡っ引のことを思い出そうとしたとき、玄関に人の声がした。

「銀蔵の声だぜ」

と玄次郎は言った。

「話せば近寄るで、朝っぱらから岡っ引のご来訪だ。上にあがれと言ってやんな」

玄次郎に言われて、おさくは急いで玄関に出て行ったが、すぐにもどって来た。

「何か急ぎの用だとかで、上がっちゃいられないと言っておりますよ」

「何だい、銀蔵」

と玄次郎は箸をとめて、玄関の方に声をかけた。

「いま、飯ィ喰ってるところだぜ。これから尻に帆かけて歩かにゃならねえ身体だ。飯ぐらいは喰わしてもらいてえな」

相済みません、と言う声がして、銀蔵が家の中に入って来た。茶の間に入って来て、隅に坐ると、神妙におはようございますと挨拶をした。だがそのまま黙っている。

「どうしたい、銀蔵。急ぎの用てえのを言ってみな」

「いえ、ご飯をお済ましになってからでよろしゅうございますよ」

「遠慮する柄かえ。かまわねえよ。言ってみなって」

「じつは殺しがありましたので」

「いつのことだ？」

「見つけたのは今朝ですが、昨夜のうちの仕事らしゅうございますな」

「男かい？　女かい？」

「男です。メッタ刺しに刺されています」

玄次郎は、手に持った飯茶碗をだんだん下にさげて、膳に置いた。汁椀を取り上げたが、それも膳にもどした。

「ばあさん、お茶をくんな」

「へ、へ」

と銀蔵は笑った。

「だからご遠慮申し上げたのに」

「何年経っても、殺しをおかずに飯を喰うというふうにはならねえもんだな」

「そりゃそうでござんすとも」

「場所は？」

「深川の北川町です」

銀蔵とお茶を一服したあと、玄次郎は組屋敷を出て永代橋に向った。

よく晴れた朝だった。さえぎる雲ひとつない秋の日射しが、大川の水に弾け、向う岸の佐賀町あたりの家家の屋根を光らせている。朝飯は中途半端になったが、ひさしぶりに酒の気なしで迎えた朝の気分はさっぱりしていた。

「殺された男の見当は、まだついちゃいまいな？」

「いえ、それが……」

銀蔵はやや得意そうに言った。

「ほとけはあのあたりじゃ、ちょっと名前の知れた男で、素姓は割れています」

「誰だい」

「重吉という男ですよ。蛤町の米屋の次男坊ですが、これが親泣かせのどら息子で、女をひっかける、酔ったあげく喧嘩はする、どっかにもぐりこんで手なぐさみをやっているらしいという奴で、近所じゃ鼻つまみにされていた男です」

「ふーん、すると女のもつれか何かかな」

と玄次郎は呟いた。

「ほとけは……」

「へ。番屋にとめてありますが」

玄次郎は、番屋に着くとすぐに死体を改めた。番屋の土間に、戸板に乗せられ、荒蓆《あらむしろ》をかぶせられた死体が横たわっている。そこには番屋の人間のほかに、重吉の親と思える五十過ぎの夫婦がつきそっていた。女の方は眼を泣き腫らしている。

玄次郎がしゃがむと、銀蔵が蓆をとった。

「こいつはすげえや」

と玄次郎は呟いた。銀蔵がメッタ刺しと言ったが、まったくそのとおりだった。死体は前からもうしろからも刺されていて、丹念に調べると十数カ所の傷があることがわかった。腹を刺した傷が致命傷かと思われたが、これだけの傷をうければ、流れ出る血で、助かりようもなかったろうと思われた。

「なにか、心あたりはないかね」

蓆をかぶせて死体をもとにもどすと、玄次郎は米屋の夫婦にそう言ったが、母親は泣きくずれ、父親は暗い顔をして首を振るばかりで、何も聞き出せなかった。

「あとで話を聞きに行くが、ほとけさんは引き取っていいよ」

玄次郎は、そう言い残すと銀蔵を誘って外に出た。

「ほとけを見つけたのは誰だい」

「へえ、このずっと先の豆腐屋のかみさんですが、じつはこのかみさんが、昨夜重吉が殺されるところを見たそうです」

「何だと？」

と玄次郎は言った。

四

「男だったことは確かなんだな？」

「それが暗くて、はっきりとは……」

と豆腐屋のおかみおひでは、おどおどと答えた。

昨夜おひでは、厠の小窓から二人の人間が相撲でも取っているように、地を踏み鳴らして争っているのを見た。そして一人が倒れ、一人が小走りに逃げ去るのを見て、ようやく厠を出ると寝部屋にもどったのである。

すぐに亭主を起こして、外に見にやろうかと思ったが、勝蔵のいびきを聞いているうちに、その気持が変った。ただの喧嘩で、一人が負けて倒れただけだとしたら、疲れている亭主を起こすことはない。男は起き上がって帰って行くだろう。

もちろん、自分が見に行くなどということは考えもしなかった。こわいものから逃げる気持で、おひでは眼をつぶった。今度は亭主のいびきも気にならずに、すぐに眠れたが、やはり男たちのことが気になっていたものとみえて、今朝はいつもより早く目がさめた。おひでは、すぐに外に見に出て、そこに若い男が死んでいるのを見つけたのである。

なぜゆうべのうちに届けなかったかと、番屋の人間に怒られている。おひではめったなことは言えない、と臆病な気持になって玄次郎の聞くことに答えていた。

「はっきりはしませんが、男だったのではないでしょうか。女なら、何かひとことぐらい声を出すのじゃないでしょうか」

「さあ、そいつはわからんぞ」

玄次郎は銀蔵を振り向いて笑った。

「女だって、凄いのがいるからな。すると、帰って行くその人殺しは、よく見えなかったのだな？」

「はい、なにしろ暗かったもので」

「はじめから、おしまいまでだんまりか。いや、役に立ったぜ。手間をとらせたな」

と玄次郎は言った。

「何刻ごろだったって？」

「四ツ（午後十時）近かったと思います。床に入ってから、鐘の音を聞きましたか玄次郎と銀蔵は、それでまた豆腐屋の裏手の路地に回った。ばらまいたように、地面に黒い血の色が残っていた。血はひょろひょろとした育ちの悪いむくげの生垣にも、その向かい側の綿屋の裏塀にも飛んでいた。

「どう思うかね、銀蔵」

と玄次郎は言った。

「やっぱり男でしょうな。重吉はあれだけの身体をした若い男ですぜ。女の手で、ばらすのはむつかしゅうござんしょう」

「死人は昨夜、少し飲んでたようだな。ちっと酒の香がした」

「それは、すぐに調べてみましょう」

「あの傷だが、あれは出刃だ」

「ああ、やっぱりそうですか」

「それと、あのめったやたらの傷は、どうも素人の殺しらしいや」

「へえ」

「怨みだ、多分。重吉がそういう男だとすると、どっかで怨まれているかも知れねえ。その見当で探してみな」

「かしこまりました」

「ところで、話は違うが昔、と言っても十四、五年前の話だが、深川に目玉の大きい岡っ引がいなかったかい？　目ん玉が大きくて、腹が出っぱった年寄り……」

「ああ、庄五郎さんのことですか、一色町の親分と言われた……」

「そうか、庄五郎だった。元気かね……」

「さあて、五、六年前に死んだはずですが、何か？」

「ふーん、そうか、死んだか」

と玄次郎は言った。落胆していた。

五

三日後に、玄次郎は六間堀ばたの銀蔵の家で、銀蔵と額をつきあわせていた。

「まず賭場の方ですが、重吉が通っていたのは、例の網打ち場のそばの小料理屋です」

「ああ、あそこか」

と玄次郎はうなずいた。松村町の網打ち場は岡場所で、銀蔵が言った小料理屋は、その網打ち場の妓楼の亭主がやっている店である。定七という亭主は、青白い顔をした無口な四十男だが、無類の博奕好きで、小料理屋の二階でこっそり花札賭博をやっていることは、玄次郎も知っている。

「重吉はそこの常連で、だいぶ熱くなっていたそうですが、金の使い方はきれいで、賭場では大事にされていたそうで。むろん借金などというものはありませんでした」

「すると、賭場の方の引っかかりはなさそうか」

「まだ眼をはなすわけにゃいきませんが、いまのところ殺すの殺されるのといった引っかかりは、あそこからは浮かんできていません」

「すると、やっぱり女かね」

「へえ、その女ですが、こっちの方はあちこちと引っかかりがありました。櫓下《やぐらした》や裾継ぎにいる商売女は別にして、ほかにだいぶ懇《ねんご》ろにしていたのに、ぽいと捨てちまった女とか、仲間と語らって素人女を手ごめにしたことがあるとか、こっちの方じゃだいぶ怨まれていたようですな」

「ふむ」

「おたきという女がいましてね。洲崎の茶屋にいたころに重吉と知り合って、ひところは夫婦約束までかわしてだいぶ貢いでいたというんですが、捨てられてからやけになって、いまは新石場で女郎をしています。おたきに怨まれていることを知っているので、重吉も新石場には足を踏み入れなかったそうです。あっしもこれから会うところですが、何でしたらご一緒にいかがですか」

「うん、行ってみるか」

と玄次郎は言った。

「それから、殺された晩どこで飲んだかだが、それはわかったかね」

「へい、わかりました」

それは奥川町の小さな飲み屋だと、銀蔵は言った。

奥川町は、重吉が殺された北川町の北側にある町だが、そこにほてい屋という小ぢんまりした居酒屋がある。重吉は網打ち場の賭場に行くついでに、時どきここに立ち寄っていたらしい、と銀蔵は言った。

「あの晩も、賭場の帰りか何かだったかな?」

「いえ、それが違いますんで。その晩は、やっこさんは賭場には現われていませんし
と銀蔵は言った。銀蔵の眼がちょっと光った。

「ほてい屋のおかみの話じゃ、重吉はそこで、誰かひとを待ってたらしいというのです」

「誰かというと、それが誰かはわからんわけか」

「へえ。ひとを待ってる様子で、酒もあまり飲まなかったが、結局その待ちびとは

現われなかったそうです」

「その帰りにやられたわけか。はて、誰に会うつもりだったのかな」

と玄次郎は言ったが、それじゃこれから新石場に行って、おたきとかに会ってみるかと言った。

立ち上がると、玄次郎は台所に向って、ご亭主を借りるよ、と声をかけた。銀蔵の店花床は、珍しく休みで、おかみのおみちは台所にいた。

おみちは、亭主の仕事には一切口をさしはさまない女である。玄次郎が来ると、手早くお茶とせんべい菓子を支度してすすめたが、その後は台所にひっこんで姿を見せなかった。

玄次郎の声で、おみちは前掛けで手を拭きふき出て来ると、ごくろうさまですと言った。

「せっかくの休みに、不粋なのが来てご亭主を引っぱり出しちゃ悪いな」

と玄次郎は冗談を言った。おみちは赤くなって言った。

「いいえ、旦那。たまの休みをこんな嵩高《かさだか》いのにごろごろしてられちゃ、たまったもんじゃありません。どうぞ連れ出して下さいまし」

「何を言ってやがる」

銀蔵は口をとがらせた。

新石場は深川の南はずれにある遊所である。六間堀の銀蔵の家からはかなりの距離があるが、二人は苦にせずせっせと歩いて、七ツ（午後四時）前にはそこに着いた。

もとは海に面した中洲だったところを埋め立て、茶屋、女郎屋を公許して遊所としたところで、ほかに十数軒の船宿もあり、にぎやかな場所である。

だが、深川のほかの岡場所にくらべると、新石場は建物も新しく、やはり新開地といった趣きがある。海が近いせいか、日射しまでからっとしているので、よけいにそう感ずるのかも知れない。歩いて行くと汐の香がした。

船を雇って海釣りに出る人がいるらしく、町にはけっこう人通りがあった。玄次郎と銀蔵は町に入ると足どりをゆるめ、おたきがいる小松屋という女郎屋の軒をくぐった。

出て来たおたきは、大柄で目鼻立ちのはっきりした、なかなかきれいな女だった。身分を言い、聞くことはちょっとだけだから、ここで話を済まそうと玄次郎が言うと、うなずいておくれ毛を掻き上げながら、板の間に横坐りになった。眼のやり場に困るほど、豊かな臀の線が、露わになった。

「近ごろ重吉と会ったかね」

「重吉？」

おたきは、いままで眠っていたらしいぼんやりした眼を、玄次郎に向け、銀蔵に向けた。

「ああ、吉《きつ》ちゃんのこと？」

おたきは軽蔑したように鼻を鳴らした。

「会ってないですよ、旦那。米屋の吉ちゃんがどうかしたんですか？」

「お前さんとは昔、あつあつだったと聞いたもんでね。いまも来ているのかどうかと思って聞きに来たのだが」

「冗談じゃありませんよ。旦那はどのへんまでいきさつをご存知か知りませんが、あいつはあたしの前に顔を出せるような男じゃないんですから」

「そうらしいな。すると手を切って、それっきりというわけか」

「ええ、一度も会ってませんよ。べつに会いたいとも思いませんけどね。つまらない男ですよ」

「重吉に捨てられて、怨んだかね」

「もちろんですよ。八つ裂きにしてやりたいくらいだった。なにしろあいつは、あたしから金をしぼり上げて、その金で外の女と遊んでたんですからね。大きな米屋の息子だって聞いてたけど、やることがあくどいよ」

「いまでも怨んでいるかえ」

「吉ちゃんを？」

おたきは髪を掻き上げて笑った。

「いまさら怨んだってしようがないでしょう。そういう男に引っかかったあたしが運が悪かったんだから」

「……」

「吉ちゃんに捨てられたから女郎に身を崩したんじゃないですよ、旦那」

おたきは、こちらの気持を見透したような口をきいた。

「いまの商売があたしには合ってんだ。流れ流れていまは新石場の女郎だけど、気楽なもんですよ。吉ちゃんのことなんか昔話さ。聞かれたからお答えしたけど、あのひとのことなんか、すっかり忘れてた、あたし」

玄次郎と銀蔵は立ち上がった。するとおたきも立ち上がりながら訊いた。

「ところで、吉ちゃんどうかしたんですか？」

「喧嘩で殺されたんだ」

「あら、ま。たいへん」

とおたきは言った。だが格別驚いたふうでもなく、こみ上げる欠伸《あくび》を手でふさいだだけだった。

六

女の筋の怨みだろうという見当で、玄次郎は銀蔵を督励した。三好町のよし野のおかみお津世《つせ》から金を借り出して、下っ引を働かせる手間賃も渡したので、銀蔵は懸命に調べ回ったようだが、結果は芳しくなかった。

重吉は、たしかに女に手が早く、いわゆる女癖の悪い男だったが、おたきの例にみるように、大概の女出入りは、過ぎたことだったり、女が泣き寝入りしたりして、おさまっていた。水茶屋のあたりで重吉の手に引っかかって、泣きをみた素人の女もいたが、そういう女も、大方は気を持ち直してもうよそに嫁入っていた。

つまり怨みをいまに持ち越して、暗闇で重吉を刺したり、刺させたりするような女は浮かんで来ないのである。岡場所に、馴染みの女はいたが、それも通り一ぺんのつき合いで、刃物三昧におよぶようなもつれがあるわけではなかった。

「銀蔵、一緒に来い」

玄次郎は、銀蔵からそういう報告をうけたあとで、銀蔵を連れて蛤町の米屋をたずねた。調べに入る前に、一度念入りに米屋の家の者から話を聞いているが、銀蔵の報告を聞いているうちに、玄次郎は急にまだ聞き残していることがあるような気がしたのである。

米屋の夫婦は、すぐに玄次郎と銀蔵を茶の間に上げた。

「その後、お調べの方はいかがでございますか」

と主人は言った。主人の喜兵衛は五十六で、おかみのおすわは五十二だという。だが二人の髪はほとんど真白で、長年身持ちの悪い次男坊のことで心を痛めてきた様子がうかがわれた。

「まだ見当がついてないのだがね」

玄次郎は二人の様子を注意深く眺めながら言った。

「調べてみると、重吉はだいぶ女癖が悪かったようなんだが、家の中じゃどうだったかね」

「はい？」

喜兵衛が驚いたように顔をあげた。

「女中がいるだろ？」

「はい、二人おりますです」

「重吉は、女中にちょっかいを出したりしなかったかね」

喜兵衛とおすわは顔を見合わせたが、すぐに喜兵衛が首を振った。

「お調べのとおりで、手のつけられぬ道楽者でございましたが、まさか親の目のとどくところでは、そういうことはしていなかったと思いますが」

「そうかね。ま、ともかく女中さんに会わせてもらおうか」

「あの……」

喜兵衛の顔にみるみる困惑の表情が浮かんだ。

「いまいる女中は、二人ともついひと月ばかり前に来た娘たちで、何もわからないと存じますが」

「なるほど、年ごろの女の子だから、ちょいちょい変るわけだな」

玄次郎は銀蔵に目くばせして、五、六年前から勤めてはやめて行った女中の名前と、居どころを書きとらせた。嫁に行くとか、家の事情とかでやめて行った女中が、ここ五、六年の間に七人ほどいた。

女中に会ったが、喜兵衛夫婦の言ったとおり、やっと仕事に馴れたというふうの若い娘二人で、大した収穫はなかった。重吉に誘われたことはないかと訊いたが、顔を赤くして、そんなことはなかったと言った。

二人は外に出た。

「いくら嫁入りごろの娘たちといっても、七人というのはちっと多過ぎないか」

「すぐに調べてみましょう」

「一年と勤めなかったのが三人もいるぜ。そのへんを念入りに調べてみな」

玄次郎がそう言ったとき、山のように米を積んだ大八車が、店先に近づいて来てとまった。車力は痩せた小男だったが、うしろに後押しが二人ついていて、その一人が頬かぶりを取ると、玄次郎たちに挨拶した。米屋の長男の政太だった。

「今日は何か？」

政太は手拭いで首の汗を拭きながら言った。

「なかなかうまい筋が浮かんで来ねえから、今日は家の中のことを聞きに来たよ」

玄次郎は、道楽者の弟とは違って、なりふり構わぬ働き者の感じがする政太に、いい印象を持ちながら言った。

「家の中と言いますと？」

「重吉が、女中に手を出したりはしなかったかというようなことさ」

「親たちは何と言っていました？」

「そんなことはなかったと言っておったな」

政太は黙って地面を見つめたが、不意に吐き出すように言った。

「体裁をつくっても仕方ないのにな」

「と、いうとそういうことがあったのかね」

「おはずかしい話ですが、手あたり次第でした。見兼ねてあいつを殴りつけたこともありますよ」

「言い寄られた女中というのが誰か、おぼえているかね」

「あたしの口からは、言いたくありませんな」

政太は怒気を含んだ声で言った。

「旦那方でお調べになって下さい」

「…………」

「ええわ、ええわでほうりっ放しにしていたのが悪かったのですよ。親たちは甘いし、あたしはこのとおりでいそがしい。弟が外で何をしてるか、うすうすわかっていながら、ほっといたのが悪かったのです」

七

二日後、玄次郎と銀蔵は奥川町の居酒屋ほてい屋で飲んでいた。

「これはという、引っかかりのある女はいなかったわけだ」

「へい、申訳ございません」

と銀蔵は言った。

「お前さんが謝ることはないよ」

玄次郎は苦笑した。

「しかし不思議だな。見当は違ってなかったはずだが、これだけ調べても、何にも浮かんで来ねえてえのは、おかしい。こんな探し物ははじめてだぜ。まるで雲を摑むようだ」

米屋をやめた女中七人について、銀蔵は下っ引を使わずに自分の足を棒にしてたずね歩いた。

行方が知れないという女もなく、銀蔵は残らず話を聞いた。ある者はまだ家にいたし、ある者はよそに奉公替えしていた。もう嫁に行って子供がいる女もいた。

銀蔵が話を切り出すと、大ていの女があけすけに臀を撫でられたことがあるの、夜中に部屋に這いこまれたことがあるのと打ち明けた。じっさいにそれがもとで米屋をやめた女も三、四人いたが、そのために重吉を怨んでいる者は一人もいなかった。過ぎてみれば、懐しいねえなどと言う女もいたのである。

「ひょっとしたら、見当を間違えたかな。賭場をもう一ぺん洗い直してみるか」

玄次郎がそう言ったのに、銀蔵は元気のない顔で、さいですなと言っただけだった。意気ごんで走り回っただけに、がっくり気落ちしているようだった。

「かみさんよ」

玄次郎は、白く肥ったおかみに声をかけた。ほかに客はいなかった。

「あの晩、重吉が誰かを待ってたらしいと言ったが、本人がそう言ったのかね」

「いえ、そうじゃございませんです」

背の低いおかみは、板場からのび上がるようにして答えた。

「お酒もあまり召し上がりませんでしたし、ずっと入口の方に顔を向けっぱなしでいるもんですから、あたしが、そう訊きましたんですよ。どなたか待ちびとですかって」

「で、やつは何と言ったね？」

「黙って笑っただけでした。でも違うとも言いませんでしたよ、はい」

「待ちびと来たらず、か」

玄次郎は、元気のない銀蔵に酒を注ぎながら言った。

「いや、それとも来て、刃物を持って戸の外で待っていたかな」

「気味のわるいことをおっしゃらないで下さいましよ、旦那」

おかみは襟をあわせた。

「それじゃ、今度はほかの時の話だが、重吉はここで誰かと待ち合わせたことがなかったかね」

「さあねえ」

おかみは首をひねった。

「いつも一人でしたけどねえ。その二、三日前だったかしら、一度お店から迎えのひとが来ましたけど、それも中に入って飲んだってわけじゃなし、すぐに一緒に帰りましたからねえ」

「お店の迎えか」

玄次郎は呟いたが、急にはっとした顔色になった。

「誰だい、その迎えというのは？」

「さあ、名前はわかりませんけど、五十近い身体の小さいひとでしたよ」

おかみは自分のことを棚に上げて、そう言った。玄次郎と銀蔵は、顔を見合わせた。

「痩せっぽちで、頭が少し白い男だな」

念を押すように、玄次郎が訊くとおかみはそのとおりだと言った。おかみが言っているのは、間違いなく車力の惣六だった。

「どれ、そろそろ御輿を上げるか」

玄次郎は銀蔵に眼くばせして立ち上がった。店を出ると、すぐに銀蔵が言った。

「お気づきですかい、近ごろ店をやめた女中の中に、惣六の娘が入っていますぜ。おそのという娘でさ」

「その娘だけだったな。重吉に変なことをされたことはないと言ったのは」

「へえ。勤めたのがたった三月。夫婦約束をした男がいて、その祝言が間近になったので、店をやめたというのは、さっき申し上げたとおりです」

「もう一度洗い直してみな。富川町の裏店住まいだと言ったな。近所のかみさん連中の話をあつめるんだ。おれはもう一度、米屋の方をあたってみる。何か裏に事情があるかも知れねえ」

「しかし」

と銀蔵は首をかしげるような言い方をした。

「あの親爺に、殺しが出来ますかね」

「そりゃ調べてみなきゃわからんが、人間せっぱつまると、かなりのことをやるもんだぜ。それにいちばんはじめに、米屋で聞き込みをしたときのことをおぼえているだろう。米屋の人間はほてい屋なんて飲み屋のことを、誰も知らなかったのだ」

「さいでござんしたな」

「この間、政太も言っていたろう。重吉のことはほったらかしだったと。米屋じゃ飲み屋に迎えをよこすほど、重吉を心配してたわけじゃねえのだ。と、すると惣六は、別の用事で、というより自分の用があって、飲み屋にいる重吉に会いに来たか、それともそこまで重吉に呼び出されたかしたとは思わねえか」

「なるほど、なるほど」

「それに考えてみるとだ。米屋では、ほかの奉公人にはいろいろと事情を聞いているが、惣六とは一度も話してないな。車力専門で、内雇いの人間じゃねえから、うっかり眼からこぼれ落ちたらしいや」

「わかりました。早速手を入れてみます」

「おそのと言ったかい？　嫁入りをひかえた娘がいることだ。そのあたりに気を配って、目立たねえように調べな」

玄次郎と銀蔵は、万年町を通り過ぎて、仙台堀に架かる橋を渡った。暗い道だった。銀蔵にはそう言ったが、玄次郎は、車力の惣六が、重吉殺しに絡んではじめて浮かび上がってきた、怪しい影なのを感じていた。

八

玄次郎は、米屋の長男政太と、奉公人の一人から、ある夜おそのが重吉に力ずくで犯されたらしいこと、翌朝眼を泣き腫らした顔で、ひまをとって家にもどったことを聞き出した。

銀蔵は、その直後から、富川町の惣六の家に酒気を帯びた若者がたびたび現われ、惣六が困惑した顔で男を追い返していたことなどを、裏店の女たちから聞き出して来た。若い男が来るのは、大てい夜がふけてからで、惣六がひどくあたりに気を使い、男の臀を押すようにして、小声でなだめながら、外に連れ出して行くのを、女たちは見ぬふりで見ていたのである。親娘二人だけの家だった。

銀蔵は、おそのが嫁入る相手も調べて来た。無事に奉公を終って、間もなく店を持たせてもらうことになっている経師職人《きょうじ》で、気持のいい若者だった。

「信助という男ですがね。もしやと思って、いろいろ探りを入れてみましたが、米屋のことも、重吉のことも知りませんでした。重吉殺しについちゃ、さらしのように真白ですな」

「それじゃ、行くか」

玄次郎はいくらか気の重い顔になって、銀蔵をうながすと、六間堀ばたの銀蔵の家を出た。客の髪を結っていたおかみが、手を休めて愛想よく二人を見送った。

富川町の裏店の木戸をくぐったとき、玄次郎と銀蔵は思わずそこで棒立ちになった。路地に人が溢れている。

その人をわけて、三人の男女が玄次郎たちの方に歩いて来た。先に立った二人は五十前後の夫婦者と思われる男女で、男は羽織を着て、手にしかつめらしく白扇を持っている。二人の後に、顔をうつむけて若い女がしたがっていた。

女は十七、八に見える。瓜ざね顔のおとなしそうな娘だった。仕立て上がりらしい絣《かすり》の着物を着て、真新しい櫛、笄を頭にさし、手に風呂敷包みを持っている。

「おそのですよ」

と銀蔵が囁いた。銀蔵が言うまえに、玄次郎は気がついていた。今日がおそのの嫁入りの日なのだ。

玄次郎は鋭い眼で、三人のうしろを探した。車力の惣六がいた。二、三歩遅れて、いそがしくあたりに頭を下げながら歩いて来る。羽織を着ていたが、借り物らしく、裾は膝下まで垂れ、袖は手が隠れるほど長かった。惣六は、その袖を気にして、袖口をたくし上げ、たくし上げして歩いて来る。時どきちらりと見せる笑顔に、娘を嫁入らせる父親の喜びがあらわれていた。

この男に、嫁入りを前にした娘がつきまとわれて、せっぱつまったとはいえ、重吉を殺せたのだろうかと玄次郎は思った。だが、やはり惣六が殺したのだった。惣六は、木戸のそばに立っている玄次郎と銀蔵を見ると、一瞬立ちすくんだ。そしてみるみる死人のような顔色になった。

玄次郎と銀蔵の前を、仲人とおそのが通り過ぎて行った。それを見て、惣六ものろのろと歩いて来ると、二人の前に立ち止まって首を垂れた。

玄次郎は低い声で言った。

「祝言に行ってやんな。だが逃げようなどと料簡を起こしちゃなんねえぞ。お上にもお慈悲というものはある。あとはまかせろ」

惣六は深く頭を下げると、娘のあとを追って行った。裏店の者たちは気づかなかった。

「ほら、惣六さん。追いつかないとお嫁さんにはぐれちゃうよ」

誰かがそう言い、その声にみんながどっと笑った。

おや、雨だよと、一人がとんきょうな声をあげた。晴れた空から、不意に霧のように細かい雨が落ちて来た。日照雨《そばえ》だった。

日にきらめく霧雨の中を、まずしい花嫁行列が遠ざかって行くのをしばらく見送ってから、玄次郎と銀蔵はその後を追って歩き出した。

「信助という職人は、裏店のひとり住まいだったかい？」

「へえ。でも、二、三年もしたら表に店を持つって張り切ってましたぜ」

「齢は？」

「二十三でさ」

「二十三と、おそのは十八ぐらいかな」

「へえ。一生の中でいちばんいいときでさ」

と銀蔵は言った。惣六の罪は免れないが、なんとか若い二人のしあわせをこわさないで、この事件のケリをつけたいものだと、玄次郎は思った。

出合茶屋

一

仙太という桶屋は、下っ引をやめてからかなり経つようだった。玄次郎が、父の神谷勝左衛門の名前を出しても、仕事の手を休めなかった。

「さあ、会ったことはねえですなあ。お名前《なめえ》ぐれえは、聞いたかも知れねえが、忘れちまったい」

仙太は両足のひらで、たくみに桶を回してたがをはめながら言った。ずんぐりした身体つきをした、四十半ばの男で、頭にはかなり白いものが混っている。片目がつぶれていて、一眼の男だった。

「お前さん、下っ引をやめて何年になるかね？」

「さあ……」

仙太は、ちらりと眼をあげて玄次郎を見た。片目の一瞥《いちべつ》に、わずかにもと下っ引らしいつら構えがのぞいた。

「かれこれ十年も前でさ。いや、十二年ぐれえになるかな」

「庄五郎ンところで働いたというのは、何年ぐらいのことかね？」

「六、七年だろうな。若えころの話でさ」

それならこの男は、やはり父があの事件を扱っていたころに、下っ引をしていたのだと玄次郎は思った。

「うちはこのとおり、桶屋で……」

「ふむ」

「そのころは、おやじがまだ元気で仕事してたからね。あっしも手伝ってたんだが、桶のケツ叩いてばかりいるのにも、倦《あ》きやしてね。それで下っ引なんてものもやったんだが……」

男は、ちょっと手をやすめて、一眼を宙に据えた。

「あのころは、若かった」

「お前さん、そのころにお佐代という娘が殺されたのをおぼえてないかね？」

「お佐代？」

「そうだ。ついこの先の奥川町の雪駄《せった》屋の娘で、死んだときは十九だった」

仙太は、はじめて木槌を置いて玄次郎に顔を向けた。

「いつごろの話ですかい？」

「ざっと十四、五年前だな。雪駄屋の話だと、その事件で、岡っ引が二人調べに来ている。ハナのころに来てたのは庄五郎だが、あとで別の男に変ったというんだが……」

「おぼえてねえなあ」

仙太は首をかしげて、また足のひらでしっかりと桶を抱えこんだが、木槌には手をのばさなかった。

「そのころお前さんと一緒に働いた仲間ってえと、誰だい？」

「参公てえのがいたな。一色町の蕎麦屋の伜《せがれ》だったが、店が潰れて一家夜逃げしちまったから、その後会ってねえよ。もう一人、親分が徳左、徳左って呼んでいた、何で喰ってるかわからねえじいさまがいたが、いい齢だったから、もう死んだかも知れねえなあ」

「……………」

「旦那、ウチの親分と変った、もう一人の岡っ引てえのは誰ですかい？」

「それが雪駄屋でも、名前をおぼえとらんのだ。これから探さにゃならん」

「どんなおひとで？」

「背が小さくて、ここんとこに一文銭ぐらいのハゲがあったそうだ」

玄次郎は、指で自分の横鬢を指した。すると仙太があっさりと言った。

「ああ、そりゃハゲ松だ」

「ハゲ松？　その大将は生きてるかい？」

「まだ丈夫でいるんじゃねえかな」

「住まいはどこだい？」

「以前は入船町に家があったんだが、隠居して娘のところに引き取られたって聞いたな。あっしが下っ引をやめたころの話だからずいぶんになるがよ」

「娘はどこにいるんだい？」

「娘たって、いま五十近いばあさんのはずですぜ。三十三間堂裏で、茶屋のおかみをしてるって聞いたな。腰かけ茶屋なんてものじゃなくて、ちゃんと料理を喰わせる家だって聞いたよ」

「店の名はわからんか？」

「そこまでは知りませんね。しかし娘なんてものはいいものですなあ、旦那。あっしなんざ、子供が生まれなかったから、いまだにかかあと二人暮らしでね。桶のケツ叩きながら、これからさきはどうなっちまうんだい、と考えることがあるからね」

玄次郎は仙太の家を出た。そこは伊沢町の川ばたで、薄い日が照らす掘割の上を、小さな荷舟が南からのぼって来る。季節は冬にさしかかったところで、頬かぶり短か半天の船頭の姿が寒そうに見えた。

――さて。

ハゲ松がいる料理屋を探しに行ったものか、それとも引き返して銀蔵の家に寄ったものかと、玄次郎は思案した。

父の勝左衛門が手札を出していた庄五郎が死んだと聞いて、玄次郎はがっかりしたが、銀蔵はその後、お佐代の素姓と庄五郎の下っ引をしていた仙太という桶屋を探してくれた。

仙太は、玄次郎の一家に災厄をもたらした事件については、何も知らなかったが、そのかわりに、ハゲ松こと十松という岡っ引の行方がわかった。ハゲ松が雪駄屋の話に出た岡っ引なら、事件の調べについて、かなりくわしいことが聞けるだろう。

そう思ったが、玄次郎は銀蔵に会う用を抱えていた。半月ほど前に、浄心寺裏の山本町で押し込みがあった。襲われたのは巴屋という真綿商で、盗まれた金は七十両ちょっとだったが、奉公人が一人殺されている。銀蔵はいま、下っ引を指図して、その調べにかかりっきりになっていた。

玄次郎は、ゆうべ三好町のよし野で銀蔵と調べの打ち合わせをしているが、今日は七ツ（午後四時）ごろに銀蔵の家で落ち合い、報告を聞くことになっている。お佐代殺しの筋は、奉行所には内密の調べだった。いわば私用である。ハゲ松という男に、さっそくにも会いたいところだが、いま追っている事件をなおざりには出来ない。

——あせることはなかろう。

櫓《ろ》の音をきしませて、荷舟が通り過ぎるのを眼で追いながら、玄次郎はようやくそう決心をつけると、銀蔵の家がある町に足を向けた。

二

六間堀ばたの銀蔵の家が見えるところまで来たとき、玄次郎はふと足をとめた。花床の表障子を開けて、ひとりの女が出て来たところだった。店の客かと思ったが、送って出たのが銀蔵だった。それに考えてみると、銀蔵の女房おみちは、ふだんは店で女の髪は結わない。道具を持って外に結いに行く。まるっきり家でやらないわけではなく、近所のかみさん連中が、急に駆けこんできて髪を結ってもらっているのを見たことはあるが、それは商売ではない。女は客ではないらしかった。

誰だろ、と思っている間に、女は堀ばたの路を玄次郎とは反対の方に遠ざかって、間もなく右手の路地に姿を消した。

——駕籠だな。

と玄次郎は思った。路地の突き当りが、このへんで又七と呼ばれている駕籠屋である。女は駕籠を雇うつもりらしい。そう思ったのは、女の身なりがかなり上等のもので、一見して裕福な商家のおかみというふうに見えたせいでもある。

遠目に見た感じだが、女は三十半ばだろう。駕籠を雇うからには、遠くから来たのだ。

「いまのおひとは誰だえ？」

店に入って玄次郎が言うと、客の髭をあたっていたおみちが、あら旦那、いらっしゃいましと言った。だがおみちは玄次郎がたずねたことには首を振った。

「さあ、どなたかしら？　亭主に何か頼みごとがあって来たようでしたよ」

二人の話声が耳に入ったらしく、茶の間の障子を開けて首を出した銀蔵が、旦那こっちへどうぞと言った。

「さっきの女は、何者だい？」

障子を閉めて、長火鉢のそばに胡坐《あぐら》をかきながら、玄次郎は言った。

銀蔵の家は居心地がいい。玄次郎のための座布団が用意してあるし、灰吹きには近ごろは玄次郎のきせるまで用意しておくようになった。土間から、お前さん、旦那にお茶さしあげて、とおみちの声がかかって、黙って坐ればお茶が出るようになっている。

「それが、妙な話でござんして」

お茶の支度をしながら、銀蔵がもごもごと言った。銀蔵の顔にはとまどうような表情が浮かんでいる。

玄次郎は、銀蔵の顔を見ながら、黙って煙草を詰め、長火鉢から一服吸いつけた。

「いえね、素姓はわかってますんで。さっきのひとは、材木町で青梅屋てえ畳表の問屋のかみさんですがね。言うことがもひとつ腑に落ちねえ」

「何を言いに来たんだ？」

「誰かに見張られてるって言うんですよ。気味がわるいから時どき見回ってくれろ、とこういう頼みなんですが、どうも話がぼんやり過ぎてね。どこをどう見回ったもんか、見当もつかねえ」

「銀蔵を目がけて来たというのは、何か引っかかりでもあるのかい？」

「引っかかりというほどでもござんせんが、半年ほど前に、青梅屋の近所の材木屋でたかりがありやして、そいつを片づけてやったのをおぼえてたらしいんで」

「ふーん、見張られてるか」

玄次郎はきせるを置いて、銀蔵が出した熱い茶をすすった。

「誰が見張られてるんだい？　かみさんか、ご亭主かそれとも店かい？」

「それが、さっき来たご本人だというんですがね」

「見張られてるってえのはどういうことかな？　見た感じが、なかなか色っぽい女だったが、齢は齢だぜ。まさか誰かが眼をつけてつきまとってるというのでもあるまい」

「そこですよ、旦那。見張られてるっていっても、誰が見てるのかわからねえというんですがね。ただ、外に出たりしたとき、誰かが後をつけて来たり、遠くからじっと見張ってると、こういう話です」

「……」

「どうです？　雲を摑むような話でござんしょうが」

青梅屋のおかみの名はおとせ。もともと青梅屋の家つきの娘で、娘のころから店に出ていたせいもあって、商売のことはよそから婿に来た旦那よりも明るい。

それで、店の商いは旦那にまかせているが、掛け取りにも回るし、畳表を納めさせている職人の店にも足を運び、また組仲間の寄り合いにも顔を出す。ときには取引き先と組んで、大名屋敷の畳替えを一手に請負う注文を取って来たりもする、やり手だった。

だが、そうして外歩きをしているうちに、誰かにつきまとわれているのに気づいたのだという。

「で、心あたりは？」

「それが何にも思いあたることがねえから、気味がわるいというんですがね」

「面白いな」

と玄次郎は言った。

「いつごろからだい？」

「本人は、気づいたのは二十日ぐれえも前からだと言ってましたな」

「少しあたってみたらどうかね？」

「だけど、このことは店の者には内緒にしてくれって言うんですぜ。いったいどうやって調べたらいいんですかい」

「へーえ、内緒にしてくれってか」

玄次郎の眼に、駕籠屋の又七の方に曲って行った、女のうしろ姿が浮かんできた。姿のいい女だった。まるい肩とほっそりした頸、かたちのいい臀のふくらみが眼に残っている。

「そいつはますます面白い。銀蔵、後をつけてるってえのは、案外ご亭主じゃねえのかい？」

「まさか」

「商売熱心だが、何しろ外歩きが好きなかみさんがいる。外で人にも会うだろう。ご亭主は内心気がもめてならねえが、商売のことだし、婿のひけ目もあるからして、めったなことは口に出せねえ」

「はあ」

「案じるに、そのご亭主、日ごろはまずかみさんの尻にしかれてるな。あんまり働きのいい女房を持つと、どうしてもそうなる」

「それ、あっしのことを言ってんじゃねえでしょうな」

「おみちかい。おみちは利口だから、お前さんを尻にしくわけがない」

「でも、たまには生意気な口をききますぜ。もっともそういうとき、あっしはガンと一発嚙ましてやりますがねえ」

「それだ。お前さんは婿じゃねえから、ガンと喰らわすが、青梅屋の旦那はそうはいかんだろうなあ。どうしても陰にこもる。そうか、おれもよし野のおかみに婿入りするのは、ちと考えもんだな」

二人の話が少しとりとめなくなって来たとき、客が帰ったらしく、おみちが茶の間をのぞいた。

「あら、やっぱりカラ茶」

おみちは笑いながら上にあがって来た。そして、いま漬け物でもお出ししますから、と言って台所に姿を消した。

「すると、何ですかい？」

銀蔵はわれに返ったように、話を引きもどした。

「あのかみさんに不審なことでもあって、青梅屋の旦那が後をつけてると……」

「そいつはどうかわからねえよ。ただ、店の者には内緒だというから、そんなこともありはしねえかということさ」

「わかりやした。じゃ、ざっとあたってみましょうか。もっとも、あっちの探し物がありやすから、すぐというわけにはいきませんな」

「どうだね。巴屋の方は、何か引っかかって来たかね」

「それがさっぱりでさ」

銀蔵は顔をしかめた。

「連中が入りこんだのが、大体のところ七ツ（午前四時）。仕事をして出て行ったのが、七ツ半（午前五時）といった見当で、早出の職人なんかは、そろそろ家を出ようかというきわどい時刻ですからな。いま、あのへんで怪しげな連中を見かけた者がいねえか、聞き回ってるところですが、なかなかうまい話が出てきません」

「そうか」

「ただ、巴屋の方の聞き込みでわかったことですが、押し込みは、どうも三人だったようです」

「ほう、一人ふえたか」

と玄次郎は言った。これまで押し込みは二人組だと思われていたのである。

「おすみという十五になる女中が、茶の間に引き立てられるとき、台所で水を飲ませてもらったと言いましたでしょう」

「そう言ってたな」

「そのおすみが、台所の窓、いつも閉め忘れて、おてつという年上の女中に怒られるんだそうですが、その横手の小窓からひょいと外を見ると、台所口の外にひとが一人立っていて、それが手拭いで顔を隠した女だったと言うんですな」

「女？」

「はい。念を押して訊いたんですが、間違いないって言ってました」

「そいつは見張り役かな？」

「そんなところでしょう。そんな大事なことを、どうしてもっと早く言わなかったって、あっしも怒ってやったんですが、おすみは、言えば窓を閉め忘れたことを怒られるし、それにそのときは肝っ玉がひっくり返って、心ノ臓が飛び上がるようで水を飲ませてくれと泥棒に頼んだくらいですからな。窓の外に見えた女のことも、しばらくは忘れていたそうです」

「無理もねえな。十五といやァ、まだ子供だ」

「ま、新しくわかったことは、こんなことぐれえですがね」

二人はおみちが出して来た漬け物をつまみながら、お茶をのんだ。だが、ひと息つく間もなく、店に客の声がして、おみちは襷をとりあげて部屋を出て行った。

「前にも言ったがな、銀蔵。巴屋の押し込みは、なかなか手順よく運んでるのだ。

あっという間に家の者を茶の間にあつめた手ぎわといい、裏の潜り戸から入ったらしいが、それも無理にこじ開けた形跡はない。一時は家の中に加担人がいたかと疑ったぐらいだ。そうだったな？」

「へい、しかしそういう人間はいませんでしたぜ」

「いなかった。いなかったが、それじゃどういうことかというと、巴屋の内情をかなりよく知っている人間のしわざじゃねえか、という疑いが残ったわけだ」

「それも調べてはいますが、いまんとこはね」

「そこに今度、もう一人女が出て来たのだ。突っこんで調べてみな。案外この女と巴屋が繋がっていないもんでもねえ」

「わかりやした」

銀蔵はうなずいた。そしてふと思い出したというように玄次郎の顔を見た。

「旦那のほうはいかがでした？　仙太は何か喋りましたかい？」

「それがさ。なにせ昔の話で、やっこさん何にもおぼえておらん。もっとも無駄足てえわけじゃなかった。ハゲ松という名前を聞いたことがあるかい？」

「ハゲ松？　はて？」

「おれもはじめて聞いた。十松というそうだが、その男が、やはり昔おれのおやじから手札をもらっていたらしい。居場所が知れたから、明日はそのとっつぁんに会ってくる」

三

仙太は茶屋だと言ったが、たずねて行くと、そこはかなり古びた小料理屋だった。場所は三十三間堂の北で、油堀の河岸だった。にぎやかな場所からは、ちょっとはずれている。

ちょうど店先を掃いて、水を打っていた年寄りがいて、見ると横鬢に一文銭ほどのまるいハゲがある。ハゲ松本人だった。娘に引き取られて楽隠居かと思ったら、尻などはしょって、けっこう娘にこき使われている感じであった。七十近い齢に見え、かなり腰が曲ってる。

「お前さんが十松さんだな？」

玄次郎が言うと、老人はひしゃくを握ったまま、鈍い眼で玄次郎を見返した。干魚のように艶のない細長い顔をしていて、容貌には昔のなりわいをしのばせるようなものは何もない。

「神谷勝左衛門というひとを知ってるか」

玄次郎はそう言ったが、ハゲ松はぽかんと口をあいている。

「もと北の定町廻りでな。神谷勝左衛門という者がいた。おぼえとらんか？」

「神谷さま」

ハゲ松はようやく声を出し、ひとつ合点をした。

「あっしの、旦那だったひとだ」

「そうか。おぼえておったか」

「……」

「わしは、神谷の倅だ」

「へい」

ハゲ松はじっと玄次郎を見た。そのうちハゲ松の眼に、みるみる涙が盛り上がってきた。こりゃ、どうもとハゲ松は呟いた。

「神谷さまのお坊ちゃまで……」

「坊ちゃまという柄じゃねえがな」

玄次郎はテレた。

「ちっとお前さんに、聞きてえことがあって寄ったが、かまわねえかい？」

「さいですか。神谷さまのお坊ちゃまで」

ハゲ松はくりかえしながらすすり上げ、涙と垂れさがった鼻水を平手でこすった。

そのとき、開いた格子戸の中から、四十半ばの肥った女が姿を現わした。

「あらあら、じいちゃんまた泣いてんの？」

女はほがらかな声でそう言ったが、警戒するように玄次郎を見ながら寄って来た。

「お奉行所の旦那ですか？」

女は小さい声になった。身なりでわかったらしい。

「何かうちのじいさんにおたずねの筋でも？」

「いや、そうじゃない」

玄次郎はいくぶんうろたえ気味に言った。

「ちょっと昔のことを聞きたくて寄ったのだが、話してもかまわんかな？」

「昔のことというと、十手を握ってたころのことですか？」

「そうだ。わしはこのじいさまに手札を出していた神谷という廻り方の伜だ」

玄次郎はそう言ったが、女はハゲ松のように懐しそうにもせず、むろんお坊ちゃまとも言わなかった。むしろ、いくぶん迷惑そうに眉をひそめた。

「昔十手を握ってたことは、ご近所には内緒にしてるんですよね。うちは商売が商売でしょ。外聞がいいことじゃありませんから」

「そうか。しかし近所に触れまわるつもりじゃねえよ。こっそり聞きただすことがあって来たのだ」

二人が話している間、ハゲ松はひしゃくを握ったまま、耳を澄ませる顔つきでじっと立っていた。

そのハゲ松を振り向いて、女は白粉やけのした肉の厚い顔に、やっと微笑を浮かべた。

「それでしたら、家の中へどうぞ」

「すまんな」

「でも昔の話などおぼえてますかしらね。なにしろ近ごろは耄碌《もうろく》がひどくて、何かというとすぐさっきのように泣き出しちゃうんですから」

玄次郎は、ハゲ松が居間にしている部屋に通された。さっぱりとした掃除が行きとどいた六畳の部屋だった。はじめにそっけない様子をみせた女も、玄次郎を部屋に通すと、火鉢にたっぷりと火を入れ、お茶を出した。

ハゲ松は、女が言うとおりかなり耄碌していて、お佐代殺しの調べも、玄次郎が長長としゃべって、やっと思い出させる始末だったが、不思議なことに肝心のところはおぼえていて、玄次郎が間違ったことを言うと、すばやい反応を示した。

「その歓喜院という坊主だが、どこの坊主かさっぱりわからん。だいいち歓喜院という寺が見つからんのだな」

玄次郎がそう言うと、ハゲ松は顔をあげて玄次郎を見た。そして口をとがらせた。

「坊ちゃま、それは違いますよ」

「何が違う？」

「歓喜院という男は、寺持ちの坊主じゃなくて、法乗院に厄介になっていた行者でさ。お佐代殺しがあって、しばらくして行方をくらましましたが、その前は歓喜院の祈禱《きとう》はよく利くというので、そりゃもう、深川一帯で大変な評判でござんした。ひところは法乗院の前に毎朝行列が出来たものです」

歓喜院の祈禱が評判になったのは、諏訪町の札差井筒屋の内儀が、歓喜院の祈禱で難病をなおしてもらったからだった。井筒屋は、もともと法乗院の大檀那だった。法乗院の奥にある冬木町に別宅があって、そこで養生をしていた内儀が、たまたま檀那寺で歓喜院に会い、祈禱をうけたのである。

雪駄屋の娘お佐代は、そのころ行儀見習いで井筒屋の別宅に奉公に行っていたが、ある秋の夕方、ひと晩のひまをもらって奥川町の家にもどる途中の道で、何者かに斬殺された。

神谷勝左衛門は、お佐代殺しの背後に、井筒屋と歓喜院の繫がりがあるとみて、はじめは庄五郎を使い、のちにはハゲ松を使ってその調べをすすめたのである。

これだけのことをハゲ松から聞き出すのに、一刻以上もかかった。障子に射していた日射しが白っぽく変り、部屋の中に薄闇がただよいはじめたのを感じながら、玄次郎はハゲ松の顔にじっと眼を据えた。

「おやじの調べを書き残したものに、お佐代殺しの背後に、眼をそむけるばかりの淫風があるとあった。ひらたく言えば、寺の中で男と女がいいことをしておったという意味だろうが、これは確かなんだな？」

「そいつが、つまり……」

ハゲ松は口ごもった。

「ご祈禱というのは、表向きのこってござんしてね。歓喜院てえ野郎は、つまり金のありそうなかみさん連中を、色仕掛けでひっかけて、がっぽり祈禱料をせしめてましたんで、はい」

「……」

「そういうかみさん連中が、祈禱が利いた利いたと言いふらすもんで、金がねえ連中まで押しかけちまった」

「色仕掛けという証拠は摑んだのかい？」

「なかなか、口が固うござんしたが、あっしは二人ばかり口を割らせました。しかしこちとら、寺に踏みこんで行ける身分じゃねえもんで、その場を見たわけじゃねえですよ」

「書きつけにも、そう書いてあった。それでだ。おやじは寺社奉行の方にこっそりわたりをつけて調べてもらったらしい」

「へい、そういうお話でござんした」

「そのときの寺社奉行というと、堀井伯耆守《ほうきのかみ》さまだ。調べにあたったのは、堀井さまのご家中で当時寺社役を勤めたおひとかと思うが、ひょっとすると、その下の同心かも知れねえ。お前さん、そういうひとの名を聞いてねえかな」

「……」

「おやじは、この調べをごく内密にすすめていたようだから、そのひとにも多分こっそり会ったはずだ。どうだ、寺社方の役人の名を聞いたことはないか？」

ハゲ松はじっとうつむいて考えこんでいる。玄次郎は、その姿を見ながら、無理かと思った。ハゲ松が思い出せなければ、堀井家の藩屋敷に行って聞き出すしかないが、それはかなり厄介な仕事になりそうだった。

「どうだい？　思い出せんか」

もう一度言ったとき、足音がしてハゲ松の娘が顔を出した。

「ごめんなさい、まっくらになっちゃって。いま灯をいれます」

女は行燈のそばにうずくまって、手早く灯を入れた。そして玄次郎を振り向いた。

「旦那さんに、お客がみえてますよ」

「客？」

「銀蔵というおひとです」

玄次郎は、膝を起こしてハゲ松にまた来ると言った。すると、ハゲ松が顔をあげて、不意にはっきりした声で言った。

「思い出しましたよ、神谷さまのお坊ちゃま」

「思い出したか？」

「印南さまというおひとです。印南数馬さまとおっしゃいました」

「や、助かった」

と玄次郎は言った。ハゲ松のひとことで、神谷一家に凶事をもたらした事件が、新しいとびらを開いたのを感じたのである。

神谷勝左衛門は、寺社方に連絡をつけた。だが例繰り方の伊佐老人から借り出した記録は、そのあと急に記述が曖昧になり、突然に途絶える。玄次郎の母と妹が、通り魔に似た凶刃に襲われて死んだのは、そのあとなのだ。

印南という堀井家の家臣が、どういう身分の男かは知らないが、会うことが出来れば事件の闇の部分を話してくれるかも知れない、と玄次郎は思った。もう一度、助かったぞと言い残して、玄次郎は女と一緒に部屋を出た。

ハゲ松の家は、小部屋がいくつもあって、そこでも飲めるつくりになっているが、入ったところの土間にも飯台が置いてあって、早くも数人の客がいた。

入口のそばに立って、浮かない顔で酔客を眺めていた銀蔵が、玄次郎に顔を向けた。

「急用か？」

雪駄をつっかけて土間に降りながら、玄次郎がそう言うと、銀蔵が身体を寄せて来て囁いた。

「まずいことになりました。青梅屋のおかみが、人に襲われて怪我しました」

「いつだ？」

「へい一刻ほど前ですよ」

「怪我はひどいかえ？」

「おかみの方はほんのかすり傷ですが、お供について いた小僧がかばったらしく、大怪我をしてます」

「よし、すぐ行ってみよう」

と玄次郎は言った。

事件が、急にいくつも折り重なって押し寄せて来たのを感じた。

四

青梅屋の主人は、おとなしそうな男だった。事件については、何も思いあたることがないと言い、町を歩いていた女房が、通りすがりの乱暴者にでも傷つけられたと思っている様子だった。

「そんな刃物を持った男が、人にまぎれてうろうろしているようでは、あぶなくて外も出歩けませんな」

と言って顔をしかめた。四十前後の、色白で面長、品のいい旦那顔の男である。

「怪我人のぐあいはどうだ？」

玄次郎は聞いた。

「幸助はかわいそうに指二本をなくしました。それと、家内をかばって背を向けたところを斬られて肩から背中にかけて大きな傷を負いましたが、医者の話によると、こっちは見た目より浅い傷だと申します」

「おかみの方は？」

「家内は腕を刃物でかすられただけでございますが、なにしろ気が転倒しておりまして、すっかり病人になってしまいました。ただいま医者に薬をもらって眠っております」

「旦那に、何か心あたりは？」

「心あたり？　と申しますと……」

「誰かが、こちらさんを怨んでいたとかいうことだな」

「そんな、お役人さま。青梅屋はひとの怨みを買うような商いはしておりません。家内にしたところで、あれはいたって気がやさしくて、人に怨まれるような女子《おなご》じゃありませんです」

「二人に会わせてもらえるかな」

「お会いになって、どうなさいます？」

「襲って来たのがどんな奴だったかも聞きたいし、ひょっとしたら、おかみに心あたりがあるかも知れねえ」

「まさか」

主人は苦笑いした。

「心あたりなんか、あるはずがありません。そうですなあ、そういうおたずねなら、明日にお願い出来ませんでしょうか。幸助はなにしろ高い熱が出て唸っておりますし、家内の方は申し上げましたように半病人で。明日になれば、おたずねのことにお答えも出来ると思いますが、いかがでございましょう」

「さようか。いや、明日でもかまわんが」

玄次郎は、主人の顔を注意深く眺めながら、不意に言った。

「おかみが、近ごろ何者かに後をつけられていたというのを、知っとったか？」

え？　と主人は眼を瞠《みは》った。

「家内がつけられる？　誰です？　後をつけたりするのは」

「いや、それはわからんが、するとそのことは、ご主人はおかみから聞いてはいねえのだな？」

「いいえ、初耳でございます。ふーん、そんなことを言っておりましたか？」

主人は腕を組んで、また顔をしかめたが、不意に気づいたように顔をあげた。

「失礼ですが、どうしてまた、そのようなことをご存知で？」

「こちらの銀蔵親分に……」

と言って、玄次郎はうしろに坐っている銀蔵を振り向いた。

「そう訴えて来たそうだ。もっともおかみにも心あたりはなく、ただそんな気がするという話だったらしいが、女のカンは鋭い。やはり本当だったわけだ」

「すると、行きずりの乱暴者じゃなかったということですか？」

そう言った青梅屋の主人の顔が、わずかに引きつったのは、恐怖のせいに見えた。

明日、また来ると言って、玄次郎は銀蔵をうながすと青梅屋を出た。

「どうだね、銀蔵」

堀川町に架かる橋を渡りながら、玄次郎が言った。

「あの旦那に怪しいところが見えたかね？」

「まずかかわりござんすまい」

と銀蔵は言った。

「じつは昨日、旦那にああ言われてたもんで気になりやしてね。あれから材木町に行って、青梅屋の奉公人を一人つかまえました。喜七という通いの手代ですが、赤提燈に連れこんで一杯飲ませたら、聞きてえことは大概喋ってくれました」

「ふむ、それで？」

「旦那は旦那で商売熱心で、一日中店を離れることはないそうです。お察しのとおり、家の中ではかかあ天下といったことらしいですが、べつにそれで揉めるようなこともなく、夫婦仲は至極よろしいそうです」

「すると、おかみを疑って、旦那がふらふら後をつけたり、ひとを雇ってつけさせたりということは、まずないと見ていいか？」

「あっしは別の筋だと思います。今日の騒ぎも本物でござんしょう。小僧があれだけの怪我をしてますからな」

事件は、日の落ちぎわに起きた。青梅屋のおかみが、小僧の幸助を連れて、黒江町の方から堀を渡って三角屋敷の河岸まで来たとき、前の方から歩いて来た頬かむりの男が、いきなり刃物を出しておとせに斬りかかった。

それを見て、幸助が前に出ておとせをかばった。幸助は小僧といっても齢は十五で、背丈はおとせよりもある。幸助は一たん刃物を手で摑んだが、だめだとわかると、道にうずくまってしまったおとせの上に、覆いかぶさるようにした。そのとき背を斬られたのだが、道にはまだ人通りがあり、店も開いていた。

ひとが駆けあつまる気配を察したか、頬かむりの職人体の男は、すぐ三角屋敷と平野町の間の道に走りこんで、姿を消した。あっという間の出来事だったと、報《し》らせをうけて駆けつけた銀蔵に、近くの者が話したという。

「お前さんを呼んだのは、おかみだって？」

「へい」

「気が動顛《どうてん》している中でお前さんを呼んだのは、だ。何もお前さんをそれほど頼りにしているというわけじゃない。おかみは昨日話したことを、あくまでもまわりには内密にしておきてえわけがあるのだ」

「なるほど、そうですか」

「そうですかって、お前さん、青梅屋のおかみに好かれているとでも思ってたかね」

「とんでもございません。それにあっしは、あのテの大年増は苦手で」

「よく言うよ。ま、それはそれとしてだ。青梅屋のおかみはいったい何を隠しているのか、明日はそいつを聞き出さないことには、ラチあくめえよ」

五

部屋に入って来て、もの静かに挨拶したあと、ひっそりと坐ったおとせを見て、玄次郎は何となく心の中でうなった。

齢は三十七だとわかっている。だが見た眼には三十そこそこにしか見えなかった。うすい皮膚に、目立たないほど血の色が浮かび、頸や肩のほっそりした印象を裏切って、胸は厚い。青梅屋のおかみには、尋常でない色気があった。

「腕の怪我は、いかがですかな」

と玄次郎は言った。おかみに聞きたいことがある、と言ったので、主人は遠慮して来なかった。

「はい。まだ痛みますが、大したことはございませんそうで。わたくしより、幸助が可哀そうでなりません」

おとせはそう言って眼を伏せた。

「外へ行くときは、いつもあの子を連れて行くのかね?」

「いえ、そうでもございません。女中を連れて出たり……」

「一人のときもあるわけだ」

「はい」

「ところで銀蔵に聞いたのだが、誰かにつけられているのに気づいたのは、ざっと二十日前からだそうだな」

「さようでございます」

「そのころ、あんたに何か変ったことが起きなかったかね」

玄次郎がそう言ったとき、おとせのまつげがぴくりと顫えた。おとせは顔をあげて、途方にくれたように玄次郎を見た。

「そのころ、ふだんと変ったことがあったんじゃないのかね。洗いざらい言ってくれねえと困るぞ。でねえと、お上もあんたを守ってやれないよ」

「……」

「と、言うのはだな。あんたが何かにかかわり合って、それをわれわれに隠しているのでなければ、あんたは自分でも気づかぬうちに、何か見たか聞いたか、とにかく厄介なことにかかわり合った疑いがあるのだ。とすれば、昨日のようなことは、またあると考えなくちゃならねえよ」

「どうすればいいんでしょ？」

「だから、人につけられるようになる前に、何かあったのなら、聞かせてもらいてえのだ」

「あの、主人には内緒にして頂けますか？」

そう言ったとき、おとせの顔は、不意に真赤になった。だがそれは一瞬のことで、おとせはみるみる血の色を失った。そのかわりに光る眼がじっと玄次郎を見つめた。

「内緒にしてもらわないと、わたくし生きていられません」

「いいよ。黙っていると約束しよう。役所に遠慮もいらねえ。さあ、話した」

「あるひとと、出合茶屋というところに行きました。誰かに見張られていると思うようになったのは、そのあとからです」

「ふむ、あるひとだけじゃわからねえな。誰だい、その果報者は？」

おとせは、離れた町に住む、同業の店の主人の名前を言った。

「ふーん、その男とちょいちょい出合茶屋に行くのかね」

「いいえ、とんでもございません。あんなことははじめてですよ。組仲間の集まりで酔って、魔がさしました。ほんとに後悔しております」

玄次郎は、出合茶屋の場所を聞いた。そこは、ハゲ松の店からさほど遠くない東仲町の中だった。

「ふむ、その出合茶屋の中とか、入る前とか茶屋を出たあととか、何かそのへんで変ったことに出会わなかったかな？」

「さあ」

そう言ったまま、おとせは片手を頰にあてて首をかしげた。そういうわずかなしぐさにも色気が匂う女だった。

これじゃ、酒の酔いにまかせてくどく気になった男の気持もわかるな、と玄次郎は思った。もっとも、これからその男も調べてみなければなるまい。

「思い出せんか。何か妙だと思うようなことを見てないかね。たとえばだ、出合茶屋の軒下で、盗っ人が、これから盗みに入る家のことで相談をぶっていたとか……」

「相談？」

おとせははっとしたように玄次郎を見た。

「何か思い出したか？」

「そういえば、ちょっと妙なことがありました。いま、おっしゃられて思い出しました」

その出合茶屋の中で、おとせは手水《ちょうず》を使うために部屋を出た。手水のあり場所は、廊下の突き当りに見えていて、廊下の片側は庭、片側に部屋が並んでいた。

あたたかい日で、廊下の障子戸はところどころ開いていて、暮れかけた弱い日射しが庭を染めているのが見えた。

――いまならそんなに晩《おそ》くなく、家にもどれる。

おとせは、犯してしまった罪のこわさから、わずかでものがれるようにそう思った。酒も浮気心もすっかりさめて、胸の中は後悔でいっぱいになっていた。

自分を誘った男を、おとせは嫌いではなかった。同年輩でやり手の商人、組仲間の集まりでもしっかりした話をし、風貌も男らしい人間である。おとせは、知り合ってからこのかた、ずっとその男に好意を持ち続けて来たといってもよい。

だがそういう気持と、その男とこういう場所に来ることとは、まったく別のものなのを、おとせは思い知らされた。喜びは少なく、世間に対するおびえが生まれた。

襖が開いて、急に一人の女が廊下に出て来たとき、あんなに驚いたのも、そのおびえのせいだったろう。おとせは驚いて身を引き、女を見、女のうしろに見える部屋の中を見た。女はすぐに襖を閉めた。

「その部屋に、男が二人いたんですよ」

「男が二人？」

玄次郎は注意深くおとせを見た。

「すると、その部屋には女一人と男二人、つまり、三人、ひとがいたというわけだな」

「はい」

「間違いないだろうな」

間違いない、とおとせは思った。おとせはおびえ、おびえながら一瞬の間に、女の部屋の中の人間が、もしや自分を見知っている者ではないかと確かめたのだ。

「間違いございません」

「ふむ」

玄次郎は、あごを指で掻いた。

「出合茶屋の部屋に、ひとが三人か。こりゃ、やっぱりおかしいや」

「そうでしょうか」

「ふむ、ひょっとしたら、あんたはそのためにつけねらわれたかな。ま、そいつは茶屋の方を調べてみりゃわかることだ。ところで、女の顔は見たかい？」

「はい」

まる顔で小肥り、背はあまり高くない二十過ぎの女だったと、おとせは言った。

「男の方は？」

「一人はご浪人さんでした。もう一人は職人さんのような……」

「ちょっと待った」

と玄次郎は言った。

「侍と職人という取り合わせは妙だが、その職人というのは、昨日あんた方を襲った奴とは違うかね」

「さあ」

おとせが首をかしげたとき、襖の外で銀蔵の声が、旦那こちらですかと言った。

「入っていいぞ、銀蔵」

玄次郎が声をかけると、部屋に入って来た銀蔵が手拭いで顔を拭いた。走って来たらしく、銀蔵は首筋から顔のあたりまで湯気を立てている。

「巴屋の方で、何かわかったかい？」

「それがです」

銀蔵はおとせの方をちらりと見て、玄次郎の耳に口を寄せた。

「ちっとうさん臭い女が見つかりました」

「女？」

「へい。呉服の背負い売りでよく巴屋に出入りしているおきんという女ですが、この女が例の押し込みがあった前の日の夕方晩《おそ》く来て、商いの話の途中ではばかりを借りたそうです。そのはばかりというのは、裏口のそばにあるんですがね」

「その女が、裏塀の潜り戸に細工したという見込みかね」

「ま、おきんにあたってみなきゃ、何とも言えませんがね」

「どんな女だい？」

玄次郎が聞くと、銀蔵はいっそう耳に口を寄せて、囁き声になった。玄次郎は黙って聞いていたが、銀蔵が身体を引くと、不意にくすくす笑いながら、青梅屋のおかみに言った。

「おかみ。銀蔵親分にさっきの話に出た女の様子を聞かせてやってくれないか」

「齢は二十過ぎに見えました。まる顔で、眼にちょっと険がございましてね。背はわたくしより低くて小肥りに肥ったひとでした」

「お、お」

と銀蔵は眼をまるくした。

「こいつはどういうこってすかい？」

「巴屋の事件と、こちらのおかみの事件が繋がったのさ。野郎二人がつるんで行くところじゃねえが、銀蔵、これからちょいと東仲町の出合茶屋に行ってみようじゃないか」

六

「冷えてきたな、銀蔵」

「へい。冷えてもきましたが、この分じゃ間もなく日が暮れますぜ」

神谷玄次郎と岡っ引の銀蔵は、蛭子《えびす》ノ宮の鳥居の下にいた。稲富清十郎という浪人者の帰りを待って、昼過ぎからおよそ二刻（四時間）近くも、寒空の下にそうして立ったりしゃがんだりしていたことになる。

そこは油堀と二十間川がぶつかるところで、油堀の方からも、境内のうしろを流れる二十間川の方からも、時折り強い風が吹きつけて来て、鳥居の下の二人を顫え上がらせる。だが立っているところは、北の永居橋も、稲富が住んでいる宮川町の裏店の入口もよく見え、見張るには恰好の場所だった。

二人は、青梅屋のおかみの言ったことを確かめるために、東仲町の出合茶屋に行ったのだが、ひとつ部屋に男二人、女一人で入ることがあるかと言うと、茶屋の主人は笑い出した。

「旦那、ここは出合茶屋で商売をしている家ですよ。お役人さんの前でナニですが、男と女がしんねこで逢瀬をたのしむ場所でござんしてね。そりゃ、何かの見間違いでしょうよ」

ばかばかしいことを聞いたというような、主人の口ぶりだった。

――連中、ここで押し込みの相談をしていたらしい。

青梅屋のおかみは、偶然にその場を見てしまったために、それとなく監視される羽目になったようだと玄次郎は思った。おそらくおかみは、六間堀の銀蔵の家をたずねたときも見張られていたに違いなく、襲われたのはそのせいかとも考えられた。

主人の言うとおりで、浪人者と職人は、それぞれ別べつの女を連れて入り、中で落ち合ったと考えると、辻つまが合うようだった。

玄次郎は、二人の男と一緒にいた女、おきんの様子を話し、素姓を知らないかと聞いたが、出合茶屋の主人は首を振った。だが、浪人者のことをたずねると、無造作にこう言ったのである。

「そのお方なら、宮川町で手習いの師匠をなさっているご浪人さんでさ。独り者とみえて、ちょくちょく女連れでおいでなさいますよ。はて、稲富さんとおっしゃったかね」

その稲富清十郎は、裏店の者の話によると、朝から出かけているという。手習い師匠としての評判は悪くなかった。ごく穏やかな人柄で、子供の面倒見がよく、月謝の払いがとどこおっても催促がましいことは言わない。親は金の工面がつかず、米などを持って行くこともあるが、それでも喜んで受け取る。時どき小肥りの女が来て、食事の面倒をみて帰ったりするが、まだ独り身で、齢は二十七、八。

「来ましたぜ」

不意に、銀蔵が囁いた。銀蔵の声には強い緊張があらわれている。

玄次郎も、永居橋を渡ってこちらに来る二つの人影を見ていた。日が落ちて、油堀の向うにひろがる町の上に、赤黒く夕焼けた空がひろがっている。その空から浮き上がってくるように、黒い人影がゆっくり近づいて来た。一人は浪人者で、一人は女だった。

玄次郎は十手を腰にもどすと、ぐいと刀の鞘《さや》を抜き上げて、鯉口を切った。裏店の評判にもかかわらず、浪人者の足の運びには、それだけ用心を強いる隙のない感じが見えた。

「稲富はおれが引き受ける。お前さんは女を押さえろ」

言い捨てると、玄次郎は鳥居の下から道に出た。それを見て、歩いて来た男女が立ちどまった。

次の瞬間、女が身をひるがえして橋の方に逃げた。それを追って、銀蔵が走って行ったが、稲富という浪人は二人には眼もくれず、じっと玄次郎を見つめた。腕には自信があるらしく、足ははたしていつでも抜き打ち出来るほど、軽くひらいている。

「稲富というそうだな。巴屋で押し込みを働いたろう。手数をかけずに、そこの自身番まで同道してもらおうか」

稲富は微動もせずに玄次郎を見つめている。細面のきりっとした男ぶりで、身なりも悪くない。穏やかな手習い師匠に見えた。

「何をおっしゃるやら」

稲富が呟いたのが聞こえた。と思ったとき、稲富の身体がぐいと沈み、白光が玄次郎を襲ってきた。ほの暗い地面から、光だけが走って来たようで、稲富は踏みこんだ足に音を立てなかった。

反射的に体をひねりながら、玄次郎は抜き合わせた剣で、稲富の一撃をはらい上げていた。玄次郎は、小石川竜慶橋に直心影流の道場をひらく酒井良佐の高弟である。もっとも近ごろ道場にはめったに顔を出さず、稽古は怠けたままだが、斬り合いになると、身体が習いおぼえた動きをとっさに思い出したようだった。

二人はすれ違ったまま走り、五間の距離をおいてまた向き合った。稲富の剣が、高く上段に上がっている。逃げはせず、決着をつける構えだった。

青眼に構えたまま、玄次郎は稲富の構えに眼をこらした。一分の隙もない、見事な構えだった。用心したのは間違っていなかったのだ。

――ふむ、この腕で押し込みを働くとは、惜しいな。

ちらとそう思ったほどである。玄次郎は少しずつ間合いをつめた。稲富は微動もしない。間合いがせばまると、上段の剣がすさまじい圧迫を加えてくる。その圧力に逆らいながら、一寸きざみに、玄次郎は間合いをつめていった。

およそ三間、と感じたとき、稲富が音もなく疾走して来た。うなりをあげる剣が、宙から落ちかかる。玄次郎は刃を合わせて、強くはね返した。わずかに流れた敵の小手を打つ。だが稲富も、翻転して玄次郎の肩を打ちながら、するするとうしろにさがった。

玄次郎は猛然と前に出た。うしろにさがりながら、稲富の剣がまた上段に上がる。その剣が振りおろされる直前に、玄次郎はぴたりと足をとめて体を沈めた。

その上に踏み出した稲富が剣を振りおろした。

相討ちのように見えたが、のび切った胴を薙《な》いだ玄次郎の剣が、わずかに早かった。すり抜ける玄次郎の身体に覆いかぶさる形になった稲富清十郎の身体が、もんどり打って地面に落ちた。そのまま稲富は起き上がれず、長長と地面にのびたが、玄次郎は胴にはらった一撃の前に刃を返している。

「こっちも縛ってくれ。ひさしぶりにひと汗かいたぜ」

つかまえた女、おきんの縄尻を摑んだまま、茫然と斬り合いを眺めていた銀蔵にそう声をかけると、玄次郎は手のひらで額の汗をぬぐった。

じっさいに、おびただしい汗をかいていた。稽古を怠けているむくいだな、と思った。

町人姿に装った銀蔵が、下谷にある堀井家の江戸屋敷から出て来るのを見ると、玄次郎はすぐに近づいて行った。

「どうだった？　印南というおひとはいたかね」

「それが、いまはお国元だそうです」

「そいつはまずいな」

「いえ、来年の春先には、江戸詰でいらっしゃるそうですから、もう少しの辛抱ですよ」

そうか、印南数馬は春には江戸に来るのかと玄次郎は思った。死んだ父が中断を余儀なくされた事件が、切れずにまだ続いているのを感じた。

霧の果て

一

酒と肴はおかみのお津世《つせ》がはこんで来た。いつもとは様子が違うとさとったらしく、お津世はよけいな口もきかず、神妙な顔で酒肴をすすめて部屋を出て行った。

神谷玄次郎は、銚子を取り上げた。

「いかがですかな、まず一杯」

「いや」

と相手は言った。片手を上げて遮る身ぶりをみせた。

「それより先に、お話というのをうかがいましょうか」

印南数馬。堀井伯耆守《ほうきのかみ》が寺社奉行を勤めたとき、足軽の中から抜擢《ばってき》されて寺社役付同心を勤め、帰国したあとは、若干扶持《ふち》を加えられて藩の横目《よこめ》を勤めていたとわかっている。探索の仕事を主とする点で、横目は寺社役付同心と似ているとも言える。印南は、つい半月ほど前に江戸詰で上府し、下谷の藩邸に入った。

齢は四十に近いだろう。背は低く、肥り気味で少し腹が出ていた。だが、浅黒い顔に表情がとぼしいのは、長年勤めてきた横目という職掌のせいかとも思われた。

玄次郎は銚子を膳の上にもどした。印南数馬が上府したことを知るとすぐに、玄次郎は岡っ引の銀蔵を使って連絡をとった。そして一度藩邸の近くで会い、短い立ち話をしている。そのとき玄次郎は、北町奉行所の同心という身分を明らかにし、探索の心得にしたいので、印南が寺社方にいたころの昔話を聞かせてくれないかと申し入れたのだ。

断わられるかと思ったが、印南は断わらなかった。非番の日に、三好町の小料屋よし野で晩飯でも、という誘いにもあっさりとうなずいた。だが、いま酒を遮った印南の態度には、どことなく玄次郎を警戒する素ぶりがあらわれている。

玄次郎は、母と妹が斬殺されるという、十数年前に神谷家を襲った異常事について、あるいは核心になる事実を握っているかも知れない男の顔をじっと見た。大事のお客さんだ、御意にさからっちゃならねえ、と腹の中で呟いた。

「ごもっとも」

玄次郎は微笑した。

「酒はあとにしましょう。では、さっそくにおたずねするが……」

「………」

「いまから十五年前。つまり印南どのが寺社方で働いておられたころの話になりますな。そのころに深川の法乗院に探索の手を入れられたことがあったと思うが、いかがですかな？」

印南は答えなかった。黙って玄次郎を見返している。もともと表情のとぼしい顔に、さらに模糊としたいろが加わったようでもあった。

「いかがでござろう?」

「それは……」

不意に印南が言った。

「お奉行所同心としてのおたずねでござりますかな?」

「……」

「つまりお調べかとお聞きしているわけですが……」

「いや、いや」

玄次郎は手を振った。

「先日お会いした折りに申し上げたとおり、ただ探索の心得までにお聞きするだけで」

「さようですか。それでは法乗院への手入れはなかったと申し上げましょう」

「……」

「せっかくのお招きだが、どうもお話し申し上げることもないらしい。これで失礼するといたそう」

「ちょっと待った」

膝を立てようとした印南を、玄次郎は鋭く制した。

「こいつは、それがしが悪かった。もっとざっくばらんに申そう。じつを言うと、ちとお願いがあって来てもらったのだ」

印南の顔には、何の表情も動かなかったが、立ちかけた膝はもどした。そのままじっと玄次郎を見つめている。

「さよう、しからば勘弁してもらっておたずねしてえんだが、印南さん、古い話になるがあんた神谷勝左衛門という北の同心をご存じないか？」

「……………」

「知ってるはずだ。法乗院におかしな節があるというんで、あんた方に調べを頼みに行った男だが、その勝左衛門がおれのおやじでね」

「やっぱりそうでしたか」

と印南が言った。

「先日お会いして、そのあとで気づきました」

「あのあと、おやじがどういうざまになったか、ご存知ですかな？」

「いや」

「女房と娘を、何者かに殺されちまった。そして本人も急に元気をなくして病気になると、一年ほどして死にましたよ」

印南は黙っていた。浅黒く肉の厚い顔は、そうして沈黙していると、何を考えているか読みとれなかったが、印南は不意に顔をあげた。

「それで、それがしに願いというのは？」

「法乗院で、何を見たか聞かせてもらいてえのだ」

「……………」

「というのはだ。おやじがそのころ手がけていたのは、娘殺しの調べでね。殺されたのはお佐代といって、諏訪町の札差井筒屋の行儀見習いだった」

その事件を追っていた勝左衛門が、井筒屋の内儀が出入りしている法乗院に突き当り、そこで歓喜院という行者が、いかがわしい祈禱を行なっていることをつきとめた。勝左衛門は、お佐代殺しはその祈禱にかかわり合いがあるとにらんで、寺社奉行の手を借り、法乗院の内部を洗いにかかったのだ、と玄次郎は話した。

「ところが、それから間もなく、さっき言ったように、おふくろと妹が殺された。奉行所では色めき立ったそうだ。何者かが、おやじの調べを封じにかかったとみたのだな。むろん当のおやじには、そのことが誰よりもピンときたに違いない。おやじはそこでがっくりして病気になっちまった」

「……………」

「しかし奉行所では、おやじが調べたところから先のことを追おうとしたらしい。

ということはそのころはまだ、そちらと役所の繋がりがあったということだな。だが、役所の調べは突然に中止になった」

「こちらもご同様です。上の方からの指図で法乗院からは手を引きました」

「やっぱりそうか」

玄次郎は腕組みした。そして顔をあげると、それで？　と言った。

「探索に邪魔を入れたのが誰か、見当がついたかね？　おれの方の上役の話だと、かなりのお偉方だということだったが……」

「……」

「まさか、あんたのとこのお殿さまじゃあるめえな」

「いや、それは違いましょう」

印南は即座に否定した。

「下っぱのそれがしが知るところではありませんが、上の者から聞いたところでは、外からのお指図だということでしたな」

「ふむ」

玄次郎は印南の顔をじっと見た。

「おれのおやじは、娘殺しを追っていたのだ。何も法乗院などというものをつつこうなどと考えたわけじゃない。ところが、調べているうちに法乗院の祈禱師にぶつかった。それであんた方の助けを借りたという順序だろうが、ぶつかったのは行者崩れの祈禱師などというものじゃなかったらしい。おやじは自分でも気づかずに、もっと変なものをつつき出してしまったのだな、多分」

「………」

「あんた方、法乗院で何を調べなさった?」

「祈禱の中身ですな。それに歓喜院という行者の素姓、その男と法乗院、札差井筒屋との繋がり、信者たちの顔触れといったようなことです」

「歓喜院てえのは、いかさま野郎だったろう? 娘が殺されておやじが動き出したあと、行方をくらましたそうだが……」

「さよう、市井の女房連中から、色仕掛けで金を騙《かた》り取ったあとが、歴然としておりました。そこでわれわれは、とりあえず江戸市中から、近国の寺寺、神社まで書付けを回し、歓喜院が立ち寄り次第、身柄を押さえるよう手配したのでござるが、その直後に調べの中止を申し渡されました」

「ふむ」

「ところがです」

玄次郎を見た印南数馬の顔に、薄笑いが浮かんだ。笑いの陰に、どこか舌打ちするような表情が動いている。

「それから、およそ半年ほど経って、駒込のさる寺から、男の変死が届け出されました。数日寄食していた行者が死んだという届けでしたが、なんとこの男が姿をくらました歓喜院でした」

「ほほう。で、変死というのは？」

「外から帰って来たところを、門前で何者かに斬られたものです」

「当然あんた方で調べたんだろうな、その殺しは」

「はあ、しかし何者の仕業とも摑めませんでしたな」

玄次郎は沈黙した。黒い闇を見たようだった。歓喜院殺しは、多分母と妹の非業の死に繫がっているに違いない。調べがすすんではさしさわりがある何者かが、一方では母と妹を斬殺して腕ききの同心に圧力をかけ、一方で証拠人である歓喜院を抹殺したという筋書ではなかったか。

――証拠人は、もう一人いる。

父はどの程度の内情を摑んでの話かはわからないが、歓喜院と札差井筒屋を一味同類と見ていたのである。

「井筒屋の方はどうです？　あたってみましたかな？」

「ひととおりは」

と印南は答えた。

「歓喜院との繋がりをただしたというだけのことでござるが」

「で、何か得るところは？」

「それが表向きには何にも出ませんでしたな。われわれの立場としては、それ以上は押しようもござらん。そのあたりのことは、そちらさまのお父上にも、お伝えしたはずでござる」

「なるほど」

「十五年前のことでござる。それがしも若かった」

印南は思いがけなく私的な感情をのべた。いっとき過ぎ去った昔を懐しむように、印南は茫洋とした眼を部屋の隅にただよわせたが、すぐに玄次郎に顔をもどした。表情は変らないが、細い眼に光がある。

「井筒屋の調べにしても、いまなら何かを摑めたかも知れませんな」

印南がそう言ったとき、二階にひとが上がって来る足音がし、やがて襖の外から、お津世がお酒の方はいかがですか、と声をかけてきた。

「まだいい。呼ぶまで来てはならん」

玄次郎が言うと、お津世は娘のような声で、はいと答え、足音をしのばせて引き返して行った。

やっこさん、様子が違うんでびっくりしていやがると玄次郎は思い、浮かんできた微笑をそのままに、銚子を取り上げて印南に酒をすすめた。

「そろそろ、よろしかろう？」

印南は、今度はすなおに盃をつまんで、酒を受けた。

武骨に太い指だった。

「お話ししたとおりでな」

玄次郎は、自分も盃を起こしながら言った。

「どっかに黒幕がいたことは歴然としてるんだが、上の者はそれを知ってかどうか、口をつぐんだままだ」

「……」

「あんたの調べの途中でですな、こいつは妙だと思えるようなことはありませんでしたかね」

印南はつまんでいた盃を膳にもどした。そのまま顔をうつむけて考えに沈んだが、やがて顔をあげると、無言で首を振った。

二

玄次郎は、六間堀ばたの銀蔵の家にいた。さっき客があって、銀蔵の女房おみちは店に出ている。客の男は顔見知りらしく、ひげをあたるか、髪を結うかしてもらいながら、のべつまくなしに喋っている。

大体がそうで、この店では亭主の銀蔵よりも女房のおみちの方に人気がある。男客の中には、店に立つのがおみちだとわかると、露骨にうれしそうな顔をする奴がいる。どう見ても田舎のごんぼ掘りといった恰好の銀蔵よりは、同じ顔を剃ってもらうなら、ぽちゃぽちゃと肌のきれいなおかみにやってもらう方がいいと思うのは人情である。

いま店にいる客も、今日はあたったと思っているかも知れなかった。あんなに喋って、剃刀であごを切ったりしないかと心配するほど、何だかだと喋っているが、話の中身はたわいない。町内のどこそこの犬が仔を生んだとか、角の駄菓子屋の婆さんが店の前でころんで足を挫いた、年寄りは脆《もろ》いもんだとか言っている。相槌を打つおみちの声が、時どき聞こえる。

その方にちょっと耳を傾けてから、玄次郎は話をもどした。

「円林寺という寺だ。印南の話じゃ、目赤不動の近くだというから、行ってみりゃわかるだろう」

「かしこまりました」

「わかってるだろうが、岡っ引づらで寺の中に入って行っちゃならねえぞ。十手なんぞ、ここへ置いて行け」

「合点でさ」

「つまりは、斬られたのが確かに歓喜院かどうかをもう一度確かめる、もうひとつは門前で斬られたという、その殺されようだな。そいつを知りてえ。十何年前のことじゃあるが、印南の話だと時刻は六ツ半（午後七時）だというが、真夏の六ツ半といや、外にはまだ人がいたろう。誰かが見てたかも知れねえ」

「お寺社方は、そのへんは調べてないんで？」

「少しは聞いて回ったようだが、これぞといったもんは摑めなかったらしい」

「さいですか」

銀蔵は無精ひげのはえた顔を、にやりとほころばせた。おれならもう少しちゃんと洗うといった意気ごみが仄《ほの》見えたが、むさいひげ面はいただけない。

いくらいそがしいか知らんが、おみちもたまには亭主のひげをあたってやったらよさそうなものだ、と玄次郎は思った。

おみちの声に送られて、玄次郎と銀蔵は外に出た。季節は間もなく三月だが、炭火のある部屋から出ると、外は冷たかった。よく晴れて、雲ひとつない空に日ががやいているが、時おり吹きすぎる冷たい風が、光を奪って行くようにみえる。

「旦那はこれから、井筒屋へ？」

「そうしたいが、伊勢崎町の番屋にひとを待たせてある。大した用じゃねえが、ちょいと顔を出してから回る」

それじゃ、と言って銀蔵は背を向けた。玄次郎は逆に森下町の町並みの方に入って行った。今日は例によって町回りの方は怠けるつもりだったが、伊勢崎町で地境いの争いが起きていた。

双方ともに頭に血がのぼって、訴え出るのどうのと言っているのを町役人がなだめて、どうにか手打ちに持ってきた。今日は念書を取りかわすのだが、見回りのついでに、玄次郎に立ち会ってもらいたいと町役人の方から言ってきた。それで今日は、魚屋と瀬戸物屋の仲直りに顔を出すのである。

——井筒屋を、一度洗ってみないとな。

森下町の四辻から、小名木川の方に歩きながら、玄次郎はそう思った。

例繰り方の伊佐老人が、古いお仕置裁許帳の中から、埃をはたいて父勝左衛門が最後にかかわり合った探索書類を探し出したときから、玄次郎は長年怨念といった形で心の奥底にうずくまっていた解きがたい謎に、にわかに光があたったのを感じている。

闇の中に眠っていた事件は、お佐代という町娘の死が発端だったが、それが神谷家を襲った異常事、さらに当時の寺社方の同心印南の話によれば、歓喜院という行者の死にまで繫がる一連の事件として、ようやくおぼろな姿を現わしてきた。

町の見回りどころではなかった。玄次郎は当分この古い事件の追及にかかり切りになるつもりだった。さいわいに見回りの町町には、このところ盗みだ、人殺しだという物騒な事件は起きていない。

しかしかかり切りで調べるといっても、その調べには難点がある。公けには奉行所も時の寺社奉行も引いた事件である。そのことは支配与力の金子猪太夫からも念を押されている。だから調べはひそかにはこばなければならないのだ。

だが井筒屋の店がある諏訪町のあたりは、同僚の浅間七之助の回り区域である。井筒屋に顔を出したりすれば、それが浅間の方に洩れないものでもない。

──ま、そのときはそのときさ。

と玄次郎は思った。神谷家に予想もしなかった災厄が降りかかったのは、行者の歓喜院と井筒屋善右衛門が繫がっているという、勝左衛門の見込みが的を射ていたからだろう。その繫がりがどういうものか、探索の同心の家族を斬るという、思い切ったやり方で圧力をかけてきた背後に何があるのか、また探索の中止を命じた幕府のお偉方とは何者なのか。

事件の全容は、ぼんやりと浮かび上がってきたものの、肝心のことはまだ闇にとざされたままだった。

――だが、いまにばらしてやるさ。

高橋を渡りながら、玄次郎はふと闘志をそそられたように背後を振り向いた。早春の光が降りそそぐ低い家並みの向うに、諏訪町のあたりを流れる大川の水が、ひとすじ光って見えた。

三

「はい、おっしゃるとおりでございますよ」

井筒屋善右衛門は、玄次郎が聞いたことにあっさりとうなずいた。髪は真白だが、肉づきのいい頬はつやつやしている。笑いをふくんだ細い眼が、丸い顔をいっそう福福しく見せた。

「手前の女房が、法乗院にいる行者さんのご祈禱で難病がなおったのは、ほんとのことでございます。ちょっと寒くなると喘息が起きる。もう見てはおられないほどの苦しみようでございましてな。ところが店の方はこのとおりで、いつも人の出入りでざわざわしておりますので、秋になりますと、冬木町の別宅にやっておりました。あのあたりは人家も少のうございますし、空気もよかろうと医者が申しますものですから」

「……」

「それが歓喜院さんのご祈禱をうけましてから、ぴったりと発作がやみました。あらたかなものでございましたな」

「ずいぶんと、ひとにもすすめてやったそうではないか」

「はい、そのとおりでございまして」

井筒屋はにこにこ笑った。

「ご祈禱の利き目には、女房も驚いたらしゅうございます。すすめたということでもございませんでしょうが、ひとが来るたびにその話をしていたようですな」

「それで旦那の方も、歓喜院のご祈禱をひろめるのに力を貸してやったということかね？」

井筒屋はじろりと玄次郎を見たが、すぐに笑顔にもどった。

「力を貸したというほどのことはしておりません。ただ、歓喜院と申します男は、法乗院の空き家になっている坊を借りていた、もともとは寺の居候でございました。ところが、手前どもの女房の病気をなおしたあと、こちらが法乗院の檀家だと知って頼みごとに見えられました」

「ほう、どんな頼みを？」

「つまりです。ご自分は加持祈禱に自信がおあんなさる。それでひろく信者をつのって病人を救いたいのだが、なにせ居候の身分。急に大げさになっては法乗院さんに対してはばかりがある。そこのところをお寺さんと話をつけてくれまいかというようなことでございました。はい」

「それで言われたとおりに骨折ったわけだな？」

「ええ、ま。ひとのためになることですから。仮りに信者が多くなって、毎日人が混むというようなことになりますと、境内を騒がすことになって、法乗院さんも迷惑なさる。またそういうことに対してはお寺社方の監視もきびしい。それでそういう煩《わずら》いのないように、あたくしが話をつけてさしあげました」

「寺ではうんと言ったのかね」

「はい。はじめは迷惑げでございました。しかしあたくしは商人でございますから、祈禱が繁昌するようになれば、祈禱料の中から、三割はお寺に納めるというようなことで、話をつけました。それがあなた、歓喜院さんのご祈禱は大あたりで、月月の実入りも大層なものになりました」

「……………」

「法乗院じゃ喜びましてな。あとでは貸してある坊の造作を手直ししたり、飾りを手伝ったりしておりました。そりゃそうでしょうとも。厄介者の居候が、月月少なくない金を入れるようになったのですから。お寺社方への届けも、法乗院が喜んでしたようでございますよ」

「歓喜院という男の加持祈禱だが、かなりいかがわしいものだったそうじゃないか」

玄次郎はずばりと言ってみた。

「いかがわしいとおっしゃいますと？」

「つまり女の信者なんかは、色仕掛けでなおしてやっていたらしいと……」

「何をおっしゃいますやら」

井筒屋は手を振った。顔は笑っている。

「そんなことも言われましたが、なに、根も葉もない噂でございます。近所の寺がやっかみ半分に申したことと、ご祈禱をうけに通ってもうまくならなかった病人が、なおった病人にあてつけ半分に言った噂が流れただけのことでございましょう。こういうことは商いの方でもよくあることでしてな。儲かると、とかくいろいろなことを言われます」

「ところで話は変るが……」

玄次郎は、井筒屋の顔をじっと見た。

「お佐代という娘のことをおぼえてるかね？」

「お佐代？」

井筒屋の顔から微笑が消えた。玄次郎を見る眼に、はじめて窺うようないろがあらわれた。その眼でじっと玄次郎を見返しながら、井筒屋が言った。

「ああ、あの可哀そうな目にあった雪駄屋の娘ですな。家に行儀見習いで来てた……。おぼえていますが、また何でそんな古いことばかりを？」

「いやお佐代殺しは、歓喜院の祈禱とかかわりがあったのではないか、という話を耳にしたものでな」

「それは違いましょう、神谷さま」

と井筒屋は言った。

「それこそ根も葉もない話でございます。お佐代は通りがかりのよからぬ男に絡まれて、刺されて死にました。これには当時、一、二の証人もございました」

「………」

「ところがお役人さまの中には、ただいまおっしゃられたようなことを申すお方もございましてな。そのお方は、不思議にもそのあと大層不幸な目にあわれまして、亡くなられた由でございます」

聞きようによっては、それは玄次郎に向けた脅しともとれる言葉だった。井筒屋の顔には依然として微笑が浮かんでいるが、その笑いに無気味ないろが加わったようだった。

井筒屋善右衛門に会うとすぐに、玄次郎は身分と名前を名乗っている。それで井筒屋が、玄次郎を神谷勝左衛門の息子とただちに見破ったとは思えなかったが、その名前から、十五年前の昔、お佐代殺しで身辺にさぐりを入れてきた北の奉行所の同心を思い出したことは間違いないだろう。井筒屋の眼は、しきりにこちらの意図を訝《いぶか》しんでいた。

玄次郎は、脅しには気づかなかったふりをした。

「なるほど、そんなこともあったらしいな。ところで話はいかさま祈禱師にもどるが、歓喜院てえ野郎が殺されたのは知ってるかね」

えッ？　と井筒屋は眼をむいた。大した役者だった。

「歓喜院は、寺社方のお調べがありましたときに、恐れて姿をくらましましたが、殺されたなどとははじめてうかがいました。いったい、それはいつのことです？」

おとぼけは、そのへんでやめにしな。玄次郎が一発啖呵《たんか》を切ろうとしたとき、不意に縁側にどかどかと乱暴な足音がした。足音はすぐ近づいて来て、玄次郎と井筒屋がいる部屋の障子がさっと開いた。部屋をのぞきこんだのは武家である。

「や、これはお客さんかい？」

立派な身なりに似つかわしくない、崩れただみ声でそう言ったのは、五十を半ば過ぎたかと思われる男だった。身体が大きい。男は無作法に立ちはだかったまま言った。

「おとなしくしてりゃ、いつまで待たせるつもりだい、井筒屋。間もなくして、日が暮れるぜ」

「これは村井さま」

男に向き直った井筒屋の顔に、はげしい狼狽のいろが走った。ちらと玄次郎に眼を流しながら言った。

「そのことなら、もう番頭に申しつけてございます。もっと早くおっしゃればよろしかったのですよ」

「何のことだ。そっちこそ打ち合わせが悪いぞ」

男はだみ声で言い、パッと五本の指を開いた。

「これだな？　これでよかろう？」

「はい。そのように申しつけてございますので、どうぞ帳場の方に」

男が去ると、井筒屋は引きつったような笑いを玄次郎に向け、次いで懐から紙を出して額に押しあてた。井筒屋は言いわけした。

「近ごろはお武家さまも、なかなかに柄が悪くおなりで、われわれのような商売も汗をかきまする」

「時勢だな、井筒屋。や、じゃました。また来よう」

玄次郎は立ち上がった。突然に顔をつき出した無作法な武家に、興味をそそられていた。札差という商売柄、井筒屋に旗本の家臣や御家人が顔を見せるのは、珍しいこととは言えない。

だが、さっきの武家がみせた乱暴な馴れなれしさと、井筒屋のあわてぶりには、ただの商いのつき合いとは思えない別のものがあった、と玄次郎の勘が訴えている。開いてみせた指は何だ？　と思った。

井筒屋は送って出なかった。玄次郎は茶の間の前を通り店に出た。やや薄暗くなった店には、その暗さにせかされるように、店の者があわただしく立ち働いていて、土間に降りる玄次郎に眼をとめる者もいなかった。ここでは武家姿は珍しくないのだろう。

さっきの男は、帳場に坐っている番頭風の男に、のしかかるように上体を曲げて、何か話しこんでいる。一瞥をくれて、玄次郎は外に出た。

すぐに出て来るかと思ったが、男はなかなか姿を現わさなかった。井筒屋の店先が見えるしもた屋の角に立って、男を待っているうちに、日が暮れた。井筒屋の店先に、空の大八車が二台着き、車力の男たちが店に入ると、入れかわるように若い女が出て来て、軒の行燈に灯をいれた。

乳色のたそがれいろが、暗く路地を塗りつぶす夜色に変りはじめたころ、ようやくさっきの武家が出て来た。大柄なその男は、玄次郎の前を脇目もふらず通り過ぎて行った。

玄次郎は、その背を見送ると、すぐに井筒屋の前に引き返した。さっき帳場にいた番頭が立っている。六十を過ぎていると思われる年恰好の、干物のように痩せたじいさんだった。

「あの男は、誰だい？」

玄次郎が聞くと、番頭は放心したように武家が去った方角を眺めていた眼を、玄次郎に移した。

「村井藤九郎さまと申されます」

「御家人だな？」

見当で玄次郎は言った。あの柄の悪さは、ある種の御家人に共通しているものだ。

「大層いばっていたが、この店と何か格別のかかわり合いでもあるのかね」

「ダニでございますよ」

番頭はくたびれはてた顔つきで言った。

「長年この店にたかって、お金をせびってきたダニでございます」

そこまで言って、番頭はやっと話している相手が、さっき奥に案内した八丁堀の同心なのに気づいたようだった。急に憤然とした顔になって、声を荒げた。

「お上では、ああいう手合いを取締っては下さらないんですか」

そうか、村井という男は蔵宿師《くらやどし》かと、蔵前通りを三好町の方に歩きながら、玄次郎は思った。

蔵宿師は、勝手元が苦しい旗本などの頼みをうけて、札差に借金を申し込み、その貸借がととのったところで双方から礼金をもらう男たちだが、内実は旗本、御家人と札差の複雑な繋がりに眼をつけて、あらゆるところに首をつっこみ、時には武家方の困窮につけこんであおり立て、また札差の方には時には理屈をつけ、時には腕力を持ち出してさまざまな手段で金をしぼり取った。

彼らは計数に明るく、また腕力に自信を持っていて、難癖をつけて札差が応じないとなれば露骨に脅しをかけたので、札差仲間からは毛嫌いされた。大方はその時どきに、頼まれた旗本の縁者とか家臣とか称しているだけで、実態は浪人が多かったが、中にはれっきとした御家人の隠居、次三男などという者もふくまれていた。

幕府は一度、札差仲間の訴えをうけて徹底して蔵宿師を取締ったが、その取締りで表向きは消えたように見えながら、この種の男たちがしぶとく生き残っていることは、玄次郎も知っていた。村井という男も、そういう男たちの一人だろう。

しかし井筒屋がみせた、あのうろたえぶりは何だ、と思いながら、玄次郎は小料理屋よし野の格子戸を開けた。すると、いきなりおかみのお津世の声が飛んできた。

「おや、神谷さま。そのあたりで印南さまという方にお会いしませんでしたか」

お津世は玄次郎の女だが、人前では決してそういう気配をみせない。奉公人もよし野の客も、うすうすそのことに気づいていることを承知で、あくまで他人行儀に扱う。

それはお津世が古風な女だということもあるだろうが、また武家の玄次郎との間に、いつかはおとずれるだろう別れのために、心構えだけはつねにしておくというふうにもみえた。そこがこの女の可愛くてあわれなところさ、と玄次郎はいつも思う。閨《ねや》の闇の中でだけ、お津世は情婦になり切る。

よし野は、上がればちゃんとした部屋もあるが、土間に飯台を出して、そこでも飲ませる。数人の客が、一斉に玄次郎を見ている中を、お津世は戸口まで出て来た。

「印南が来たのか?」

「ぜひともお会いして話すことがあるとかで、一刻ほどもここでお待ちになってらっしゃいましたが、ついいましがた、お帰りになりました」

「後を追ってみよう」

短く言って、玄次郎は背を向けた。印南数馬が住む藩邸は、三味線堀の近くにある。印南がどの道をもどったかはわからないが、場合によっては藩邸の長屋までたずねて行ってみようという気持になっていた。

——一刻も待ったというのは、よほど大事な話があったのだ。話の中身は、むろんこの前印南と話し合ったこととかかわりのあることだろう。

玄次郎は、大股に蔵前通りを横切り、正覚寺門前の横から町に入りこむと、そこからは小走りになった。

暗い町をいくつか通り抜け、堀井家の藩邸近くまで来たとき、玄次郎は藩邸の門前に、異様にざわめく人影を見た。提燈がいくつか、あわただしく動き、その灯影の中に、もはや夜だというのに黒山の人だかりが浮かんでいる。高張《たかはり》提燈もひとつ出ていた。

理由もない悪い予感に、玄次郎はぐいと胸を摑まれるのを感じた。人垣に割りこむと、そばの男にたずねた。

「何事だね」

「ひとが斬られたのさ。物騒なことだぜ」

「斬られたのは何者だな？」

「お侍《さむれ》えだとよ」

「名前は聞いとらんか？」

「名前《なめえ》を知るわけはねえや。こちとらはただの弥次馬……」

と言いかけて、職人らしい身なりの男はようやく玄次郎を振り向いた。そこで玄次郎の八丁堀風の恰好に気づいたらしく、頭に手をやって、こいつはどうもと言った。

「名前は知らねえけどよ。このお屋敷のおひとらしゅうがすぜ。たったいま死骸《しげえ》を中に運び入れたばかりでさ」

男がそう言ったとき、藩邸の人間が近づいて来て、さあ、散った、散った、見世物ではない。もう終りだ、と言った。

玄次郎は前に出て、足軽と思われるその男の前に立った。

「ちと、ものをたずねる」

男は無言で玄次郎を見た。

「ひとが殺されたそうだが、さしつかえなければそのひとの名前をうけたまわりたい」

「それはお役目柄ということですか?」

と男は言った。玄次郎を奉行所の人間とみて、その調べなら答える必要はない、と身構えた返事だった。

「さようではござらん」

玄次郎は穏やかに言った。

「お屋敷の内には、それがしいささか知人もござるので、おたずねしておる」

「斬られたのは横目の印南どのでござる」

やはりそうかと玄次郎は思った。

「で、相手は？」

「何者とも知れませぬが、斬り口から見て相手は武士という見込みでござる」

礼を言って、玄次郎は背を向けた。

十数年前凶刃をふるって母と妹を斬り、さらに行者の歓喜院を殺害した悪鬼が、ふたたび闇の底から甦って姿を現わしたのを感じていた。

四

「殺されたのは、間違いなく歓喜院だそうです」

と銀蔵が言った。おみちが外でひとと話しているので、銀蔵は不器用な手つきで、自分で茶をいれ、玄次郎にすすめた。

おみちのお喋り相手は客ではなく、近所の女房か誰かが来ているらしく、話し声は時どき聞きとれないぐらいのひそひそ声になったり、そうかと思うと急にあたりもはばからない馬鹿笑いになったりする。

「こいつは庭掃除に出ていた、寺男のじいさんをつかまえて確かめましたので、間違いありません。歓喜院てえ男は、円林寺に知り合いの坊さんがいて、以前にもちょいちょい来てたそうですが、そのときは来ると五、六日は一歩も寺の外に出ず、ハナから様子が変だったとじいさんは言っておりました」

「ふむ」

「それで殺された日のことですが、じいさんの話だと、歓喜院は朝から外に出たのだと申します。どこへ行ったかは知らなかった。そして、夕方門前が騒がしいので出て見たらそこに死骸がころがっていたというわけで」

「斬られたところを見た者はいたかい？」

「へえ、あのあたりにそのときの様子を見てたというのが四、五人いましたが、中で円林寺の斜向《はす》いにある絵双紙屋のじいさんの話が、いっとう信用がおけるようでしたな」

絵双紙屋は、歓喜院の顔を見知っていたわけではない。ただ夕方になって、円林寺の門前で二人の男が立ち話をしているのを、店の中からぼんやり眺めていたのである。

一人は白衣を着て、頭を白布で覆っていた。結袈裟《ゆいげさ》はつけていないが行者だった。円林寺は天台宗なので、そういう行者姿の男の出入りは珍しいことではない。話している相手は武家だった。背を向けているので顔は見えなかったが、背が高く痩せ

「ま、そっちはぼちぼちやるとして、ひとつ弱ったことが出来た」

「何です？」

「昨日話した印南だが、ゆんべ殺されたぜ」

銀蔵は無言で玄次郎を見た。その顔に強い緊張があらわれている。銀蔵は、玄次郎の一家にかかわる古い事件が、尋常のものでなかったことに、あらためて気づいた顔色だった。

「誰に殺されたんですかい？」

「さ、そいつがわからねえ」

玄次郎は部屋の隅に眼をそらした。

「印南は、おれに話があると言って、昨日の夕方に一刻も、よし野でおれを待ったそうだ。殺されたのは、すぐそのあとだ」

「へえ？　すると口ふさぎ？」

「そうとしか考えられんが、おれと印南に繋がりがあるなどということを、誰が嗅ぎつけたか、だ。いろいろと、調べがこみ入ってきた」

あっさりと印南数馬を屠《ほふ》り去った相手は、歓喜院を斬った武士と同じ人間かも知れない、と言おうとしたが、玄次郎は銀蔵が気味わるがるかと思ってやめた。

「すると、こんだァあっしは何を調べましょうか？」

「二、三日深川を回ってもらおうか」

と玄次郎は言った。

「ハゲ松の家は、こないだ行ったから知ってるな？」

「へい」

ハゲ松は、いまは隠居しているが、玄次郎の父勝左衛門から手札をもらっていた岡っ引で、勝左衛門が歓喜院の調べに手をつけたとき、何人か信者の女たちに会っている。

「じいさんから、女たちの住居を聞き出して回ってみるんだ。十何年も前のことだが、よっぽどのばあさまでなければ、まだ生きているだろう」

「で、何を聞きますんで？」

「色仕掛けのもんだったという祈禱の様子、信者の顔触れ、ことにお佐代という娘が殺されたころ、何か変ったことを見たり聞いたりしたことはないか。こうしたこと一切だ。おれの見込みじゃ、お佐代は井筒屋のおかみのお供で、しじゅうご祈禱にも行ってたに違えねえ」

「なるほど、そこで見ちゃいけねえものでも眼にして殺されましたかな？　かしこまりました。早速に回ってみまさ」

「それにしても、印南はこのおれに何を言いたかったのかなあ」

玄次郎がそう言ったとき、表の女たちのお喋りがぴたりとやんで、男の声がした。店の客かと思ったらそうではなく、土間から障子を開いたおみちが、「神谷の旦那さまに、お客さまですよ」と言った。

おみちと入れ違いに、三十半ばの武家姿の男が前に出て来た。着ているものは木綿、下士という身分が歴然としていたが、痩せて眼のぎょろりとしたその男は、きびきびと話しかけてきた。

「北の奉行所の神谷さまですな？」

「さよう」

「それがし、印南数馬の朋輩で、以前は寺社方で同じ役目を勤めた者でござる。橋本兵助と申す」

「やあ。ささ、上がってくれ」

と玄次郎は言った。銀蔵もあわてて腰を浮かし、お茶道具に手をのばしたが、それより前に部屋に上がって来たおみちが、すばやくお茶道具を持って台所に消えた。

「よく、ここがわかりましたな」

上がりこんだ橋本が、火鉢のそばに坐るのを待って、玄次郎が聞くと橋本はあっさりと言った。

「印南が言っていた、三好町のよし野というところにまいったのでござるが、なかなかきれいなおかみが出て来て、多分ここだろうと教えてくれ申した」

「ははあ、さようか」

玄次郎はあごを撫でた。料理屋のおかみが定町廻りの行方を知っているというのも妙なものである。間の悪い思いをした。

「して、ご用向きは？」

「昨夜、印南が何者かに斬られ、相果ててござる」

「知っておる」

と玄次郎は言った。

「いまもその話をしておったところだが、印南どのは、さきほどのよし野にそれがしをたずねてまいられたあと、あの災厄にあわれた」

「それで？」

橋本は、玄次郎をじっと見た。

「印南に会われましたか？」

「いや、それが会っておらんのです。それがしがよし野にまいったときには印南どのが帰られたあとで、大いそぎにあとを追ったが間に合わなんだ。門前に着いたときには、死骸が運ばれたあとだった」

「さようですか」

橋本は眼を伏せたが、すぐに顔をあげると言った。

「それでは、それがしから申しましょう。印南が、こちらさまに何を伝えに来たか、それがしも知っておりますのでな」

「……」

玄次郎は凝然と橋本を見つめた。手がとどかないところに消え去ったと思われた失せ物が、突然に眼の前に姿を現わしたのを感じた。

「深川の法乗院境内の坊で行なわれた祈禱を調べたとき、印南、それがしを含めて、五人の同心が手入れを行なったのでござるが、印南の調べは、信者の姓名、身元を摑むことでござった。印南は、調べのあと一覧の名簿をまとめ、寺社役まで提出いたした」

「……」

「大方は町家の女房たちでござった。だが、その中に武家方の女が一人混っていたのを、印南は思い出したのでござる。なにせ十数年前のことで、その女子の名前、親元の名は忘れたが、そのことを神谷さまに申し上げねばならんと言っておりました」

「そのことを言いに……」

玄次郎はうなずいた。そして突然にせきこむように訊いた。

「橋本どの。するとその名簿は、いま寺社役の手もとにありますかな？」

「いや、あるとすれば、吟味物調役のお手もとにございましょう。ただし廃棄されておらぬとすればの話ですが……」

「当時の調役は、どなただったかな？」

「小柳次郎助どのでござった」

寺社奉行は大名の中から任命され、直属する寺社方の役人は、その藩の家臣である。だがその仕組みでは、寺社奉行が交替するとき事務の引継ぎが円滑を欠き、また大ごとでもあるので、幕府は寺社奉行の配下に幕臣を一名入れ、交替による事務の途切れを防いだ。その幕臣が、吟味物調役である。

吟味物調役は百五十俵二十人扶持で、その役を勤めあげると、勘定組頭に昇進する慣例がある。小柳が、まだ調役にいるかどうかは別にして、一度小柳に会い、印南が作った名簿についてあたってみるべきだと思った。

「いや、いいことを聞かせてもらった。ご厚意は忘れん」

玄次郎が頭をさげたとき、おみちがお茶と茶菓子を運んで来たので、三人はお茶をすすった。

「ところで印南どのの災難のことだが、何かそちらで心あたりはありませんかな」

玄次郎が訊くと、橋本はしばらく考えこんだが、やがてきっぱりと言った。

「心あたりは、ただひとつ」

「……」

「印南は三日前に、諏訪町の井筒屋をたずねており申す。昔の調べのことで、気になることがあるとか言っておりましたな。それがしは、やめろと申したのだが……。心あたりといえば、そちらの筋しかござらんですな」

玄次郎は、印南が井筒屋の調べで話し合ったとき、昔は若かったと、述懐めいた言葉を吐いたのを思い出していた。印南には、昔の井筒屋の調べで悔いがあったのだ。それで十数年経て、また井筒屋をたずねた。

――印南の死のうしろには、井筒屋の手が動いている。

間違いない、と思った。眼を銀蔵に移すと銀蔵も無言で玄次郎を見返していた。

五

呼ばれて与力支度所に行くと、支配与力の金子猪太夫が、にが虫を嚙みつぶしたような顔で坐っていた。もっとも金子は、元来の顔の造作がそういうふうに出来ているので、機嫌がよくとも、男ぶりがさほど変るわけではない。

だが、金子は玄次郎の顔を見るなり怒鳴った。

「こらッ、坐れ」

そう言ったまましばらく絶句して、見れば身体がわなわなと顫えているのは、よほど怒っているのだと知れた。

こらという言い方はなかろう、子供じゃあるまいし、と思ったが、玄次郎は神妙に膝をただして坐った。こういうときは、あまりさからわない方がいい。

「貴様、わしに隠れて、また妙な調べに顔をつっこんでいるらしいな」

「はて、なんのことでござろう？」

玄次郎はとぼけた。

「黙らっしゃい。そのとぼけづらは、もう見飽きた」

「べつに、とぼけたつもりはありませんが……」

「十五年前の事件じゃ。貴様の無念はわからんではないが、あの調べは中止と決まった。上の方からの厳命であった。再度触れてはならん事件じゃ。わしからことをわけて話し、貴様も承知した。奉行所の人間として当然のことじゃ。調べに私情をさしはさむことは許されん」

「ごもっともでござりますな」

「ごもっともだと？　白白しいことを申すな。あの件に、またも顔をつっこんで、あちこち嗅ぎ回っていることは、もう当方に知れておる」

「それは、どっちから洩れましたかな？　浅間ですか？」

「何だ？　浅間にもかかわりがあるのか？」

井筒屋に行ったことが、担当町回りの浅間七之助に洩れたかと思ったが、違うらしかった。とすれば、寺社方の調役小柳から苦情がきたのだ。印南がまとめた名簿を見せてもらいたい、と丁重に申し入れたのだが、小柳は冷たく拒否した。

偏屈そうな顔をしたおやじだったが、頼みを断わっただけで足りずに、奉行所の方に文句を言ってきたらしい。

「いえ、こっちのことで。いや、わかりました」

「わかっただと？　何がわかった？」

「……」

「それみろ、わかってはおらん」

金子は、隣の与力番所はおろか、廊下をへだてた年寄同心番所にもとどきそうな怒声を張り上げた。

「支配のわしに一言のことわりもなく、しかも町回りはそっちのけ、触れることならんと申した事件をつつき回っておる。一体、どういう料簡か、聞こう」

「まあ、まあ、お静かに」

「お静かにとは何事だ。言いわけが立たぬうちは、この部屋出ることならんぞ」

「惜しいことですなあ。いまひと息のところなのに」

「なに？」

「いや、やむを得ません。ご支配役のお怒りは重重ごもっとも。きっぱりと手を引きます」

「神谷」

金子猪太夫は、玄次郎をじっと見た。そして急に声を落として、手招きした。

「ちょっとこっちへ寄れ」

「は？　何か？」

「ひと息というのは、事件の探索がそこまですすんでおるということか？」

「さようでござる」

「うそを申すなよ。わしをたばかってもすぐわかるぞ」

金子はぐっと玄次郎をにらんだ。

「いや、ご支配役をたばかったりはしません」

「よし。では申してみい」

「は？」

「いままで調べたことを申してみい。せっかくの調べだ、聞いてやろう」

玄次郎はこれまで調べたことを、全部話した。調べの中止が決定されたあとで、歓喜院が殺されたこと、井筒屋を調べに行ったとき井筒屋が脅しをかけてきたこと、その前に井筒屋に何事かただしに行った印南が、玄次郎に連絡をとろうとして殺されたこと。

「事件は終ったどころではありません。例の人殺しは、まだ江戸の町中を横行しておりますなあ」

「ふーむ」

「黒幕は、井筒屋のようにも見えますが、いま少しドでかい黒幕が裏にいるように思えます。井筒屋の強気は、虎の威を借るというやつでしょう。一連の人殺しを命じた奴は、別におります。札差に出来る仕事じゃない」

金子はうなって腕を組んだ。根は捕物好きなのだ。

「中止を下命したのは、どなたですか？　ご支配役」

「お奉行だ」

金子は腕組みをといて、むっつりした顔で言った。

「あれにはわれわれも不満じゃった。だが奉行命令となれば、かしこまらんわけにはいかん」

「町奉行、寺社奉行を黙らせるとなると、こいつはかなりの大物だな」

玄次郎はわざと呟いてみせた。

「寺社の小柳さまに行ったのは、あの方がその大物をさぐる手がかりになりそうな名簿を握っておられるもんで、ちょいと拝見を申し入れたのですが、お寺社は固いですなあ」

「神谷」

金子が首をのばして、玄次郎の顔をのぞきこんだ。

「その人物を、だ。もし突きとめたら、そのときはどうするつもりだな？」

「どうもしません」

と玄次郎は言った。

「突きとめたら気がすむだろうと思うだけです。お奉行の顔を潰すようなことはしません。むろん、ご支配役の顔も」

「当然だ」

「ただ、人殺し野郎は、そのままには捨ておけませんなあ」

「よし」

金子猪太夫は、ぐっとあごを引いて言った。

「小柳に、わしから手紙を書こう。ただし、これからの調べ一切は、細かにわしに報告する。勝手な真似は許さん」

小柳次郎助が、手で押してよこした古い書類綴りを、玄次郎は胸をおどらせて見た。表紙には、深川法乗院一件信者名控とあって、寺社役付同心印南数馬の署名がある。

丹念に名簿をめくって行って、最後の一枚に、玄次郎は目ざす名前を見つけた。お寿賀という女だった。その身元を示す文字を読んだとき、玄次郎は茫然と顔を上げた。

――モノが小さい。

襲ってきたのは、その失望だった。お寿賀の名前の下には、印南のきちょうめんな字で南割下水住、御家人村井藤九郎娘と記してあったのである。

「どうじゃ、得心が行ったかの?」

と小柳が言った。二十年以上も寺社方の吟味物調役を勤めながら、まだ勘定組頭の役が回って来ない小柳は、世を拗《す》ねた男の皮肉な目つきで、薄笑いして玄次郎を眺めている。大した収穫はなかったらしいと見抜き、玄次郎の失望を楽しんでいる顔いろだった。

だがその翌日、念のため村井の身辺をさぐらせた玄次郎に、銀蔵が大きなみやげを持ち帰ったのである。

印南が村井藤九郎娘と記したその当時、お寿賀という女は御側衆水野播磨守康方の屋敷に、妾奉公に上がっていた。御側衆は、高五千石の旗本ながら、江戸城中では老中の待遇をうける君側の権力者である。お寿賀はその水野のれっきとした寵妾《ちょうしょう》だったのである。そのことは割下水近くの町家一帯でも、知らない者がいない事実だったのだ。

「えらいことをさぐり出して来たもんだな、親分」

と玄次郎は言った。長い間、執拗に眼の前の風景を覆い隠していた霧が晴れて、その奥にうずくまっていたものが、正体を現わしたのを感じていた。

六

「井筒屋のおかみが吐いたよ」

と玄次郎が言った。

「井筒屋は、村井という蔵宿師に脛《すね》をかじられて、長年苦しんでいたらしい。そこで親の村井には内緒で、自分の世話で水野のお妾になっているお寿賀を、歓喜院のご祈禱に誘いこんだのだ」

誘ったのはおかみだが、むろん井筒屋の指図でしたことである。井筒屋善右衛門はそれで村井の弱味をこしらえ、いつかはそれを種に村井を脅して、店から手を引かせようと考えていた。

井筒屋は、自分を水野の妾に世話した人間である。またしじゅう父親が出入りしている店でもある。お寿賀は井筒屋のおかみの言うままに、疑いもせず評判の祈禱をうけに来た。そして歓喜院の祈禱の虜になった。

歓喜院は色白の美男子で、祈禱にもなかなか威厳があったが、祈禱のあと半ば魂を奪われた女たちをよろこばせるすべにも長《た》けていた。お寿賀は、歓喜院によって、それまで気づかなかった多淫の性格を引き出され、お忍びでたびたび法乗院の坊に通った。井筒屋の思うつぼにはまったわけである。

ところが思いがけないことが起こった。歓喜院が井筒屋のおかみの付きそい女お佐代を殺したのである。

脂ぎった町家の女房たちに食傷していた歓喜院は、ある日かねて眼をつけていたお佐代をひと間に引っぱりこんで、十七の花をむしり取った。歓喜院にとって誤算だったのは、お佐代が見かけよりずっと気が強く、一度肌を許すと、そのあとは鼻を鳴らしてすり寄ってくる女房たちとは違っていたことである。お佐代は自分が犯されたことはむろん、それまで坊の中で見聞きしたこと一切を、家の者に話すと言った。

思いあまって、歓喜院はお佐代を殺した。そしてお佐代殺しを追う奉行所の手が、身辺にのびて来たのを感じると、いたたまれなくなって姿をくらましたのである。

仰天したのは井筒屋だった。井筒屋は、おかみを使って歓喜院の祈禱を言いひろめただけでなく、祈禱料を自分の手でおさえて、半分は自分の懐に入れていたのである。ことに心配したのは、役人の手が入って、怪しげな祈禱に水野播磨守の愛妾が出入りしていたことが、その筋にばれることだった。井筒屋は水野の屋敷に駆けつけ、一切を告白した。

「水野はおれのおやじに脅しをかけ、それでも調べがやまないのを見ると、強権を持ち出して調べの中断を命じたのだ」

水野がなぜそこまで無理をしたのかは、支配役の金子の調べでわかっている。実現はしなかったのだが、そのころ水野には御側御用取次就任の声がかかっていた。御側御用取次は、老中も頭を下げる君側第一の重い役目で、側用人に次ぐ城中の実力者である。水野にとっては、わずかの醜聞も、よそに洩れてはならなかったのである。

「わかってみりゃたわいねえもんだな、銀蔵。みんな欲だ。てめえの欲のためには、人間かなりひでえことも平気でやるもんらしいぜ」

「さようでござんすな」

浮かない顔で、銀蔵が答えた。玄次郎は腰を上げた。

「じゃ、これからその水野に会ってくる」

「おひとりで大丈夫ですか。あっしもお供しましょうか」

「いいよ、事件は終りだ。お前さんは、おかみとしんねこで、一杯やってな」

玄次郎は部屋を出ようとして、思い直すと台所に入った。おみちが夜の食事の支度をしていて、玄次郎を見ると驚いたように言った。

「あら、お夜食は召し上がらないんですか？」

「いいんだ。これから行くところがある」

「そのつもりで、お支度をしてましたのに」

とおみちが言ったが、玄次郎は笑顔を見せただけで、水甕《みずがめ》から水を掬《すく》うと口にふくんだ。刀を鞘がらみ抜き上げて眼の前にかざすと、一気に柄に水を吹きかけた。暗い灯火に照らされた台所に、一瞬水が霧になってきらめいた。

外に出ると、銀蔵だけでなく、おみちも走り出て来て玄次郎を見送った。

「お気をつけなすって下さいよ、旦那」

銀蔵が叫んだのに、玄次郎は振り向いて手を上げたが、町はあらかた店を閉めて暗い。銀蔵にそれが見えたかどうかはわからなかった。

銀蔵がそう言ったのにはわけがある。水野の家臣に鶴木右膳という男がいる。水野が御側衆に就任したころに、外から雇い入れた人間で、機迅流の剣客ということが調べでわかっている。

機迅流の腕を見込まれて、浪人から家臣に加えられた鶴木は、水野が城勤めをした間、ぴったりとそばにつき従い、水野が病いを得て致仕し、亀戸村にある別宅に病いを養っているいまも、身辺に近侍して離れないでいる。玄次郎は一度それを確かめに、それとなく亀戸の別宅を見に行ったが、そのとき見かけた鶴木の風貌は、まさに駒込の絵双紙屋が言ったようなものだったのである。

鶴木右膳は、長身で痩せていた。齢は四十の半ばに達しているだろう。鬢の毛が白かった。だがその痩軀が、わずかの贅肉もとどめないまでに鍛え抜かれた身体だと見抜くには、一瞥で十分だった。すれ違いざまに玄次郎を見た眼が鋭かった。それは一流をきわめた剣客の眼だったのである。

——この男だ。

と玄次郎はそのとき直感したのである。母と妹を斬殺し、歓喜院をひと太刀で屠り、近ごろは印南数馬を斬った男。

井筒屋と水野のつき合いが深いことはわかっている。はじめは旗本と札差のつき合いだったのが、お寿賀の一件で、そのかかわり合いは腐れ縁のようなものに変って、いまも続いているのに違いなかった。印南が現われ、十五年前の調べを口にしたとき、おそらく井筒屋は恐怖に駆られて、病床の水野のところに走ったのだろう。

一連の非情な殺しは、村井のような、ひとの金でこえ肥っている男に出来ることではない。

——だが、そいつは今夜のことが終ってから、確かめることだ。

そのときは、とぼけ顔でこちらをあしらったあの札差を、とことんしめ上げてやる、と玄次郎は思った。

竪川筋を玄次郎は真直ぐ東に歩き、横川堀を渡った。河岸の町並みを抜けると、急に視界がひらけて、あたりが明るくなった。それまで気づかなかったが、御材木蔵の陰から丸い月がのぼりはじめている。春の月だった。

玄次郎は、黒く長い御材木蔵の塀を横に見て南に歩くと、雑木の間の小道をたどって一軒の家に近づいて行った。塀はないが瓦葺《かわらぶ》きの瀟洒《しようしや》な建物。明るく灯をともしているかなり大きなその建物が、いまは権勢の座から降りて病いを養っている男の別宅だった。

雑木林が切れると、広い前庭に出た。玄次郎は庭に立ったまま、あたりを見回したが、もう一度刀の目釘を改めると、ゆっくり戸口に近づいた。

訪《おとな》いを入れると、出て来たのは鶴木右膳だった。玄次郎を見て黙って立っている。何用かとも訊かなかった。

「お前さんに、ちっと話がある」

と玄次郎は言った。

「外は月で明るい。出てみないか」

玄次郎はそう言って外に出ると、しばらくして鶴木も外に出て来た。さっき手に提げていた刀を、腰に帯びている。

「十五年ほど前に、神谷という同心の身内を殺したのは、お前さんだろう」

「……」

「殺しはまだある。歓喜院という行者、それとこないだは印南という堀井の藩士を斬ったな」

「木ッ葉役人が、何を言うか」

はじめて鶴木が声を出した。陰気な声で、表情も動かさずにそう言った。

「おっと待った」

と玄次郎が手を上げた。

「夜の夜中に、亀戸くんだりまで冗談を言いに来たわけじゃねえよ。言うからにはそれだけの証拠を摑んでるんだ」

「……」

「それに、ただの役人づらで来たわけじゃねえ。実を言うと、殺された同心の身内というのは、おれのおふくろと妹なんだ。ちょっと私情というやつがはさまっている」

鶴木右膳がするするとうしろにしりぞいた。斬り合いの間合いをあけたのだ。鶴木の眼は鋭く玄次郎にそそがれ、両腕はゆるく脇に垂れている。

「さすがに人殺し野郎だ。飲みこみが早えな」

と玄次郎は言った。

「お互いに、よけいな手間ははぶこうてわけだ。気に入ったぜ」

玄次郎が足場をかためると、鶴木はすばやく刀を抜いた。玄次郎も抜いた。

にらみ合ったのはわずかな間で、すぐに鶴木はゆるやかに左に回りはじめた。回りはじめたとき八双の構えに変って、刀身は高く右肩に引きつけられている。鶴木の足の爪先が、それ自体生き物のように、滑らかに地面を嚙み、次にすっすっと横に出るのを、玄次郎は眼の隅でとらえた。

玄次郎は青眼に構えたままだった。鶴木の足に合わせて、左へ左へと回った。鶴木の構えは精気に溢れ、一分の隙も見えない。

不意に鶴木の足がとまった。刀身がぐいと上段に上がる。その構えのまま、鶴木は小刻みに前にすすんで来た。すさまじい圧迫感が寄せてくるのに、玄次郎は耐えた。鶴木の足がとまった。およそ三間余を余して、青黒い夜空に、その身体が巨人のようにそそり立ったと思ったとき、鶴木の身体が跳躍した。

うなりをあげて落ちかかってくる剛剣を、玄次郎はさがらずに前に出てはねた。だが切先が腕をかすめたようだった。とび違えながら、玄次郎も鶴木の胴にすばやい撃ちこみをかけた。向き直って、また撃ち合う。さらに向き直って三度目に撃ち合ったとき、玄次郎は鶴木の右足がわずかに流れたのを見た。

「ヤッ、やッ」

玄次郎は満身の力をしぼった剣を二度使った。一度目は、膝もとにきた鶴木の剣をはねたのだが、足が流れた鶴木の身体がそれで揺れた。二撃目の剣を、玄次郎は横をすり抜けながら鶴木の胴に撃ちこんだ。肉を斬り割った重い手ごたえがあった。数間の距離を走って振り向くと、鶴木が立ってこちらを見ていた。杖にしていた刀が、さきに地面に倒れた。続いて鶴木の身体が、棒を倒すように転ぶのが見えた。

玄次郎は刀を鞘にもどすと、真直ぐ建物の戸口に向った。これだけの斬り合いをしたのに、無人なのか、それとも人がいても気づかなかったのか、家の中はひっそりとしていた。

履物を脱いで、玄次郎は上にあがった。そのときどこかでぼそぼそと人声がしたが、ひとが出て来る気配はなかった。いっとき耳を澄ませたあと、玄次郎は廊下伝いに奥に向った。暗い部屋が二つも三つもあり、そこを通り過ぎると、襖の隙間から灯が洩れているところに出た。

しばらく気配を窺ってから、玄次郎は襖を開いた。行燈の光の下に、白髪の老人が寝ていた。枕もとに盆に乗せた水と薬包が置いてある。水野播磨守に違いなかった。

ゆっくりと部屋の中に入りこむと、玄次郎は立ったまま老人の顔を見おろした。しみの浮いた顔が青白く生気を失い、半ばひらいた口腔に欠けた歯が見えている。頬は深くこけて、口辺にはまばらに白い髭が生えている。老人は浅くせわしない息をして眠っていた。

それが、かつては諸大名に恐れられた幕府の権力者の姿だった。そして、この男が母と妹の命を奪ったのだ。玄次郎が黙って見おろしていると、不意に老人が眼をあけた。

「誰じゃ？」

弱弱しく老人は言った。

「十五年も昔のことですが、神谷勝左衛門という北町奉行所の同心がいたのを、おぼえておられますか？」

「………」

老人は黙って玄次郎を見あげている。

「では、ひとを使ってその同心の家族を殺させたことは？」

「何のことを申しておるのじゃ。そなたは誰じゃ？」

「おたずねしたこと、ご記憶にございませんか」

「知らぬ」

老人は弱弱しく首を振った。

「名を申さぬと、ひとを呼ぶぞ」

老人は骨の浮き出た腕を夜具から出すと、枕もとに置いてある鈴に手をのばした。

玄次郎は膝をついて鈴を摑むと、老人の手がとどかない夜具の裾の方に置き直した。

玄次郎の微笑を見あげている老人の顔に、深い恐怖のいろが浮かんだ。はげしく胸が上下している。

「ま、せっかくお大事に」

腰を上げると、玄次郎はいそぎ足に部屋を出た。玄関に来たところで、横から出てきた女中らしい女にぶつかったが、振り向きもせず外に出た。

うしろで、女がひとを呼び立てるけたたましい声がしたが、その声も玄次郎が雑木の道から田圃に出るころには聞こえなくなった。ひとが追いかけて来る様子もなかった。

——あんなものか。

と思っていた。玄次郎の眼には、頭も上げられない瀕死の老人の姿が残っている。

長い間胸の奥に、いつかはあばきたててやると思い続けてきた奸悪なたくらみの正体が、あの弱弱しい老人だったことに、むなしさを感じていた。

いずれはああいう姿になる運命だとは思いもしないで、人は権勢に奢《おご》り、富貴に奢って人もなげに振舞い、その地位や金を守るためにはひとを殺しもするのだ。

——人間、おしなべてあわれということか。

井筒屋のつらの皮を剝くまでは、ほとけ心は禁物だと思いながら、玄次郎はむなしいものが胸に溢れるのをとめられなかった。

お津世の顔を見たい、と思った。むしょうに会いたいという気がした。お津世の白い胸に顔を埋めたら、この変にうつろな気分も消えるだろうか。

お津世が先だ。銀蔵親分も、支配の金子も心配しているだろうが、勘弁してもらって話は明日だ。そう思いながら、玄次郎は竪川ぞいの道を、お津世が住む町に向って急いだ。

解説

児玉　清

ここにまた一人の素敵なキャラクターが、あなたとの出逢いを待っている。僕もぞっこん惚れこんだその人の名は、神谷玄次郎。北町奉行所の定町廻りの同心である彼は、小石川竜慶橋に直心影流《じきしんかげ》の道場をひらく酒井良佐の高弟という一流の剣の遣い手でもある。だから彼を味方にすれば、この上なく頼りになる頼もしい男だが、敵に回せば実に手強い相手となる。従って彼はそんじょそこいらにいるへなちょこ同心とはちがう筋金入りの武士なのだ。しかも、玄次郎の推理力は抜群で、卓越した勘とひらめき、さらには鋭い洞察力によって犯人《ほし》を追い詰めていく点でも、江戸に住む庶民にとってはまことに嬉しくも有り難い味方である優れた捕り方なのだが、問題はその彼の勤務態度だ。それにもうひとつつけ加えれば生活態度だ。

真面目に奉行所に出勤しないのだ。気が向けば出勤するが、あとはずぼらで適当にしている。気が向けば、というのは、自分が興味を持った事件、それも殺しにかかわる事件だったりすると俄《にわ》かに怠け者が変身し、事件解決まで身を粉にして犯人探しに没入する。しかし、こうした気まぐれな勤務態度は原則としてお役所では受け入れられない。当然のことながら上役の覚えは極めてよくない上に、そんなことを一向に気にしない玄次郎の態度に益々批判の声は強まるばかり。そんな彼の首が辛うじてつながっているのも、前述したように玄次郎の探索の手腕の卓抜さで、これまでに難事件と思われた事件を見事に解決してきた実績によるものだった。

さらには彼の生活態度だ。独身の玄次郎は、現在、蔵前の北にある三好町の小料理屋よし野の女主人であるお津世《つせ》という女性とねんごろになっていて、この家に居候を決めこんでいる。お津世には三つになる男の子がいて、玄次郎とつきあうこととなったきっかけは、亭主を殺した犯人を玄次郎がつかまえたことであった。以来、玄次郎はよし野に入り浸っている。ちゃんとした嫁も貰わず一家を持たない玄次郎は、上役から見ればやくざな半端者と見なされても仕方がない。だから出世はできない。が、読者にとっては、外れっぷりが、なんとも嬉しいのだ。

と、まあ、この物語の主人公、神谷玄次郎について思いつくままに縷々《るる》書き連ねたのだが、おわかりのように彼はまさに「はぐれ同心」と呼ぶにふさわしい一匹狼。そして、その一匹狼ぶりが実に魅力的で、藤沢周平という稀代の作家が丹念に紡ぎ出す、江戸を騒がせた数々の殺しの事件を舞台にはぐれ同心玄次郎が縦横に活躍する捕物控は、まさしく読む者の心を至福の面白さで充《み》たしてくれる最高の読物なのだ。もちろん藤沢さんの作品は単なる面白読物にとどまらない。この捕物控にも人生へのあらゆる示唆《しさ》がこめられている。いわく、人間の心の中に棲む魔性。事件には必ず動機が存在すること。人間は他人には明かせない秘密を持っているものだ、ということ。世に悪を企《たくら》む者は必ずいる。それは時代を問わず人間社会に必ずあることだ、などなど。この本を読む人々それぞれが自分の心で受けとめることが沢山あるはずだ。ぜひ楽しく面白さを満喫しながら、藤沢さんの人間に対する深い洞察力の凄さをじっくり味わっていただきたいと思っている。

『霧の果て』はタイトルともなっているこの一編を含め、八編の連作短編集の捕物控で構成されている。藤沢作品の捕物帖といえば、この作品の他に「彫師伊之助捕物覚え」シリーズが三本あるが、副題に「彫師伊之助」とあるように主人公が武士ではない。ということで北町奉行所の同心がヒーローの捕物控はこの『霧の果て』だけという実に貴重な一冊。単行本が刊行されたのは昭和五十五年、藤沢さん五十二歳。まさに藤沢さんの作家としての一番の働き盛りのときの作品。昭和四十八年「暗殺の年輪」で第六十九回直木賞を受賞してから七年目、次から次へと心に残る名作を生み出していたときの「彫師伊之助捕物覚え」の『消えた女』につぐ「捕物控」とあって興味津々の一冊。こんどはどんな捕物物語なのか、あの野村胡堂の「銭形平次」捕物控や岡本綺堂の「半七捕物帳」ではないが、フーダニット、犯人探しの物語、ミステリーがどんなものなのか、主人公はどんなキャラクターなのか、僕はわくわくどきどきして本を手にしたことを思い出す。

いやあー楽しかった。いや嬉しかった。夢中で読んだ。冒頭にも記したように、僕は神谷玄次郎なる主人公にぞっこん惚れこんでしまったのだ。「暗殺の年輪」の馨之介《けいのすけ》にしてみても『又蔵の火』の又蔵にしても、『風の果て』の隼太《はやた》や市之丞にしても『蟬しぐれ』の文四郎にしても、その他、藤沢作品に登場する主人公たちすべてが個性的で魅力ある人物であって、読むうちに自然と主人公に惚れこみ、心を傾け、激しく感情移入をしてしまい、主人公の受ける人生の辛酸を共に味わい、深く心を動かされ、揺すられ、心の底からなる感動の波にさらわれてしまうことになるのだが、本書『霧の果て』の主人公、神谷玄次郎にもまた、新たなる個性と心情に強く深く引き込まれてしまったのだ。孤独の影をもつ玄次郎の後姿にひかれ、いつしか躍起になって彼の心を自分の心として事件を追い、犯人探しにやきもきしながら一喜一憂といった感じで、物語の中の彼の人生の一刻を共に生きたのだ。それはまさに藤沢作品だからこそ味わえる読者の醍醐味と言える愉悦なのだ。

一話一話の捕物控については、ミステリーということもあって筋立てその他の説明は、読んでお楽しみいただく、ということで敢えて省くことにするが、小説の名手、文章の達人である藤沢さんが満を持して世に送り出した北の定町廻り同心捕物控は、その簡潔にして要を得たきびきびした美しい藤沢さん独自の筆致によって読者の心に静かにしみ込んでくる。さらには巧みな仕掛け（これも藤沢さんの自家薬籠中の得意技だが）と謎で心を虜《とりこ》にする。一話一話が物語として完結しながらも、実に見事に次の物語へとつながっていく。だから全編を読み終えたとき、全体が大きな一つの物語となって読者の心に深い余韻をもたらすこととなる。このあたりも藤沢作品の見事さだが、その原因の一つは、最初から終わりまで全編を通じて通奏低音のように玄次郎のこころの奥に鳴り響いているひとつの想いだ。

「玄次郎には、無足の見習い同心として奉行所に勤めはじめた十四年前に、母と妹が組屋敷に近い路上で、何者かに斬殺されたという過去がある。

その母娘の死が、当時父の神谷勝左衛門が手がけていた大がかりな犯罪にかかわりがあったことはわかっている。老練な定町廻り同心だった勝左衛門は、妻と娘が死んだ直後から、急に気力を失い、病気がちになって、ほぼ一年後に死んだ。

奉行所では、神谷勝左衛門の探索のあとを、秘密裡に引きついで追及をすすめたが、その捜査はなぜか中断された。その犯罪に、奉行所にかかわりのある幕府要人

が絡んでいたためだということを、玄次郎は数年後に耳にしている。」（本文より）

少々長く引用したのも、玄次郎が心に抱いている屈託の原因が書かれているからだ。玄次郎の心の奥にある抜きがたい奉行所への不信感。怠けてやれ、と思う気持。長年謹直に真面目に勤めたのに、無残な晩年を迎えて終わった父への憐憫《れんびん》の情と、いたわりの気持。こんな奉行所勤めなんかいっそやめちまって、お津世の亭主にでもおさまってしまうか、とも思うのだが、そんな気持を待てととどめるのは、いつかは母と妹を殺し、その結果父をも死に導くこととなった、一家破滅の背後にひそむ真相を必ず突きとめてやるぞという、ひそかな決意だった。見えざる敵の正体を絶対に暴いてやる。しかし、そうした想いが胸にあることを玄次郎は上司、同僚はおろかお津世にも、つまりは誰にも言わず、気振《けぶ》りさえみせずに生きている。

玄次郎の心情が審《つまび》らかになるにつれ、彼へのシンパシーがぐんと増してきて、彼になんとか恨みを晴らさせたい、という気持になる。果たして見えざる敵は正体を現すのか？　奉行所が捜索を打ち切った理由とは何なのか？　背後には幕府という巨大にして絶大なる力を持つ黒幕の意志が働いているのか？　物語は無気味な闇を感じさせながら、玄次郎の動きを追う。果たして彼の前に立ち現れるものは……。

物語は予断を許さぬ展開で濃い霧に包まれた中を巻末に向けて玄次郎の想いを乗せて疾走する。「霧の果て」に何が見えるのか……。

藤沢作品に登場する脇役たちの人物造形の素晴らしさにもふれなくてはならない。まずはお津世の女性としての魅力だ。この本の冒頭のくだりで玄次郎とお津世のちょっとした会話があるが、いかにお津世が魅力的で色っぽい女性であるのか、玄次郎の心そのままにこちらにも伝わってきて思わず心がときめいてしまったのだ。抑制のきいた表現なのに、ここが藤沢さんの筆致の凄さなのだが、ドキッとするほど男の心がなまめかしい気持に襲われる。お津世と玄次郎の軽い言葉のやりとりに猛烈にエロティックなものを感じて心がどきどき弾んでしまう。決して露骨な表現をしていないのに。健全な色気というか、男心と女心を手繰る達人の作家の手練の技というべきか、とにかくその表現の巧みさと筆の冴えに感嘆するばかりだ。ついつい玄次郎と同じ気持になってお津世に岡惚れしてしまったのだが、心をときめかす素敵な女性と逢うことができるのも藤沢作品の有難いところ。

岡っ引の銀蔵親分も見事に描かれていて作品の深みを増している。床屋の親爺だというのに年中無精髭のまま、というのも可笑《おか》しいが、しっかり者のかみさんががっちりと床屋を守っている。なによりも捕物大好き人間というのが設定として無理なく物語を転がしていく。銭形平次とガラッ八、むっつり右門とおしゃべり伝六ではないが捕物帳には主と従の名コンビが必要だ。玄次郎と床屋の銀蔵に、僕は〝待ってました〟と思わず心の中で喝采を叫んだのだが、なんと二人の物語はこの一冊だけ。次作を待ち侘びていただけに一冊で終わってしまったのは誠に残念だったが、逆に考えれば、あとにも先にも「捕物控」と銘打った作品はこの『霧の果て』だけ。実に貴重な一冊ということになる。孤独な男の影をもつ神谷玄次郎の捕物控の面白さを存分に味わっていただきたいものだ。藤沢作品だからこその清々《すがすが》しい爽やかさ。藤沢作品だからこその全編に漂う厳とした品格。藤沢作品だからこそのプロットの絶妙な組立て。藤沢作品だからこそ浮き彫りとなる人間の心の奥底。藤沢作品だからこそ味わえる本格的な謎解きの楽しさと、それに伴う愉悦。最後に、平成四年に「オール讀物」十月号「特集 藤沢周平の世界」の一部として掲載されたインタビュー「なぜ時代小説を書くのか」の中の短い一節を紹介して終わりとする。

「小説の面白さというものを確保するのは非常にむずかしいですよ。わたしの書くものはわりとシリアスな『市塵』のような小説もありますけど、基本的には娯楽小説だと思うんです。『怪傑黒頭巾』以来の、チャンチャンバラバラを書きたい気持はずっとある。(笑) そういう小説のもつ娯楽性というものを大事にしたいですね。そういうのがなくなると、小説はつまらなくなると思うんです。」

(俳優)

単行本　昭和55年5月双葉社刊　初出表題『出合茶屋』
この本は昭和60年に小社より刊行された文庫の新装版です。
内容は「藤沢周平全集」第十三巻を底本としています。

文春文庫

霧《きり》の果《は》て　神《かみ》谷《や》玄《げん》次《じ》郎《ろう》捕物《とりもの》控《ひかえ》

定価はカバーに
表示してあります

2010年9月10日　新装版第1刷
2011年11月15日　　　　第3刷

著　者　藤《ふじ》沢《さわ》周《しゅう》平《へい》

発行者　村上和宏
発行所　株式会社　文藝春秋

東京都千代田区紀尾井町3-23　〒102-8008
TEL　03・3265・1211
文藝春秋ホームページ　http://www.bunshun.co.jp

落丁、乱丁本は、お手数ですが小社製作部宛お送り下さい。送料小社負担でお取替致します。

印刷・凸版印刷　製本・加藤製本

Printed in Japan
ISBN978-4-16-719247-1